Translators' Dialogue Ⅳ

翻译家的对话 Ⅳ

中国作家协会外联部 编

作家出版社

开幕式会场

与会中外作家、翻译家和嘉宾合影

铁凝在开幕式上致辞

▲ 李敬泽在开幕式上发言

▼ 高福平在开幕式上致辞

▲ 贾平凹在开幕式上致辞

▼ 莫言在开幕式上发言

▲ 阿来在开幕式上发言

▼ 墨西哥翻译家莉娅娜在开幕式上致辞

作家、翻译家在会场

翻译家与作家分组讨论 -1

翻译家与作家分组讨论 –2

翻译家与作家分组讨论 -3

翻译家与作家分组讨论 −4

翻译家与作家分组讨论 –6

目　录

在第四次汉学家文学翻译国际研讨会上的致辞

中国作家协会主席　铁　凝

　　铁凝，1957 年生于北京，作家。现为中国作家协会主席。主要著作有长篇小说《玫瑰门》《大浴女》《笨花》等四部，中、短篇小说《哦，香雪》《伊琳娜的礼帽》《对面》《永远有多远》等一百余篇、部，以及散文、随笔等共四百余万字。作品曾六次获"鲁迅文学奖"等国家级文学奖；其编剧的电影《哦，香雪》获第41 届柏林国际电影节大奖。部分作品亦有外文译本。2012 年伦敦书展期间，国际知名出版集团哈珀·柯林斯通过竞拍获得长篇小说《大浴女》英文版的欧洲版权。此前，美国著名出版公司西蒙·舒斯特获得英文版的美洲版权。2006 年 9 卷本《铁凝作品系列》由人民文学出版社出版。2015 年 5 月，法国外长洛朗·法比尤斯代表法兰西共和国授予铁凝法国文学艺术骑士勋章。

尊敬的各位来宾、各位朋友，女士们、先生们：

　　大家上午好！

　　今天，来自奥地利、保加利亚、捷克、埃及、法国、德国、匈牙利、意大利、日本、韩国、墨西哥、蒙古、荷兰、俄罗斯、西班牙、瑞典、英国、美国等十多个国家的三十位汉学家和翻译家与中国作家相聚长春，参加第四次汉学家文学翻译国际研讨会。我谨代表中国作家协会，向各位远道而来的朋友表示热烈的欢迎和诚挚的问候！本次会议的举办，得到了吉林省有关部门的大力支持与协助，在此，我也要代表中国作家协会、代表与会的中外朋友们，向为本次会议付出辛劳的吉林省的各位领导、各位同志表示衷心的感谢！

中国作家协会举办的汉学家文学翻译国际研讨会，是一项重要的国际性多边文学交流活动。从 2010 年第一次会议到今天，已经走过了六年的时光。在这携手同行的六年里，我相信在座的各位朋友一定和我一样，分外珍惜这两年一度的聚会所赠予我们的宝贵、难忘的经验。可以说，我们的每一次相聚，都伴随着中国文学与世界对话和交流的日益深入，也见证着中国文学和中国作家在越来越大的范围内为不同文化背景的读者所认知、了解和喜爱。

中国历史悠久，文脉绵长。身处这样一个古老的文明，我们的人民和我们的文学都有足够的耐心和沉着去领会时间的漫长与意义的永恒。但与此同时，中国又是一个飞速发展的国家。经济的高速增长，社会生活的急剧变化，有时也令我们不禁心生疑惑：我们所经历的时间，是否无形中获得了一种加速度，以至于当我们回顾六年前的时候，就仿佛在触摸一段遥远的记忆？事实也的确如此。如果现在返回到 2010 年，我们可能无法想象，中国文学会像今天这样，以如此的速度和规模走到世界读者面前。莫言获诺贝尔文学奖、刘慈欣获雨果奖、曹文轩获国际安徒生奖，都标志着中国文学的国际影响力正在逐步提升。

这种令人欣喜的变化无疑是多方共同努力的结果，在我看来，我们这个汉学家文学翻译国际研讨会同样构成了重要的推动力量。正是这样一个平台，促使各国汉学家和翻译家从天南海北汇聚到一起，共同研讨中国文学对外交流、对外译介的重大课题。在持续的对话和交流中，汉学家和翻译家们加深并扩展了对中国文学、中国文化乃至中国社会的认知与了解，通过辛勤的耕耘和创造，让世界上越来越多的人得以分享当代中国人的精神世界。而我们之间的情谊也随着时间的推移越发醇厚、深长。此时此刻，我想，围绕着这样一个会议，或许已经形成了一个美好的文学共同体，身处其中的我们携手同行，跨越地域、语言和文化的阻隔，为了共同的事业，为了中国文学更有力地参与世界文学的建构贡献力量。

过去六年来，中国文学的对外交流和译介工作取得了前所未有的进展。近几年来，尤其是自上次会议以来的两年里，我所服务的中国作家协会做了大量工作，努力通过各种方式向各国汉学家和翻译家提供帮助。这包括，组织实施旨在提供翻译资助的中国当代作品翻译工程、中国当代文学精品译介工程和当代少数民族文学作品翻译工程；举办汉学家文学翻译国际研讨会、翻译工作坊和国际写作营，与相关部门联合主办"中国当代优秀作品国际翻译大赛"；中国权威的文学杂志《人民文学》相继推出了英、德、意、法、俄、日等外文版本。中国文学和中国作家与国外翻译家和主流出版机构的合作正在日益深化，我们与世界对话的自觉、自信和能力大为提高。

当我们回顾这几年来的工作时，我个人认为，其中最为重要、也是最为切实的着力点，恰恰是在一个个具体的作家身上。正如我们都是通过一个个作家、一个个亲切的，或者带来惊喜的名字来认识一个国家的文学一样，我想，对世界各国的读者来说，他们也是通过一个又一个作家的风格、气质乃至语调、面容来认识中国文学的。在世界的每个角落，文学阅读都是个体与个体之间、两个完整心灵之间的相遇和相知，在这个意义上，中国文学不是一个抽象的概念，只有当一个又一个作家的名字，连同他们的作品、他们面对人性和生活的独特角度和发现都为世界各国的读者所喜爱所熟悉的时候，中国文学的整体面貌、中国经验和中国精神才能有效地呈现出来。中国作协的对外交流和译介工作一直以此为努力方向，今后我们的工作也将沿着这个思路继续开展下去。

当然，在中国和世界彼此阅读的过程中，有无数的课题与挑战等待着我们去探索和应对。在跨文化、跨民族、跨语境的过程中实现尽可能准确的认知和理解，并做出有效的表达，这是全人类面临的最根本、也最具持续性的一大考验。在中国，这一考验从古代的鸠摩罗什、玄奘那里就已展开，它同时伴随着艰险的跋涉和孤寂的苦思。在世界各地，人们对这个严峻考验的回应，有力地推动着文明的发展和人类的进步。这种考验一直延续至今，延伸到我们今天的会议和讨论当中。本次汉学家会议的主题是"与中国文学携手同行"，其下设有三个议题："翻译的权利和边界"、"当代汉语的扩展变化及翻译的新挑战"、"可译与不可译——语际书写的困惑"，这都涉及翻译理论和实践中一些非常基本和紧要的问题，它们的提出既彰显了本次会议的学术高度，又印证了这六年来我们对话的深入和扩展。

在这些问题当中，我对当代汉语的扩展变化所带来的挑战深有同感。这是对翻译家的挑战，也是对中国作家的挑战。海德格尔说，人居住于语言的寓所中，这样的形容放到当下中国显得尤为贴切。随着整个社会的高速运转，随着互联网和自媒体在日常生活中的大规模扩散，中国人的生活形态、风俗习惯、自我认知乃至交往和表达方式都发生着巨大的变化，这种变化在语言层面体现得尤为直接、尤为明显。时空的加速带动了语言的奔流、再生、分化和狂欢，身处汉语之中的作家都会时常感到晕眩，也必定会大大增加翻译的难度。面对语言的难局，一方面需要我们从学理上加以辨析和探讨，另一方面，我认为，也许最好的解决办法，就是直接投身到那些声调、节奏和表情得以生发的生活中去，只有充分领会生活的差异、丰富和宽广，我们才有可能穿透汹涌的语言浪涛，谛听来自水面之下的情感和精神的振动。

　　我们这个研讨会前三次都是在北京举行的，这次会议选在长春举行。这个城市的名字很美，它的意思是春天常在。不知道大家以前是否来过长春，是否了解这片土地。从北京出发，如果坐汽车或者坐火车，出了山海关就是一望无际的东北大地。所谓"白山黑水"的长白山与黑龙江，就蜿蜒在这片土地之上。独特的自然和历史条件孕育了独特的文学风貌，比如大家比较熟悉的萧红，从这里驱车向北就能到达她的家乡。在长春、在吉林，居住着许多我所熟悉和敬重的作家，他们有的是汉族，有的是满族，有的是朝鲜族，这些作家各具特色的写作丰富着中国文学的景观。也正是在这里，我们能感知到一种独特的声音，一种深深地扎根于传统生活的久远经验，同时正在时代巨变中获得充沛活力的语言，那是长春的、吉林的、东北的、中国的。

　　作为一个作家，我常常惊叹于世界如此之小，我也常常惊叹中国是如此之大。在这片辽阔的大陆上，充满了差异，遍布着各民族人民、各地域民众百舸争流、生机勃勃的创造，而在这个世界变小的时代，这种丰富性和差异性正在剧变中碰撞、熔炼和升华，成为中国文化和中国文学创造力的重要源泉。要认识这种丰富性和差异性，也许唯一的办法，就是像中国古人教诲的那样，一方面读万卷书，另一方面，行万里路。正是按照这样的教诲，我们大家来到了长春，我相信，我们今后还会前往更多的地方。

　　各位朋友：文学，究其本义，是要让人类心灵相通。在这里，我要再次重申我们的心意和愿望：我们愿意敞开胸怀，积极吸收和借鉴世界上一切优秀的、富于创造性的文化成果，在与世界各国人民的交流中砥砺思想，扩展想象；我们将努力为大家创造更多了解中国的机会，真诚期待来自世界各地的汉学家、翻译家和作家朋友们时常踏上这片汉语的大地，用你们的付出与创造，加深中国文学与世界文学的对话和交流，为中国人民和世界各国人民的相互理解和友谊贡献力量。

　　最后，祝大家在中国期间身体健康、生活愉快、吉祥如意！

　　谢谢大家！

2016 年 8 月 15 日

文学打开了西方认识中国的窗口

［墨西哥］莉娅娜

莉娅娜（Liljana Arsovska），墨西哥翻译家。本科毕业于北京语言大学，研究生毕业于墨西哥学院。现任墨西哥学院亚非研究中心教授及研究员。翻译了刘震云的《我不是潘金莲》《一句顶一万句》《我叫刘跃进》《塔铺》，王蒙的《坚硬的稀粥》《阿米的故事》，晓航的《师兄的透镜》，王十月的《国家订单》，莫言的《白狗秋千架》，老舍的《茶馆》，陈染的《破开》，乔叶的《取暖》，毕淑敏的《天衣无缝》，张爱玲的《倾城之恋》，卫慧的《上海宝贝》，刘庆邦的《城市生活》，史铁生的《命若琴弦》，姜黎敏的《赌石》等。个人专著《汉语适用语法》等。2014年获中华图书特殊贡献奖。

近几年，中国为在西方世界树立良好形象做出了巨大的努力，孔子学院在短短几年中遍布世界便是一个很好的例子。而另一个伟大的倡议便是中国各级机构以及中国作协和各类出版社提出并正在践行的，意在推动中国现当代文学作品在西方世界广泛传播的各种翻译项目。这些意义重大的倡议将在很长一段时期给中西文学交流带来积极且深刻的影响。

西半球渴望了解东方巨人文学作品便是一座桥梁

文学，有着两大重要影响：令人得到巨大的精神满足和呈现一个民族思考、生活与处世的方式。尽管中国与拉美的友好关系源远流长，但是不得不说，在很多时候，双方的关系仍建立在一个并不是那么相互了解的基础上。

文学作品对于促进双边和多边文化等领域交流的重要贡献不言而喻。每一部小说都是作者的一扇心灵之窗，从许多优秀的作品中我们可以更清楚地了解作者与其作品成长的这片沃土。通过中国当代文学作品，我们可以了解一个鲜活的中国，了解中国人的日常生活和真实想法。比如，从王十月的《国家订单》中，我们可以看到中国工人在中国这个世界工厂的真实生活；从刘庆邦的《城市生活》中，我们可以看到中国都市人在充满了摩天大楼、汽车和自行车的大都市的艰难生活；从苏童的《已婚男人》中，我们可以看到中国现代夫妻的复杂关系……还有关于乡村生活，关于进入大学的曲折道路，以及在西藏、内蒙古这些神秘而美丽的土地上发生的故事等各类主题的小说作品，使我们能够从中了解中国人的生活习惯、文化传统、不同的思考和观察世界的方式，以及中国人之间是如何相处的。而这些不同于拉美世界的事物对于不了解中国的拉美人民来说就像是一道彩虹，绚丽多彩。

中国历史上不乏伟大的作家，当代优秀的作家也有不少。莫言获得诺贝尔文学奖成功地让西方世界的目光转向中国，也成功地吸引住了那些希望了解中国的知识分子和读者们。中国在短短几十年中便成为一个政治、经济、文化全面强盛的国家，这对西方世界的吸引力不小，而文学作品可谓一座天然的桥梁。尽管不是所有的中国当代文学作品都能获得诺贝尔奖，不过大部分的作品所蕴含的有关中国的信息必然比西方世界对中国的解读要真实和详尽，足以满足另一个半球的读者们对了解这个东方巨人的渴望。

张爱玲，是我所喜爱的作家之一，这个上世纪三十年代的上海女人是如此优雅、如此淑女、如此中国风。很少有人能够真正走进张爱玲的内心深处，而能够像她那样细致、深刻地描绘出女性在这个男权社会的心理的作家更是少之又少。从她的作品中我们可以了解那森严、刻板的中国传统家庭中的等级制度，以及那张制约和束缚着每个家庭成员言行举止的无形之网。王蒙是中国当代另一位伟大作家，他的短篇小说《坚硬的稀粥》很好地展现了中国改革开放初期社会的巨大变化以及所存在的矛盾冲突。刘震云，也是我最喜欢的作家之一，他让我有机会认识了李雪莲（小说《我不是潘金莲》的女主人公）这个一生都在"追寻司法公正"的女人。

中国多如漫天繁星的优秀作家和优秀作品值得世界去探索与了解，因此，中国政府近年来提出的众多文学作品互译倡议和计划，以及为中西互译事业和中国现当代文学作品西文版出版事业提供的大力支持正受到西方世界的欢迎。

中国文学蕴含独特魅力优秀译作应能将之延续

在很长一段时期，我投身于中文教育和研究。而当翻译事业开始进入我的生活时，我感觉在这个世界上找到了真正属于我的位置。将中国文学作品翻译成西班牙语的事业常让我感到无法言说的欢愉。

中国文学作品的魅力从最基本的汉字开始，这一古老的象形文字有着自己独特的生命力，同时也赋予优质文学作品以生命。汉字词汇因其简明扼要的特性，能够准确而清晰地描绘出美丽、丑陋、悲伤、快乐和所有人类的情感。汉语是一种生生不息，永远不会枯竭的语言。在几千年未曾间断的历史长河中，汉语词汇不断自我积累，如今许多词语虽然意思相近，但是一些细微的差别却极大地丰富了汉语的表达。

中西文化差异从文学作品翻译的角度看主要有两个层面，我称之为"小差异"和"大不同"。所谓"小差异"是指那些东西方的生活习惯，比如饮食差异（中国人吃饺子、包子、春卷、粽子、驴肉等），或是类似服饰差异（中国人穿旗袍、中山装）等。而所谓"大不同"则是指那些东西方思想和思考方式上的差异。中国历史悠久，而有些意识性的东西甚至在对应词汇产生之前就已经存在了，很难用语言去准确表达，比如道、阴阳、五行、仁、理、太极等。西方世界在很长一段时期里都尝试着更准确地翻译这些东西，但遗憾的是，最后他们发现并没有一个准确的西方概念可以去翻译和解释它们。然后，他们不得不放弃，而把这些词汇当作外来语收入词典，对于中国的成语、谚语和歇后语和许多来源于中国古典文化的表达形式也是如此。

那应该如何来对待这些东方独有的表达方式？是用文学性的语言去翻译，是用西方相近的表达方式去代替，还是详细地去解释这些西方没有的东西？要不要牺牲其中的文化元素以保证行文的流畅性？这些都是中西互译的译者需要考虑和决断的，足见责任重大。

个人认为，在文学作品的翻译过程中，使用过多的标注和解释并不是一个好主意，因为这会影响行文的流畅性，使一部作品支离破碎。如何找到一个平衡，使一部中文小说避免被翻译成一本教科书？如何更加准确地进行翻译，最佳地还原作者的作品？这些也成为每一个肩负这一重任的译者毕生探索的问题。

时至今日，还没有任何一个翻译理论可以完美地解决这些问题，或是很好地为跨东西方文化的翻译提供一个指南，对于如何解决翻译的两难问题也没有定论，但是对于我来说，优秀的译作就是能够延续原作的魅力和强大生命力，能够激发读者的想象力，并且使读者产生了解对方文学与文化的欲望。

与中国文学携手同行

——在第四次汉学家文学翻译国际研讨会上的发言

莫 言

莫言，1956 年生，山东高密人，作家。中国作家协会副主席。1981 年开始发表作品。著有长篇小说《红高粱家族》《酒国》《檀香刑》《生死疲劳》《蛙》等十一部，中篇小说《透明的红萝卜》《欢乐》《爆炸》等二十余部，短篇小说《白狗秋千架》《拇指铐》《冰雪美人》等八十余篇。还创作了《红高粱》《我们的荆轲》《霸王别姬》等话剧、电影文学剧本以及散文、随笔等多部。主要作品被翻译成三十余种外文出版。曾获日本福冈亚洲文化大奖、意大利诺尼诺国际文学奖、法兰西文学与艺术骑士勋章、美国诺曼华语文学奖、茅盾文学奖、韩国万海大奖等国内外多种奖项。2012 年 10 月获诺贝尔文学奖。

各位好！

最近十几年来，我感觉到地球越转越快了。第三次汉学家翻译大会好像刚开过没几天，好多情景还历历在目，但两年又过去了，第四次大会又开幕了。

地球越转越快应该是我的主观感受，但生活节奏越来越快却是客观现实。现在什么都快。高铁快，飞机快，电脑快，购物快，出名快，被人遗忘也快，流行快，落伍也快……快快快，快了还要快。快就是进步，慢就是落后。快就是欢乐，慢就是痛苦。从古到今，人们都把速度当成快乐和幸福的源头。汉语中的很多词汇都与此相关。快乐、快感、快活、愉快、欣快、欢快……但任何事情都有限度，快到一定程度就要慢下来。快和慢是辩证的。有的时候，快就是慢；有的时候，慢就是快。世界上有很多事情，也不是越快越好。常言道："萝卜快了不洗泥"，"慢工出细活儿"。现在正大加提倡的"工匠精神"，就是"慢工出细活儿"的精神。古时为宫廷服务的工匠，就是"慢工出细活儿"的代表。看看那些流传下来的珍宝，哪一件不是精雕细琢？哪一件不是一丝不苟、毫发不爽？哪一件不是用全部的生命去做呢？

所以我觉得，在这个追求速度、比较浮躁的时代，作家们应该沉下心，稳住劲儿，慢慢写，认真写，看明白了、想明白了再写。文学翻译，也是一件需要看明白了、想明白了之后，慢慢地来干的活儿。要字斟句酌，要有"吟安一个字，捻断数茎须"的精神。

大家都说翻译文学是一件不容易的事，大家都说把中国文学翻译成外文是尤其不容易的事，但偏有这么多人用毕生或是大量的精力来干这件事，这让我肃然起敬。

我想，翻译文学所遇到的困难，看起来是来自语言，但其实是来自文化。语言层面的困难是技术问题，借助工具书一般都能解决，但隐藏在文字背后的文化问题，除了译者对被译文学的国家的历史、人民的生活有深入的了解和细致的体察，否则是无法把作家的本意传神地译过去的。因为有好多东西在字典上是查不到的。我们到国外去，或者到国内的少数民族地区去，看到他们的生活习惯中有一些让我们难以接受或不可思议之处，而这些，恰好是文学最希望或最经常表现的。只有实现了从难以接受到乐于接受、从不可思议到习以为常的转变，这才可能在翻译时把深层的意思也译过去。

文学是语言的艺术，翻译当然也是语言的艺术，在文字转换的过程中，如何把原作的语言风格转换过去，让异国的读者领略到原作的语言个性，这的确是个复杂的技术活儿。这就要求译者不仅是他要翻译的那种语言的专家，而也应该是他的母语的专家，这样才能使他的工作有丰饶的选择材料。我的老师徐怀中先生曾说过："从某种意义上说，语言是作家的内分泌。"这也就是说，作家的语言风格，是与作家的个性特征密切相关联的，翻译家要想在自己的母语中找到这种风格的对应，首先就要求他能够理解并把握作家的个性。

我一直认为翻译是创造性的工作，当然有人认为翻译应该忠实于原著，不应该有什么创造。我认为忠实于原著与创造性并不矛盾。假如一部作品有两种或者更多种同文的译文，而这些译文基本上都遵从了忠实于原著的原则，但有的译本好，有的译本差，那我认为，好的译本就是创造性的，不好的译本就没有创造性，甚至有破坏性。

我在阅读翻译成中文的某些外国文学时常常有这样的感受，即这个在他的国家或同语言地区里很有影响的作家，其作品读起来并不好，我想这很可能是那些破坏性译者所造成的恶果。一个作家在本国或本语言地区的名声不太可能凭空建立起来，他必有他成名的道理。他的作品如果被翻译之后让读者大失所望，排除掉某些文化、政治原因所导致的接受障碍，其主要原因就是翻译不好。

我一直认为在文学翻译过程中，译者与原作者应该密切联系，多多沟通，这也是翻译当代文学的一个优越条件。那些问我问题多的译者让我觉得放心，那些从来不问我问题的译者让我担心，当然，如果这位译者水平非常高那又另当别论。

我觉得译者在与原作者充分沟通、讨论并经作者同意之后，译者对原作做一些章节合并、压缩等技术性的调整是可以的。但不经原作者同意就大幅度地删改，甚至是重写，那当然是不可以的。这些其实都是翻译合作过程中的老生常谈，没有必要多说的。

总之，翻译是戴着镣铐的舞蹈，是被限制的创造，但天才在限制中依然可以创新，庸才即便不被限制，写出来的或译出来的依然是平庸之作。

我读过一位伟大作家翻译的日本的和俄国的文学理论著作，翻译者强悍的文风，让原作者消逝了。仿佛这些作品的原作者就是翻译者。我也读过一些伟大的翻译家翻译的外国文学作品，翻译家隐形了，仿佛读到的就是原作，仿佛我的阅读就是与原作者直接对话。

所以，我想，最好的翻译就是好像没有翻译，就像最快的速度好像没有速度。

神形兼备的挑战

阿 成

阿成，原名王阿成，作家。中国作家协会全委会委员，现为哈尔滨作家协会主席，黑龙江省作家协会副主席。著有长篇小说《忸怩》《马尸的冬雨》等七部，短篇小说集《胡天胡地风骚》《安重根击毙伊藤博文》《哈尔滨的故事》《良娼》(英文版)和《空坟》(法文版)与《上帝之手》等四十余部，散文集《和上帝一起流浪》《馋鬼日记》《哈尔滨人》《胡地风流》等十余部，诗文集《唐诗译注图》(中英文对照版)。并创作电影《一块儿过年》(合作)，电视纪录片《一个人和一座城市》(上、下集)，话剧《哈尔滨之恋》(合作)等。其作品被译成英、法、德、日、俄、韩等多国文字。短篇小说《年关六赋》获 1988–1989 年全国优秀短篇小说奖，短篇小说《赵一曼女士》获中国首届鲁迅文学奖。

进入 2000 年以后，是我国汉语发展最为繁杂的阶段，其中尤以文学界为甚。特别是所谓"网络文学"的出现，以及微信和微博在我国民众中最为广泛地使用之后，涌现出的数量繁多的"网络语言"。这些随意衍生的"新词语"的出现，一方面是以"诙谐"的方式掩盖了某些人汉语水平的低下；另一方面，即不可否认的是，它们也在一定程度上增添了阅读上某种新鲜感、活泼感。使得这种"新语言病毒"迅速地在民众中传播开来。同时也诱发了一些作家在个人的创作中的使用，借此增加其自由的姿态，反叛的精神，用这种准诙谐的方式来增强其作品的新潮感和感染力，并认为有节制地凭借这样的一些"网络语言",不仅可以表达对民众生活的关切,也可以在某种意义上反映当下社会生活所发生或正在发生的变化,同时还能在不同层面上凸显出某种前卫姿态和时尚意味。可以说,这些"新语言病毒"的正面意义和负面效应几乎是旗鼓相当的,如同"鸡肋",食之无味,弃之可惜。但是,不可否认的是,这些所谓"新词语"的出现,却让翻译工作陷入了一个不大亦不小的困境之中。扼要地说,翻译工作追求的是神形兼备。但是,面对汉语文学中无处不在,且不断增加的"新词语",翻译时若忠于其"形",就会让译者捉襟见肘,或词不达意。若循其神,总会有偏离原意或伤其原文之嫌。效果非但不好,而且还会损伤作家个性创作的原本意图。比如将"这样式的"或"这样子的",写成"酱婶儿的",就是酱子的"酱",婶子的"婶"。将"朋友"写成"盆友",将"同学"写成"童鞋",等等。凡此种种,倘若直译,就需要有注解加以说明,否则外国读者就会不明就里,不知所云。这样不仅会阻断读者的正常阅读,也会妨碍将作品的原意迅速渗透到读者的感知世界中去。同时,还会在不同程度上损伤原作品的美学价值和思想内涵。翻译要恪守的铁律,既不能违反作者的原意,也不能影响原作品的美学价值。这就给肩负着传播人类文化的翻译工作带来了一个不大不小的挑战。所以说,我们的翻译工作并不是处在一个左右逢源的时代,而是陷入到一个左右为难的困境当中。在传统翻译观念中,一种态度认为翻译就是两种语言文字的转换,符合所谓"忠实"的翻译标准。这样的翻译观基本不考虑译文在译入语文化中的接受与产生的影响,认为译者是隐身的,不可以发出自己的声音。然而不然,正像有人说的那样,我们正是因为喜爱傅雷翻译的风格才爱上巴尔扎克的作品、爱上罗曼·罗兰的作品。这就是所谓的第二种翻译观念。译者就是在不同语言文化之间起到协调者作用,并受到意识形态、国家政治、民族审美趣味等各种因素的制约。所谓"新语言"就是其中之一。

　　不可否认，汉语的发展过程就是一个不断丰富，不断丰满，不断鲜活，不断进步，不断地大浪淘沙，推陈出新的过程。这是人类文化发展的规律。以明清小说、话本为例。在这些作品当中，我们会经常看到当时社会所流行的市井俚语，但在今天读来，读者还不能读懂它们的本来意思，尽管是平话本白话本的汉语作品，但也需要编者对其中的个别词语逐一地加以注释，这样读者才能了解该作品的本来意图。但是，这一切终究是发生在汉语系统之内。若进行不同语种的翻译就是另一回事了。

　　纵观当代中国，那些诸如"酱婶儿的"和"童鞋"一类的新词语，已经成为人们日常交流的一种乐于使用，并已经普遍被使用的新词汇了。天道若此，我又奈何？当然也由此产生出了数量繁多的错字、别字。情况并非像有些人预期和期盼的那样，有错必纠，逢错必改，而是将错就错。并且，使用者毫无丝毫的羞愧与尴尬。这种将错就错的态度，是因为使用者发现这些错字、别字，竟会生发出别一种诙谐的谐音效果。更为有趣的原因是，无论是阅读者还是倾听者，不仅没有因此产生阅读障碍，反而都能够准确无误地接受对方的表达，了解对方的意图，并欣赏其诙谐、浪漫，甚至反叛的姿态。当然，不可思议并非不可理喻。经验告诉我们，任何反叛的行为、语言，都会在部分民众，尤其是在中青年人群中产生不同程度的附和效果，并具有一定的传染力和穿透力。这无疑给我们的翻译工作增加了新的挑战。所以有人认为，当前需要翻译人员更加主动地站到对外传播中国文化的第一线，而不是完全被动地字对字、句对句地做消极的文字转换。那种照本宣科的翻译，可以把汉字变成外文，但难以解决外国读者的疑问，反而有可能衍生新的不解，甚至导致误会。

　　但无论如何，具体到某部文学作品当中，就需要持一种理性的、科学的判断和对其艺术品质连同价值的考量。如果这样的"新词汇"

在一部作品当中，作家是作为一种艺术效果加以使用，这就需要做个判断，倘若将某些所谓的"新词汇"抽出以后，本身的艺术价值不仅不高，反而其作品显得干瘪无味，就要考虑这一类文学作品是否具有翻译的价值。反过来说，这样的"新词汇"虽然在一部作品当中被间或地使用，并产生了活泼的语言效果，是有潜质，有目的性的，即便是把这样的"潮语"抽掉，原作品仍不失一篇优秀的文学作品，这样我们似可判定它具有翻译价值。就可以根据各国语言的不同，表达方式的不同加以润色、修饰，甚至修改，完成其作者的创作意图和想达到的艺术效果。

至于翻译的边界，其实也并非是纯粹的技术问题。美国华裔批评家刘禾女士在"语际书写"或"跨语际实践"曾说道，翻译已不是一种中性的，远离政治及意识形态斗争和利益冲突的行为。她强调"聚焦由不同语言间最初的接触而引发的话语实践背后的历史条件，考察新词语、新意思和新话语兴起、代谢，并在本国语言中获得合法性的过程"。

的确，表面上看，译者似乎是在翻译一个作家的某一单篇的作品，但是，如果我们不能了解该作品的作家，他们的相关背景，如国家、政治面貌、宗教信仰、个人经历、民族风俗，包括该作家曾创作过的作品，及其艺术风格等等，也就不可能比较好地翻译出他们的作品。这也是好的译者所必须做的工作之一。当然，能胜任该项工作的译者，首先要弄清什么是文学和文学的基本品质，清楚地了解文学作品与自然科学的不同。有人说翻译也是一种创作。这基本上是没有错的，但是，翻译的创作还不能完全等同于文学作品的创作，译者的"创作"是有技术边界的，即在不能背离原作品的本来面貌的前提下，在不损害被译作品的原意基础上，才能进行必要的加工和必要的润色。同时也不能无节制地美化。这是一个不可忽视的规则，也是一个好的译者的基本操守。只有具备这样的译编水准，这样的素质，才能够翻译好对方的作品。这就是翻译者的权利和必须恪守的游戏规则。

所以，可译与不可译，首先是译者的资格向题。众所周知，当代翻译作品的数量比之 2000 年以前多很多，而且被翻译的国家和语种也越来越广泛，同时，参与翻译工作的译者除了专业队伍，还涌现出大量的业余从事翻译的人们。如果说，后者翻译的内容仅仅是在翻译被译作品的简介，或者一些零散的短章之类倒也罢了，但实际上并非如此，这些外语和汉语水平良莠不齐的业余译者们，已经开始翻译大部头的外文作品，包括小说、散文、诗歌，其中尤以诗歌为众。这种翻译界的乱象不仅损伤了被译的国外文学作品的艺术质量和作者的创作水准、个人形象、声誉，也严重地影响了该作品的传播，并在读者当中产生一种不良的误判。说到底，一个所谓的译者，如果不具备翻译的水准，就谈不上享有翻译的资格，更谈不上翻译的权利了。因此，规范翻译队伍，严格把好翻译出版关就显得尤为重要。

总之，好的翻译语言是天才、智慧和深情的组合，能充分地调动每一个文字最原始的功能、激情、智慧与美，为国际文化传播产生积极的作用。

翻译的困惑与可能性

阿拉提·阿斯木（维吾尔族）

阿拉提·阿斯木，1958 年生，维吾尔族，新疆于田人，双语作家。毕业于中央民族学院，新疆大学汉语言文学翻译专业。新疆维吾尔自治区文联副主席，新疆作家协会副主席。1979 年开始发表作品。小说《那醒来的和睡着的马》获 1984 年上海《萌芽》优秀作品奖、1995 年全国少数民族文学奖二等奖，《生活万岁》获 1987 年新疆优秀作品奖，《金矿》获 1998 年《伊犁河》文学奖。

翻译的权利与边界

翻译是今天这个世界最亮丽的事业。但它也是两种舌头和两种文字的碰撞和交融。可谓翻译在默默地、坚强地推动着需要进步，造福自身的一切群体。所谓的亮丽是指译者可在几天内把他者几年、几十年的成果，变成另一种文字群体的知识财富。

从一种文字和社会群体需要翻译的那天起，翻译的权利就自然形成了。在当下的科技时代，知识产权之类的规矩，严格地讲，又是一种呐喊。在世界无边原野，那些本权的创造者们，已经失去了他们的产权。在市场看不见的手的推动下，翻译已经成为了一种没有边界的游戏。也变成了译者和文字群体的雨露。派生出来的灿烂黎明和生产力，正在推动人类的物质福利和智力渴求、艺术享受和文学欣赏。紧随着派生出来的人类进步，是美好和梦想，变成了每一个文字群体共盼的社会财富和人类智力格局。

今天的人类社会，无法拒绝翻译。世界的美好和秩序，一天也不能离开翻译。我们的语言、意识，我们对科技产品的依赖，对世界各地信息的渴望，也主要来自翻译。每一种行为和进步，那些灰暗的颓废，通过纯粹的翻译自觉的洗礼，在大地媒体和各类出版物、网上世界的启示和矫正，变成了不同语种共同的财富。在不同的时代，翻译始终走在了最前面。这是翻译的精神价值所在。

当代汉语的变化扩展给翻译带来的困惑和挑战

困惑和挑战之一：散文体小说译介问题。就汉语文学作品的维吾尔语言翻译来讲，出现了一种必须要面对的挑战。就小说的翻译而言，当下无法实现汉语小说散文体的形译。须要转换成维吾尔小说约定俗成的书写形式及传统对话叙述中的各种符号形式。如，对话中的破折号等。与汉语散文体小说的书写相比，这显然影响了翻译作品的节奏和内在的美感。那么，在维吾尔文的翻译中，研究这个问题也是当下的一种挑战。这对民族作家、出版部门都是一个挑战和课题。

困惑和挑战之二：小说多元书写中的译介问题。当我们译介汉语小说，遇到汉语小说借鉴国外创作手法、理论手法的时候（这个问题在译介文学评论的时候较为突出）。我们遇到的麻烦是，这不是纯粹的汉语。这里的挑战是，译者独有的汉语经验和能力跟不上了。对魔幻主义和现代派的书写形式感到陌生和困惑。因为在维吾尔文学创作中，很少有这种手法。一个实实在在的问题是，要考虑读者的阅读和欣赏。我们在翻译某些当代文学大家作品中，都遇到了这个问题。

困惑和挑战之三：译文的用词造句问题。这是真正困扰译者的问题。这个词、这个句子在原文中你搞明白了，但是在译文中，你拿不出你所满意的相对应的词和句子。读者也无法欣赏你的词句。这里的问题是，原作者在创作的过程中，用了一些独特的词，一些非常有个性色彩的民族语汇。一些词组是约定俗成的，一些是作者的发明创造，一些词语的解释权只在作者那里，一些词和形容是借鉴西方的东西。这就给译者带来了麻烦。更多的时候，在译文里找不到相同或相近的可用词语。这间接地影响了译文的质量。

困惑和挑战之四：译介过程中的句子改写问题。今天的词语、句子如同飞舞在世界上的蝴蝶一样光怪陆离、热闹非常了。以往用词用句的戒律受到了挑战。有微妙看好的一面，也有灰色苍蝇一样丑陋的一面。比如一些赤裸的性描写。这些东西需要译介的时候，译者就有了很大的困惑。在不好译、不能译的时候，他就改写那些句子。更多的时候是面目全非，经不起对照阅读。但是，译者却认为，他的译文要比原文还好。这就有问题了。你为什么要让你的译文，要比原作好呢？翻译从来都不是纯粹的创作。人家的东西就是人家的，不能过于聪明，或者是不能随心所欲地翻译。这都是弊端。那些句子改写的结果是，译者不仅仅不是尊敬原作，而是在哲学上、美学上、风格上、文学观点上，侵犯了原作者的权利。因而你译介的东西，就不是那个作者的作品了。对原作者而言，要在美学上、逻辑上、语言风格上全面地把握自己。以前讲过的那种不要生造除自己以外别人都不懂的词语这个要求，现在和以后，这都应该是一种规矩。我曾对照阅读过肖洛霍夫的长篇小说《静静的顿河》的维吾尔语译文。译者把原文中主人公格里高利"喝得酩酊大醉"一句，译成了"身子热了一点"。这里的区别是很大的。译文弱化了原文的意思。在当下的许多译文里，多少都存在这种问题。许多译家们，把忠实原文抛在了脑后，过于"再创作"，采用"打拼"的译法，破坏了作品的艺术传达。

可译和不可译　语际书写的困惑

当我们在翻译的过程中遇到问题的时候，我们会得到很多提示。那些不可译的作品和词语，实际上是翻译的遗憾。最终在两种舌头和两种语言的帮助下，我们会打通那些桥段，让两岸的风光在翻译的可能性里携手。但是，从文化的源头和纯粹性来讲，我们会失去那个文化和语言里最瑰丽的东西。我们在译文里借用那种近似异化的词语，侵伤了原文的那种纯粹的美感。在这种改变里，两种语言都受到了侵伤。原文里的黎明在译文里变成了正午，或者是黄昏。最值得玩味的内容被剥落了。一些形容词消失了，一些动词无可奈何地变成了其他的词语。互译性是一种曲线性的可能。原文的灿烂，可能是一种立体性与多面性的美丽。但在译文里，这个灿烂有所倾斜，在不同语言的书写中，都失去了一些东西。翻译的光芒是混血的光芒，这个遗憾的事业靠变通维持自己的荣誉。

在具体的翻译实践中，维吾尔歌谣和诗歌的翻译是一件较棘手，而且是一个出力不讨好的事情。我们知道，诗歌的源头是歌谣。歌谣有直白、了然、单纯、亲切、温柔的一面，在译文里往往会变得苍白，没有血肉，像沙漠里面临枯萎的胡杨，缺乏生命力。如果我们抛开他们的形式，去译它深藏的内涵，这又不是原文里的那种歌谣了。现在诗歌的翻译也是这样。当我们动手译的时候，我们才会发现其实他们是不可译的。它的美是抽象的，是捕捉不住的表象。一种语言在另一种语言里，往往会失去它自在的神韵。也有另外的情况，一些被认为是平淡的作品，通过译介反而很受欢迎。这里的问题是一种独特的美学效果、陌生效果、他者效果在起作用。这是交融和碰撞的可能和开始，也是文化交流在翻译中的价值所在。在有关的翻译中，一个成功的实践是《红楼梦》和《水浒》的译作。读者、专家和学者们，普遍看好这些译本，并认为是接近完美的形神兼备的范本。原作背后的东西和哲学思想、美学理念、艺术传达似乎完美地得到了表现。在这些译本中，丰富、精美、准确的古代维吾尔语和现代维吾尔语，起到了灵魂引领的作用，让这两部名著活在了维吾尔语的海洋里。

我自己是用维吾尔语、汉语两种语言写小说。这个过程是一个非常好玩的进程。这种交融性的创作从开始的时候不被接受，到后来的默认，到最后的认可，这个过程是非常复杂的。不仅仅是多元文化碰撞的问题，也是认识和怎样面对多元文化世界，对人、对文化、对时代、对社会的全面认知问题。在这里，起主要作用的是精神上的冲突，是他者理念的流露。当一种陌生的语言冲进母语体系里，在给予和共享的过程中，也和他们站在了一起。对个人来讲，它是一种尝试和机会，对社会应该是一种融合和进步。对全球化来讲，它是一种灿烂。而对母语世界来讲，这是一个过程。这个过程不都是绚烂的天国，也有风雨相伴，有阵痛，有光明，也有独特的经验和启示。

在我用母语和汉语两种语言写作的实践中，我的汉语和维吾尔语，是我的左右手。有的时候左手是右手，有的时候右手会偷偷地跑到左手上，书写他们私密的感知和别样的认知，非常好玩。在近似转基因的书写中，我的思维是相互交叉的。在汉语写作中，因为母语的融入，语言发生了变化。那些词语在民间鲜活语言的基础上被异化了。动词和形容词相互转换位置，语言变得陌生和野味弥漫。我认为这种写作过程，也是两种语言的一种互译过程，可称之为"互译写作"。在我的小说《时间悄悄的嘴脸》中，我做了一些尝试。在这种语际书写中，我最大的快感是从两种语言中派生出来的陌生化。这种感觉在书写的过程中，让人兴奋，阅读后的刺激便是一种词语刷新。

　　翻译是光明的事业。全球文化成果的果实，已经越来越多地影响世界各地。翻译可以继续大显身手。这是非常喜人的现实，蕴藏着极大的可能性。

我对文学翻译的一些感受

阿 来（藏族）

阿来，1959年生，藏族，作家。二十世纪八十年代开始文学创作，早期写作诗歌，然后逐渐转向小说创作。家乡河流的名字是第一本书的名字：《梭磨河》。后陆续出版有短篇小说集《旧年血迹》《月光里的银匠》《格拉长大》《遥远的温泉》，长篇小说《尘埃落定》《空山》《格萨尔王》，随笔《就这样日益丰盈》《看见》，以及非虚构作品《大地的阶梯》《瞻对：终于融化的铁疙瘩》等。曾获茅盾文学奖、华语文学传媒大奖等文学奖项。因出生成长于边疆地带而关注边疆，表达边疆，研究边疆。

接到这个会议通知时，我心里是有些犹豫的，到底要不要来参加这样一个会议，来面对这么多的汉学家，这么多来自不同国度不同语言的翻译家。因为在某种程度上说，会议主办方一个主要动机就是推荐一些中国作家，来引起翻译家的注意，接受他们的挑选。

有些情形下，等待被关注被挑中并不是一种特别美妙的感觉。

就我个人而言，对于翻译这件事的感觉可能比别人更为复杂。

在每一部关于中国抗战的电影电视中，几乎都有一个翻译的形象出现。穿着中国的便服，戴着日本的军帽，传达的也总是来自侵略者的不祥的消息。我从刚刚看得懂一个故事的时候开始，耳濡目染的就是这样的关于翻译的漫画式的形象。这自然是创造性疲软，思维方面习惯性懒惰造成的结果。因为我们知道翻译不都是这样的形象。早在我少年时代的生活中，就已经熟悉另外一种翻译的形象。那时，我生活在一个以嘉绒语为日常语言的村庄。人们用这种语言谈论气候、地理、生产、生活，以及各式各样的，简单的复杂的情感，当然还用这种语言谈论远方。那些我的大部分族人从未涉足过的，却又时时刻刻影响着我们生活的远方。我所讲的这个嘉绒语，今天被视为一种藏语方言。而很多的远方，那些人群讲着另外的语言。近一些是藏语里另外的方言，再远是不同的汉语。在我家乡，他们的确把汉语分成不同的汉语。前些年，一个老人对我谈我的爷爷就说，那是个有本事的人，他会讲两种汉语，甘肃的汉语，四川的汉语。除此之外，还有电影和收音机里时时响起的普通话。那时，我们一个小小的村庄里就有着能程度不同地操持别种语言的人，有他们在，两个或更多只会一种语言的人就可以互相交换货物，交流想法。这些会别种语言的人，往往还能带来远方世界更确实的消息。在我少年时代的乡村生活中，这些会翻译的人是一些形象高大的人，他们是聪明的人，他们是能干的人，是见多识广的人。他们和抗日电影里呈现的翻译形象完全是天壤之别。那时，我还没有上学，但我已经有了最初的理想，那就是成为一个乡村的口语翻译家。

后来，村子里有了小学校。我上学了，开始学习今天用于写作的这种语言。那时，我小小的脑袋里一下塞进来那么多陌生的字、词，还有这些字词陌生的声音。我呆滞的小脑袋整天嗡嗡作响，因为在那里面，吃力的翻译工作正在时刻进行。有些字词是马上可以互译的，比如"鸟"，比如"树"。但更多的字与词代表着那么多陌生的事物，比如"飞机"。还有那么多抽象的概念，比如"社会主义"和"共产主义"。在我那建立在上千年狭隘乡村经验的嘉绒语中，根本不可能找到相同或相似的表达，这是我最初操持的母语延续至今的困境。即便这样，我也骄傲地觉得我也正在成长为一个可能比以前那些乡村翻译更出色的翻译家。

是的，当我在年轻时代刚刚开始写作的时候，我很多时候都觉得，我不是在创作，而是在翻译。这使得我的汉语写作，自然有一种翻译腔。我常常会把嘉绒语这个经验世界中一些特别的感受与表达带到我的汉语写作中间。当小说中人物出场，开口说话，我脑子里首先响起的不是汉语，而是我刚开口说话时所操持的嘉绒语，我那个叫作嘉绒的部族的语言。然后，我再把这些话译写成汉语。自然，当我倾听那些故土人物的内心，甚至故乡大地上的一棵树，一丝风，它们还是会用古老的嘉绒语发出声音，自然，我又在做着一边翻译一边记录的工作。刚刚从事这种工作的那些年，我有时会忍不住站到镜子前，看看自己是不是变成了电影电视里那种猥琐的日军翻译官的形象。还好，这种情形并没有出现。我在镜子中表情严肃，目光坚定，有点像是一个政治家即将上台发表鼓动性演讲前的那种模样。

当上世纪八十年代到来时，我和这一代作家一样，开始了贪婪地阅读。而且，绝大部分是翻译文学。从乔叟到爱伦·坡，从托尔斯泰到马尔克斯，从惠特曼到聂鲁达，从庞德到里尔克。一度，他们的经验曾经显得比杜甫和苏东坡还要重要。我们记得那些作家诗人名字的同时，也记下了一些翻译家的名字。他们把整个世界带到了一代不懂外国语的中国作家面前，使我们得以从一开始，就以歌德所预言过的那种世界文学的标准书写自己的故事与经验。虽然，这些年有一个来自歌德故乡的汉学家总在说，中国这些不懂得外国语的作家不可能成为世界文学的一部分，这引起了一些作家的愤怒。但这对我没有影响。因为从我写作的那一天起，我就只想过尽力使自己成为一个好作家。而不是某一民族的，某一国度的作家，自然，也没有想过怎样使自己成为一个世界的作家。

中国的新文化运动，最具价值的工作，就是大规模的翻译。通过翻译新的思想，新的知识，新的表达而全面刷新了中国人的精神世界。甚至汉语这种语言从文言文到白话文的嬗变，新的词汇，新的语法，新的修辞，也基本是借翻译之功才得以完成。

更早一些，从东汉到唐朝几百年间持续不断的佛经的翻译也极大地改变了汉语的面貌，丰富了汉语的内涵与表达。从新文化运动以来的表达中，中国文化总被描绘成一个封闭的系统。而正是大规模的翻译突破了这个一度高度闭合的系统。今天，随便走进中国任何一家书店，任何一座图书馆，翻译外来图书之多，在今天这个世界上，也许任何一个国家都难以比肩。翻译图书的数量占图书总量的比例，也不妨看成一个国家，一种文化开放程度的可靠指标。

仅就文学来讲，没有翻译，世界文学的版图就难以完善。而中国现当代文学的成就，如果没有翻译的推动，也是根本不能想象的。所以，我对翻译这个事业，以及翻译家是信任与尊敬的。

但我又不得不说，这种对于翻译的依赖与期许是在阅读各种外语译为汉语的过程中建立起来的。而今天，我们这些人在这里聚会，要做的工作是推进汉语文学作品往各种外语的翻译。一种我们已经习惯了的那些翻译的反向的翻译。一种文化输出。在中国人看来，这是一件自然而然的事情，是一件向世界敞开，与世界对话的努力。这件事情到一定时候就必然会发生。通过持续不断的翻译，我们知道了整个世界，现在，这个翻译要转换一下方向，要把汉语译成各种外国语，也让世界知道一点中国。通过文学翻译让世界也了解一点中国的文化，中国的人，中国的事，中国人的情感与心思。这是这些年来中国文化走出去的努力中的一个部分。这十多年间，我也有少数作品被翻译为十多种语言，在国外发行。我也随着这些书去到一些国家，而不是仅仅作为一个好奇的游客。这当然是一个令人欣喜的过程，但当最初的兴奋过去，在这个过程中，我感受到中国文学的翻译可能并不如自己最初所期待的那样，一路都是友善的鲜花与掌声。因为我们所遇到的汉学家，遇到的翻译，也是一个复杂的存在。有各种各样的汉学家，也有各式各样的翻译。我的情形更为特殊一点，我还会在这个过程中遇到藏学。如果承认西藏是中国的一个部分，那么藏学也是汉学的一个部分。但我常常遇到的情形是，说首先藏学不是汉学。那么用汉语写出的藏族社会，也不是真正的这一民族的文学。记得我第一本书在美国出版时，翻译和出版方都抱着很美好的希望，但书刚上市，就遇到了认为旧时的藏人社会是人间天堂的藏学家。他反对写出这个社会的残酷与蒙昧，反对这个社会中人痛苦的挣扎。这样的人在西方社会很有能量，可以使翻译和出版方感到担心与忧虑。也是在一个西方国家，我被一个做翻译的人带去参观一座藏传佛教寺院。其实，这位翻译是要带我去看这座寺院里正在举办一个关于中国藏区的展览。那是青藏高原上简陋至极的乡村学校的照片。那位翻译这么做当然有他的用意。他还特意问我有什么感觉。我告诉他：这些学校的面貌确实让人感到汗颜，但青藏高原上还有很多很像样的学校，这里怎么没有？此其一。其二，还有一个问题，这些把寺庙盖到外国来的人，他们统治青藏高原的时候，竟连这样简陋的学校也没办过，那么他们基于什么样的道德感来办这个暴露性的展览？其三，我告诉这位翻译，我今天之所以能从事写作，并因为写下那些文字而来到他的国家，正是拜我的小村庄里开天辟地以来出现的那所简陋的小学校所赐，让我可以在两种不同语言间不断往返穿越，做重新建设我们精神世界的工作。我在前面说过，那样的小学校培养了我对语言魔力的最初的体验，如此这般把这样的学校作为一种政治工具，在我看来，不但说不上起码的尊重与理解，而是一种挑衅。

翻译不只是一件匠人般的技术工作，虽然这个工作天然地包含了巨大的技术含量。翻译也跟意识形态，跟文化观密切相关。而被翻译，其实也是一个被衡量被挑选的过程。尤其是这个过程发生在有关中国文学的权衡与挑选时，尤其是有关藏人这个族群的文学表达时，可能也并不完全是基于文学本身的考量。虽然我依然愿意自己的文字可以传播到更宽广的世界，但同时我也知道，这条道路我们遭逢的并不都是同情与理解，还会充满很多困难。

我之所以这样说，是因为这些年也看到被翻译的欲望在某种程度上可能会影响到中国文学的面貌，可能在某种程度上影响到创作者文学的初衷，而去进行某种角色扮演。翻译成外国语的中国文学图景与中国文学本身并不真正吻合。我当然对那些翻译过我作品的翻译朋友们充满感激，但我也不打算试图因为应对翻译的挑选而改变自己写作的初心与路径。其实，无论是文学创作还是翻译，都是有关不同文化不同族群不同语言间的相互的理解与沟通，按佛教观点讲，这就是一种巨大的善业。但中国文学在被翻译过程中还得准备好接受种种非文学的挑战与考验。在我的嘉绒母语中，把翻译叫作有两条或两条以上舌头的人，在更遥远的古代，一个把大量佛经翻译为汉语的外国翻译家鸠摩罗什，也说翻译就是用舌头积累功德。今天在中国西北的一个地方，还筑有一个高塔，人们相信，塔下就藏着鸠摩罗什的舌头舍利。

意识形态标准至上的做法曾经从内部严重戕害过中国文学，那么，今天，在这个确实存在着不同的强烈的意识形态的世界上，一方面我们热切地期待着走向世界，但也要警惕来自外部的意识形态对于我们的文学可能造成的伤害。而在座的翻译家们如果能够坚持基于人、人类，基于文学的那些最基本的原则向世界介绍中国的作家与中国的文学，你们的如簧之巧舌也会在人类交流史上造就一个巨大的善业。

而在我看来，一个中国作家，也只有造就了真正基于中国人感受的文学，基于汉语这种语言，并对这种语言有所创新，有所丰富，有所发展的文学，才有可能成为真正的世界文学。

译者：隐身的大师

阿 乙

阿乙，本命艾国柱，1976 年生于江西瑞昌，现居北京。出版有短篇小说集《灰故事》《鸟，看见我了》《春天在哪里》《情史失踪者》，小说《下面，我该干些什么》《模范青年》，即将出版长篇小说《早上九点叫醒我》。《下面，我该干些什么》的英文版 *a perfect crime* 及意文版 *E ADESSO？* 已出版，瑞典文版将出版，长篇《早上九点叫醒我》的英文版及意文版将出版。曾有作品若干发表于 *GRANTA* 杂志。曾入选《人民文学》"未来大家 top20" 及《联合文学》"二十位四十岁以下华文作家"。

写作者是最能感受到创造愉悦的。想一想，他创造一个名字，比如福贵（余华《活着》），这个福贵就比余华故乡浙江百分之九十九点九九的人要有名、要丰满，甚至要更真实。或者他塑造一个地名，比如莫言对故乡高密县东北乡的耕耘，就使东北乡获取了更大的传说价值。写作者有时就是《圣经》里的上帝，要有光，于是就有了光。

译者、编辑和批评者所享受的待遇则不同。他们仨的共同点就是必须以他人的作品为工作对象，因此得到的尊重也远不如作者。好一点的被视为忠实的仆从，坏一点的被视为破坏者、损毁者、打劫者。有时还被一些傲慢的作者视为寄生虫。前几年，巴尔加斯·略萨访华，众多的美洲文学研究者、译者像遥远外省的臣民，怀带着终于见到活人了的心情，蜂拥而至。那时候我隐隐感到一种失落。因为在我的阅读范畴内，巴尔加斯·略萨并不是一位重要的作家，而这些老迈而谦虚的中国译者才是我心目中普罗米修斯式的英雄或者说是神。

我在向诗人北岛请教时，他曾说"文革"导致不少的诗人封笔，创造的激情转向翻译。这使我想清楚了一些事情。比如我为什么会不由自主地以这些优美的译本为写作语感的样本。到现在还有人说我的小说有一股翻译体的味道。我从不以此为耻。因为我恰恰认为翻译体是美的，体现了两种语言的优势，体现了修辞，体现了工整，体现了创造的激情，也体现了诗意。准确、典雅和诗意一直是中国翻译作品的核心财富。李文俊、叶廷芳、王振孙、陈众议、王永年、草婴、余中先、文洁若、高兴等译家离不开前一代译家的影响，而我的写作也离不开李文俊等译家的影响。年轻的译家如黄灿然、范晔、何家炜、西川（他是诗人，同时译诗）也会影响到我。相反，像鲁迅、汪曾祺、贾平凹、陈忠实这样的中文作家的作品则影响不到我，例外的是老舍。这些老一代译者有一个特点是长寿，然而再长寿也抵挡不住死神的邀请。这些年，总会有一些国宝级的译家辞世，每当他们中的一位离去，我都感觉这是天空中一颗星辰的陨落，我们的世界也因此黑暗一块。

流行的说法是翻译会导致原意的流失。有时有人会建议我去看原文。我想大多数译者都受到这种说法的折磨。然而我并不这样认为。我做过将近十年的报刊编辑工作。我想编辑和翻译是相近的工作，翻译某种程度上也是编辑。我记得，每次在进行编辑或改稿工作时，即使面对的是已经知名记者或行内高手的稿件，我也会充满自信。我认为它仍然有改进和加工的余地。我的智慧可以帮助到这位作者的作品。只要我明白自己的任务是帮助而不是篡改。我想，戈尔丁的作品《蝇王》失去编辑的帮助，可能难以称其为伟大；卡佛的短篇小说得不到编辑的删改，也不可能展现出简练的风采。我

的小说《下面，我该干些什么》已经推出英文版、意大利文版，我
不懂上述两种语言，但是懂这两种语言的朋友告诉我，小说的英文
版和意大利文版呈现出准确、凌厉的特点，英译本译者安娜甚至得
到"英国笔会翻译奖"，《华尔街日报》的书评也称赞小说的准确性。
而作为小说的作者，我最担忧的就是我的用词的准确性。今年，为
了使小说显得更准确和简洁，我甚至对小说进行重写。那么，外方
之所以认为我的小说准确，它肯定是根据安娜的英译本和傅雪莲的
意译本来判断的。也就是说，安娜和傅雪莲两位杰出的译者有益地
提升了我的作品的水准。

　　还有一种武断的说法是不同的语言因其风俗和历史的不同，根
本不可译。我想到的却是，世上不存在转译不了的事物。我印象非
常深的是李文俊在《押沙龙！押沙龙》里屡次译出的一句应答的话：
是的，您嘞。或者，是的，您呢。在我们江南，不会存在这样的口
语，这样的口语存在于老北京，存在于胡同，是稍有身份的人的客
套词。然而其用于一名美国南方的下人对庄园主的应承却极其合适。
甚至是比福克纳的原文更合适。因为你在这简单的一句话里看到了
下人那隆重的恭敬。那种秩序感、阶级感、忠诚感和畏惧感。

　　另外一个成功的翻译范例："我闻（问）您，您为杀（啥）这样
眼也不眨地盯着我？"他加倍气愤地嚷道。"我是朝中知名之士，你
却是个无名之辈！"他加上一句，从椅子里一跃而起。

　　这是南江对陀思妥耶夫斯基《群魔》的一处翻译。他翻译出了
一种语气。我相信很多译者都做过这样美妙的尝试。

　　我很喜欢西川对盖瑞·施耐德的翻译，我转录如下：

　　　山谷下一阵烟岚

　　　三天暑热，之前五日大雨

　　　冷杉球果上树脂闪耀

新生的苍蝇
团团飞过岩石和草地

我想不起曾经读过的东西
有几个朋友，但住在城里
喝锡罐中冷冷的雪水
向下远眺，数英里在目
大气高旷而静止

——《八月中旬在苏窦山瞭望站》

施耐德是一名禅宗信徒，对东方文化颇为迷恋，我想，没有比西川更能译出他内心的这种意境的了。

多层复合领域的探索

——翻译侗族神话故事

[法] 安妮·居里安

安妮·居里安（Annie Bergeret Curien），法国翻译家。现任法国国家科研中心近现代中国研究中心研究员。负责出版四份杂志，其中两份为中文：《天涯》和《香港文学》，两份为法文：《欧洲》和《八月的雪》。翻译过汪曾祺、宗璞、韩少功、陆文夫、史铁生、李锐、梁秉钧和张炜等内地和香港作家的作品。最近翻译出版了侗族文化特色的神话故事。"两仪文舍"项目负责人，该项目邀请用中法文写作的作家、翻译家，在巴黎、北京、上海、南京、香港和台北，通过共同写作与翻译新作品交流想法。多次组织中法作家和评论家学术研讨会。

我是研究中国当代文学的。几十年来，我翻译和研究的主要是小说。参加这次翻译文学研讨会，我想讲一下我的另外一种翻译经验，即翻译侗族神话故事。侗族有三百万人口，他们住在贵州、湖南、广西三省区的边缘地区。侗族文学是口头文学，侗族没有自己的文字。

十五年以前我曾发表一部关于侗族文化和文学的著作。书名是《神奇的侗族文学》（*Littératures enchantées des Dong*）（2010 年）。书里收集了我翻译的几篇侗族作家用汉语写的短篇小说，有神话、歌词，还有我介绍侗族文化与分析侗族作家创作状态的文章。

今年我刚出第二本关于侗族文化和文学的书。书名是《在扁担中—侗乡传承意识和神话故事》(*Dans la palanche – transmission et légendes au pays des Dong*)（2016 年）。这本书专门研究和翻译侗族神话，介绍侗族人高度的传承意识。现在，我要谈的主要是从我出第二本书的经验得来的思考。

翻译侗族神话故事时，我重视并试图表达他们的空间感，人与大自然的和谐感，以及他们的集体意识和老百姓团结的意义。

这些概念体现在他们的音乐活动中和让歌声代代相传的实践中。

十几年来，我在研究和阅读关于侗族文化的各种资料和做田野调查的时候，越来越多地发现在侗族文化中音乐是非常重要的。侗族人在日常生活里，以及在过节的时候都唱歌，都爱唱歌，从童年就人人学唱歌。年轻人、中年人、老年人都一起唱。他们的侗族大歌很有名，已进入联合国非物质遗产保护名录。听一听，读一读侗族神话故事让我们意识到，音乐承载着他们与太阳，与大自然联合的想法；承载着他们的空间感；他们对祖先的尊敬；他们向别人、向子孙后代传承歌曲的愿望。音乐可以被看作为侗族文化的核心。就是我发言题目中使用"复合领域"一词的理由：叙述和文字里的音乐。

在翻译和出书的过程中，为了强调侗族文化概念所表现的一致性以及人道和审美的特色，我感觉到，除了提供神话的法文译文以外，我还需要写一篇介绍侗族文化的比较详细的序文，当然也要加上一些注释。因为在侗族文化中，象征性的含义是非常强的；而这完全不影响另外一个特征，即：他们神话故事的气氛十分爽快和清亮。这种双面表达方式，我也应该想办法用法文把它显露出来。此外，我在书里，插入照片，使故事具有视觉性，比如神话中有关风景的描述配上侗乡风景的摄影。

我的题目中有"多层"这个词。这里我要谈谈多层翻译过程中的经验。

我这次的翻译工作包含了探访经验。这点，同样很重要。我多次去了侗乡，收集了不少资料：文学、音乐、人类学的。通过田野考察，我了解到侗族文化在某些地方比较活跃，有些保护得不错，而另外一些地方几乎完全没有了。侗族文化到现在还部分地活着，原因之一是因为侗寨与城市、道路等其他现代化的现象在很长时间内相距遥远。最近十几年情况变化很大，很多侗族青年离开村子去城市工作，侗乡出现了高速公路，旅游业开始发展，等等。怎么保护侗族文化遗产是个要紧的事，也是有意义的课题。

研讨会的题目为"与中国文学携手同行"。我翻译侗族神话故事，用的是汉语文本，而汉语并不是这些神话故事的原来语言形态，而又是由没有自己文字的侗族用汉语记录的本族神话。可以说这里我们进入了翻译的本质过程，这种翻译过程即：基于用口头侗语传承的侗歌和侗族神话由侗族人使用汉字把他们变成了汉语的书面文字，我再把侗族人用汉语转写的故事译成法文。这里可看到两层意义的传承方式：一方面是从口头文化到书面资料的过程；另一方面是从侗族世界到法国世界的过程，而这个过程是通过书面的汉语为中介来完成的。

再说，按我上述已提到的，我翻译侗族神话时，非常注重音乐探索。这意味着这里存在着第一种翻译、换位的阶段：从侗族神话主要元素，即音乐，转移到书面文字方式。

再谈一谈我关于研讨会的第一议题"翻译的权利和边界"的初步思考。

按上述说的，通过先后几个阶段——音乐、文字；口头侗语、书面中文、法文，侗族神话才能在非侗族人居住的世界获得生命，外族人才能理解这些神话的含义。

书中，通过我田野考察拍摄的照片上可看到侗族建筑（鼓楼、风雨桥）上的壁画，侗乡风景，侗族人的服装，人唱歌时的面部表情等。我想这样出书可帮助外国读者更好地理解这个很有逻辑性、一致性和外向性（比如在从事农业活动时与大自然的密切联系）的侗族文化。从这个角度来看，我感觉到翻译是活跃的传承模式，允许人部分地超越语言性、文化性的一些边界。

关于第二议题"当代汉语的扩展变化及翻译的新挑战"，我认为我翻译侗族神话时，没有直接碰到这个问题。不过，开始翻译之前，我需要研究和查阅侗族人收集和写作的资料，对比作品的声调、口气，看一看某些资料是否受了本应当避免的甜美化处理，选择更接近原形态的文本。我在翻译侗族神话的过程中，想使用一种真正有活力也有形象力的法文写作。我注意到，虽然资料来自传统文化，我也必须强调他们的当代性。因为侗族文化不是只可以放到博物馆里的展品，而是一种当代侗族人的想法与信仰还活跃着的现实。所以，我翻译作品时，就试图让我的语言不太古典，不过时。另外，当然也不愿意我的语言是跟随最近时髦流行的表达方式。

我最后讲一下第三议题"可译与不可译——语际书写的困惑"。

在侗族歌和口头故事里可听到的语调，比如为提供语言节奏与和谐经常重复的所谓衬词——大概无法在法文译文中表现。不过，应该说，在汉语文字里，或者说在中文译文中，这些口头文化成分都已不存在了，也无法表达。依我看，在中文译文中，这些侗族语言性的特征通过形象化的汉字的重复使用，非常接近侗族口头文学里的和声、和谐和复调的音乐性，因而也富于表现音乐场合和比喻在叙述过程中的作用。我也发现，有时中文写作通过汉字的图形构成强化表现意味。比如，在某神话的一个段落中，有许多具有"口"字偏旁的汉字：似乎人、动物、大自然一起醒来作声。我用法文试图再描写出侗族神话构思中的侗族人综合性和音乐性的世界。神话诗意很强，神话承载的形象帮助我用法文实现——起码是我的愿望——一种有共鸣和对应的叙述场面。

日本人翻译中国文学时的几个关键

［日］岸阳子

岸阳子（Kishi Yoko），日本翻译家，中国文学研究家。毕业于日本国立东京外国语大学，东京都立大学硕士、博士，曾任北京大学东方语言系客座教授。现任日本早稻田大学名誉教授、北京大学日本研究中心客座研究员。主要翻译作品有《庄子》，鲁迅的《关于知识阶层》，楼适夷的《致裘沙同志的信》，冯牧的《阳光在北京苏醒》，陈建功的《盖棺》《丹凤眼》，张承志的《黑骏马》，贾平凹的《王满堂——流逝的故事之一》等。个人著作有《中国知识分子的一百年》等。

对于我们日本人来说，汉语跟其他外语不同，自古以来日本属于中国的文明圈，引进中华文明，从而奠定了日本高端文化的基础。我们的书写依凭汉字、汉文。

后来我们的祖先借用汉字，从奈良朝时代的"万叶假名"开始，通过漫长的岁月，先是把汉字作为表音文字，然后又加以简化、符号化。简化的过程有两种系统，然后两个系统整合各自所有的无数异体字，最后演变成了现在的"平假名"和"片假名"两种表音文字。这种日本独自创造的表音文字体系是我们祖先传下来的伟大的文化遗产。

但很幸运，我们没有丢弃汉字。通过汉字，我们可以接受中国庞大的文化遗产，而且从江户时代末期到明治维新时期，就是日本引进西方的"近代",要彻底地改革社会的时候,当时的知识阶层,运用拥有丰富的造词能力的汉字,在翻译欧美学术与思想的过程中,创造了新的概念词汇,为日本社会的"近代化"做出了重要贡献。这些新造出来的词汇,还逆向输入进了中国。

目前,我们把汉字和两种"假名"文字作为日语的表记方法,日常使用的词汇中有各种来历不同的汉字词汇,其中不少和中国的汉字词汇"同形",但不一定是完全"同义"。我们应该注意这一点。

另一方面,在日本建立古代国家的时期,我们祖先为了尽快地学习当时中国的先进制度与思想,利用汉字的表意文字特点,编制出了一种所谓"汉文训读法":就是把本为外语的汉语文言,可以不当外语来读,而且可以大体上读懂其文章含义的方法。这个"汉文训读法"可以说是一种速读法。用日语发音读原文,再加上读音顺序的符号,把汉语语法中最重要的因素——语序,转换为日语的语序来读。例如:把"有朋自远方来,不亦乐乎"读成"友有り远方より来る,亦た悦ばしからずや"。

不过,例如"即""则""乃"等虚词,原来是显示文章不同的连接关系的重要词汇,在"汉文训读法"中却均被忽略其差异,读如同一音。因为无视这些虚词的不同用法,所以原文精确的逻辑性也被忽略,这样当然难以深刻地理解原文的含义。

尽管如此,在日本接受中国文明的过程中,"汉文训读法"事实上起到了重要的作用,而且"它给原如软体动物一样的难以捉摸的纯日语式的文章提供了一个逻辑的框架,文体上加了一种建筑美"(远山启),而很大地影响到现代日语(即 national language)的形成。这一点也应该得到肯定。

然而,我们还要注意另一个事实。很多日本人误以为使用这种方式就能解读所有的中国文言文乃至五四运动后的口语文章。他们没有把汉语当作外国的语言,尤其是对于口语文章没有认真地去学习，即没有努力去学习同时代中国人的语言，从而没有努力去更深地了解同时代的中国知识分子与老百姓的心情，结果导致了日本人对中国的错误认识。安藤彦太郎在他的《中国语与近代日本》（1988 年，岩波书店）一书中指出："这种错误的态度造成了日本人对中国之认识的二元结构：一方面尊崇中国的古典世界，另一方面则蔑视同时代的中国。"

日本人翻译汉语文章时，因为共享词汇，又因为汉字的多义性，而有跌进语言陷阱的危险。我们为了避免掉入这个陷阱最重要的是：即使读古典汉语也要当作外语来读，遵循汉语的逻辑体系来加以理解。关于这点，我前年已介绍过一个例子，就是对于很多日本人所喜爱的中唐诗人张继的七言绝句《枫桥夜泊》的解释和争论。这次就不重复讲了。

我们翻译中国文学，当然必须了解作品里的历史和社会的背景，能够抓住作者写这篇作品的意图。而想要了解不同时代的文学作品，需要很大的想象力。

我举一个自己翻译的二十世纪三十年代的女作家作品的例子。

二十世纪三十年代，日本侵略中国，在东北地区建立了一个傀儡国家"满洲国"。那个时期，在那极为严峻的历史背景之下，东北地区也出现了几个优秀的女作家。她们在各个不同的环境之中，通过自己的文学作品，给我们留下了殖民地统治下的中国知识分子和人民群众生存的痕迹。她们不但处于日本殖民统治的压迫之下，同时也处于以男人为中心的中日共同的传统思想和制度的压迫之下。她们要发出声音来，那是多么不容易啊！我认为，我们日本人研究中国文学，应该倾耳去听她们的诉说，要知道她们的痛苦，要更深地去理解我们自己的历史。因此我就开始阅读和翻译她们留下来的文学作品。

其中一位女作家是梅娘。她参加了日本策划的"大东亚文学者大会"，而 1944 年，她的小说《蟹》获得第三次大会大奖，以后活跃于文坛。新中国成立以后，她被戴上了"汉奸"的帽子，长久失去了写作的机会。

去年梅娘因高龄去世，我为了悼念这位因日本的侵略而受苦的东北女作家，翻译了她早期的短篇小说《侨民》（《新满洲》通卷第 30 号，1941 年）。

小说的女主人公"我"是来到日本大阪工作的一个东北知识青年。一个天气阴沉的星期六下午，"我"不知为什么，心里感到沉闷，想要去神户看海开开心，乘上从大阪到神户的列车。在车厢里有一对朝鲜人夫妻给她让座，她就一直偷偷地观察这对夫妻。男人对妻子很粗暴，妻子对丈夫战战兢兢的。她怀疑："他们为什么给我让位子呢？也许因为我是女人吗？"

这样"我"开始看看车厢里挤满的乘客，继续这么写：

> 也许，我身边没有另外的女性。刚上车的时候，曾有两位艳装的姑娘和我站在同一的地方，但她们都用细白的手帕掩着嘴走到车那端的穿着漂亮的衣裳的人们之间去了。

对于常食大蒜的"满人"（即东北的中国人）和朝鲜人，日本人认为"臭"，并把这种生活习惯的不同，等同于"民族优劣"的标志，而加以歧视。通过这样一个日常细节的描写，梅娘不动声色地指出了所谓"五族协和"这一口号的虚假。

梅娘用虚构的方式，把当时日常生活中常见的"殖民地风景"刻印在她的小说里。原来日本女孩子感到不好意思或害羞时往往用手或手帕捂嘴，但我们应该从这一句看出她们捂嘴的另外一个意思——"嫌臭"。其实梅娘描写的是日本人在日常生活里歧视中国人或朝鲜人的一个风景。

这篇短短的小说还通过"我"在车厢里的幻想，指出"被殖民者"往往把"殖民者"的歧视话语（discourse）内在化并以此界定彼此。

这篇小说里揭露了"性别歧视意识形态"与日常生活中的"民族歧视"以及"殖民地统治的隐形暴力"。《侨民》也许是梅娘文学的原型。不单单是梅娘，而其他"伪满"时期东北女作家的作品也都巧妙地刻画出殖民地统治下丧失自我认同的知识分子的苦恼、抑郁，同时也凝视对于作为一个文化机制的性别歧视。这些内容都涉及人之存在的根源，至今尚值得反思。

除了语言的问题，我们日本人翻译中国文学——特别是中国现代、当代文学时，不但要去了解历史背景，而且要加深自己的历史认识。

与中国文学携手同行

［瑞典］**陈安娜**

　　陈安娜（Anna Gustafsson Chen），瑞典翻译家。瑞典隆德大学中文博士，瑞典作家协会会员。主要翻译作品有苏童的《妻妾成群》《碧奴》《米》，莫言的《红高粱家族》《天堂蒜薹之歌》《生死疲劳》《蛙》，贾平凹的《高兴》，刘震云的《我不是潘金莲》《一句顶一万句》，虹影的《背叛之夏》《饥饿的女儿》《英国情人》，卫慧的《上海宝贝》，余华的《活着》《许三观卖血记》《十个词汇里的中国》，韩少功的《马桥词典》，陈染的《私人生活》，阎连科的《丁庄梦》《受活》，张炜的《古船》，马建的《红尘》《拉面者》，春树的《北京娃娃》等二十多位作家的四十余部作品。翻译了曹文轩的《羽毛》等儿童文学作品十余部。2013 年获中华图书特殊贡献奖。

　　如果要谈文学翻译的可能性，或者要谈一个译者对原文能做什么和不能做什么的边界在哪里，那么我们首先必须考虑翻译本身是什么。不做翻译的人会有一种很常见的误解，以为翻译只不过是把某种语言的词句，替换成另一种语言的同样词句。这样的想法，实际工作的译者必须迅速抛开。文学翻译家做的是另一种事情：给原有的文本提供一个新的语言和一个不同文化语境的新形象。为了做到这一点，译者不仅得抓住文本表面的情节和对话，而且还得把握其情感和风格，理解文字下面潜在的意义、暗示或者文字游戏。如果说在过去译者经常被看成一种机器，像奴隶一样把原文完整全面地转成新的语言，而不会用任何方式去影响或者改变原文（这是注定要失败的），那么现在比较常见的看法是把译者看作原文作者的创作伙伴，和原文作者一起写出这个作品的一个新版本。这个新版本也许在某些方面与原文稍微有些不同，但是不一定更差。正如瓦尔特·本雅明在他的论文《译者的任务》(*The task of the translator*) 里说的，"如果是在终极本质的意义上去努力追求和原文相同，那么没有任何翻译是可能的。因为，在其再生之后，原文经过了一种变化。如果没有一种转型，一种鲜活事物的更新，那么也就谈不上再生。"

翻译家和作家的作用当然不一样，不一样的地方就是作家是自由的，想写什么就写什么，想怎么写就怎么写，而翻译家无论如何必须尊重已经存在的文本，不能随便去改变、删掉或者添加。因为这个原因，这个理由，也许把翻译与音乐演出相比会更好：如果作家是个作曲家，写出了一部交响乐的总谱，那么翻译家就是表演这部交响乐的乐队。不同的翻译家就是不同的乐队，都可以对这部交响乐有自己的阐释，但出发点总是这个总谱。有些乐队会演奏得节奏快一点，而其他乐队可能慢一点；有些乐队会做出比较抒情的解释，而其他乐队会比较强有力，甚至咄咄逼人。此外，如果这个作曲家是生活在文艺复兴或者巴洛克时代，那么他的音乐是为那个时代的乐器写的，那些乐器和我们今天使用的乐器发出的声音是不同的。一个现代乐队演奏这部作品的时候，今天的乐器会提供一种不一样的新的音调。不过，依然还是这个作曲家的作品构成了演奏的基础。

如果我们愿意的话，可以这么说：翻译家不可能逐字逐句原原本本翻译一个文本，但正是这个事实，让翻译的工作有了价值。因为要把一个故事、一首诗歌或者其他文学文本介绍给新的读者，翻译家必须努力克服两种语言之间的差别，这个过程的结果经常使得所谓的目标语言也变得丰富起来，译文读者会得到新的洞见，得到新的知识。就是说，翻译不仅是把陌生的语言塞进一件新的语言的衣服里，而是一种测验，测试出用目标语言的时候你能做到什么。在最好的情况下，这样一种测试会使得目标语言的文学也丰富起来，它不光会给读者提供新的故事和思想，目标语言本身也有了发展。我认为，现代汉语文学的发展就是一个例子，无论从语言上还是文学上它都受到了外来文学的促进。外国语言的文学和语言同样会因为受到汉语文学的影响而发展。

　　有一派翻译家认为一个译本就是要"陌生化"，或者叫"外国化"，方法就是要尽量保持原文的结构。我个人不属于这个派别。"陌生化"常常导致一种夸张的异国情调，制造出读者和译文之间的距离，这个距离往往让读者失去阅读兴趣。我认为，一个在原文语境里容易接受的、用通俗语言的文本，不应该成为一个奇怪的、难以琢磨的译本。如果保持原文里的单词或词语，而实际上在目标语言里有完全相同的或者非常接近的同义词，那我也看不到这么做有什么意义。比如说，有的人会把奶奶依然翻译为 Nainai，而不翻译成瑞典文的同义词 Farmor，或者把伯伯依然翻译成 Bobo，而不是瑞典语的 Farbror，以为那样就能制造出一种比较"中国式"的感觉。同时，我也不认为，作为译者，总是要把原文完全本土化。在把中文翻译成某种欧洲语言的时候，这也几乎是不可能做到的，因为中文文化语境本身是很不一样的，是难以在欧洲做到全面本土化的。

　　也有些原文本，要求译者在目标文本中做些实验和发展。这里和原文语言的难度有一种联系：作家越会发挥自己语言的潜力，那么译者也必须越会发挥在目标语言的潜力。所以，译者对原文语言掌握得好是不够的，如果要能够再现出和作家在原文里达到的语言效果，那么译者必须对目标语言的潜力，对这种语言的可能性，也得有良好的认识与把握。

　　在瑞典，有译者谈到过翻译有不同的层次。第一个层次可以称为真实层次（和中国译者谈到的"信、达、雅"的"信"差不多），就是说，原文里肯定有一些词语、表达方式和象征等等，都必须完全真实地转到译文里去。这可以包括韵律节奏和语法结构，比如，在一首诗歌里某些词安排在句尾，因为作家的意愿是这首诗要这样来结尾。尤其是最后这个特点，当我们把中文翻译成欧洲语言的时候就不那么简单，因为原文和译文有完全不同的句子构造。

第二个层次可以叫作等量层次，在这个层次里原文的某些词语与成语可以转换成译文语言里同等的词语与成语，表达与原文对应的风格、意义或者感情，尽管它们在语义上不完全一样。比如，歇后语和骂人话，经常就有这样的等量的对应。

第三个也是最后一个层次叫作发挥层次。这是作家在充分发挥艺术手段，玩语言游戏，开玩笑或者炫耀技能，而译者既不能找到可以直接翻译的词句，也没有什么等量成语可用的层次。在这种情况之下译者也必须全力以赴，大胆想象，运用知识，允许自己实验和自由创造。

要在这三个不同层次中间判断和决定边界在哪里，不那么容易。

那么，是否还有完全不可译的文本呢？这个问题我肯定会回答"是"。很可能，有些文本可以翻译成某些语言，但几乎不可能翻译成另一些语言（如果要想在译文里保持文学质量）。我举个例子，台湾诗人陈黎的《战争交响曲》。请看下面的原文。

兵兵兵兵兵兵兵兵兵兵兵兵兵兵兵兵兵兵兵兵兵兵
兵兵兵兵兵兵兵兵兵兵兵兵兵兵兵兵兵兵兵兵兵兵
兵兵兵兵兵兵兵兵兵兵兵兵兵兵兵兵兵兵兵兵兵兵
兵兵兵兵兵兵兵兵兵兵兵兵兵兵兵兵兵兵兵兵兵兵
兵兵兵兵兵兵兵兵兵兵兵兵兵兵兵兵兵兵兵兵兵兵
兵兵兵兵兵兵兵兵兵兵兵兵兵兵兵兵兵兵兵兵兵兵
兵兵兵兵兵兵兵兵兵兵兵兵兵兵兵兵兵兵兵兵兵兵
兵兵兵兵兵兵兵兵兵兵兵兵兵兵兵兵兵兵兵兵兵兵
兵兵兵兵兵兵兵兵兵兵兵兵兵兵兵兵兵兵兵兵兵兵
兵兵兵兵兵兵兵兵兵兵兵兵兵兵兵兵兵兵兵兵兵兵
兵兵兵兵兵兵兵兵兵兵兵兵兵兵兵兵兵兵兵兵兵兵
兵兵兵兵兵兵兵兵兵兵兵兵兵兵兵兵兵兵兵兵兵兵
兵兵兵兵兵兵兵兵兵兵兵兵兵兵兵兵兵兵兵兵兵兵
兵兵兵兵兵兵兵兵兵兵兵兵兵兵兵兵兵兵兵兵兵兵
兵兵兵兵兵兵兵兵兵兵兵兵兵兵兵兵兵兵兵兵兵兵
兵兵兵兵兵兵兵兵兵兵兵兵兵兵兵兵兵兵兵兵兵兵

```
兵兵兵兵兵兵兵兵兵兵兵兵兵兵兵兵兵兵兵兵
兵兵兵兵兵兵兵兵兵兵兵兵兵兵兵兵兵兵兵兵
兵兵兵兵兵兵兵兵兵兵兵兵兵兵兵兵兵兵兵兵
兵兵兵兵兵兵兵兵兵兵兵兵兵兵兵兵兵兵兵兵
兵兵兵兵兵兵兵兵兵兵兵兵兵兵兵兵兵兵兵兵
兵兵兵兵兵兵兵兵兵兵兵兵兵兵兵兵兵兵兵兵
兵兵兵兵兵兵兵兵兵兵兵兵兵兵兵兵兵兵兵兵
兵兵兵兵兵兵兵兵兵兵兵兵兵兵兵兵兵兵兵兵
兵兵兵兵兵兵兵兵兵兵兵兵兵兵兵兵兵兵兵兵
兵兵兵兵兵兵兵兵兵兵兵兵兵兵    兵兵兵  兵
兵兵  兵兵兵兵  兵    兵    兵兵      兵兵    兵
兵    兵兵  兵    兵      兵      兵兵        兵
  兵兵    兵    兵兵  兵    兵    兵          兵
    兵          兵兵      兵            兵
  兵      兵兵    兵        兵        兵
兵        兵              兵
  兵                            兵


丘丘丘丘丘丘丘丘丘丘丘丘丘丘丘丘丘丘丘丘丘
丘丘丘丘丘丘丘丘丘丘丘丘丘丘丘丘丘丘丘丘丘
丘丘丘丘丘丘丘丘丘丘丘丘丘丘丘丘丘丘丘丘丘
丘丘丘丘丘丘丘丘丘丘丘丘丘丘丘丘丘丘丘丘丘
丘丘丘丘丘丘丘丘丘丘丘丘丘丘丘丘丘丘丘丘丘
丘丘丘丘丘丘丘丘丘丘丘丘丘丘丘丘丘丘丘丘丘
丘丘丘丘丘丘丘丘丘丘丘丘丘丘丘丘丘丘丘丘丘
丘丘丘丘丘丘丘丘丘丘丘丘丘丘丘丘丘丘丘丘丘
丘丘丘丘丘丘丘丘丘丘丘丘丘丘丘丘丘丘丘丘丘
丘丘丘丘丘丘丘丘丘丘丘丘丘丘丘丘丘丘丘丘丘
丘丘丘丘丘丘丘丘丘丘丘丘丘丘丘丘丘丘丘丘丘
丘丘丘丘丘丘丘丘丘丘丘丘丘丘丘丘丘丘丘丘丘
丘丘丘丘丘丘丘丘丘丘丘丘丘丘丘丘丘丘丘丘丘
丘丘丘丘丘丘丘丘丘丘丘丘丘丘丘丘丘丘丘丘丘
丘丘丘丘丘丘丘丘丘丘丘丘丘丘丘丘丘丘丘丘丘
```

　　这首诗歌的翻译难点当然是陈黎在利用中文字的意义、发音和独特形象的组合，同时作为诗歌整体上还构成一幅图画。作为译者，你怎么可能在译文中再现这些特点？兵字排列出的矩阵给人强烈印象，让人想到整齐列队前进的罗马帝国军团。译者要是把这个中文字翻译成某种欧洲语言的对应词，就已经破坏了原来这种四四方方的矩阵图形。然后，带着两条腿的兵字图像，在行进中被打散，逐渐损失了身体这个部分，最后就变成了一排排坟丘的丘字。而丘这个字也很难在翻译中重现同样画面。从声音角度来说，原文是从短促和具有军事特点的"兵（bīng）"到连续不断模拟枪声的象声词"乒（pīng）"和"乓（pāng）"，而最后是悲哀而无力的"丘（qiū）"。我知道有人尝试把这首诗翻译成英文，但是效果不可能是一样的。

陈黎另外一首诗歌也可以作为例子，说明有的文本也许不一定完全不可能，但也难以翻译。这也是一个例子，说明现代中文受到不断增加的外来语言和文化的影响，而这种交流也会制造出新的翻译难度。这首诗《奥菲莉亚》包括在一套受莎士比亚启发而创作的戏剧诗独白里。全诗如下：

奥菲莉亚

"要屄，不要屄，那是个问题。"
你踟蹰自语，我焦急不已

要我，就要行动
要果实，就要敢

你张口送我甜言蜜语
不敢动手为亡父复仇

要逼，不要逼，那是个问题
我被逼做好女儿，好妹妹
不敢逼自己成为一个诱你
摘我，释放我的坏女孩

伦理的推土机，把我们
连同我们所爱的花花草草

推到疯狂的池塘

那边有迷迭香，还有三色堇
那边有茴香，还有耧斗花
这边有芸香，还有延命菊
这边有枯了的紫罗兰……

这里的问题当然是在第一段第一行和第四段第一行，作者拿发音相同的中文字"屄"和"逼"与莎士比亚《哈姆雷特》中的著名独白中英语 be 做了文字游戏。所以，英语原文"To be, or not to be – that is the question"，在这里就转为"要屄，不要屄，那是个问题"。那么，这种特点怎么可能翻译到没有这种发音同样性质的第三种语言呢？这就要求翻译做一种转化，自己尝试用自己语言里的词汇玩文字游戏。

但是我们可以问，是发音的相似性最重要，还是意义最重要？翻译在寻找一种有效的文字游戏的时候，他敢于离开陈黎的原文多远？在翻译用自己的语言做翻译实验的时候，他可以用原文利用的那种语言的哪个词：是英文的 be，还是中文的"屄"和"逼"，或者是已经存在于自己的目标语言里的莎士比亚那段独白的译文呢？

藩篱外的青草

迟子建

迟子建，1964年生于黑龙江漠河，作家。现为黑龙江省作协主席。1983年开始写作，已发表以小说为主的文学作品六百余万字，出版有九十余部单行本。主要作品有长篇小说《伪满洲国》《越过云层的晴朗》《额尔古纳河右岸》《白雪乌鸦》《群山之巅》，小说集《北极村童话》《白雪的墓园》《向着白夜旅行》《逝川》《清水洗尘》《雾月牛栏》《踏着月光的行板》《世界上所有的夜晚》，散文随笔集《伤怀之美》《我的世界下雪了》等。出版有《迟子建长篇小说系列》六卷、《迟子建文集》四卷、《迟子建中篇小说集》五卷、《迟子建短篇小说集》四卷以及三卷本的《迟子建作品精华》。作品有英、法、日、意、韩、荷兰文等海外译本。

　　我出生在中国最北部的小村庄，一个每年有半年时光在飘雪的地方。十七岁才第一次坐上火车，离开故乡去外地求学。我最早接触外国文学作品，是在中学语文课本上。安徒生的童话，泰戈尔的诗，高尔基的散文，都是我们阅读的对象。如果背诵课文，逢着极北短暂而美好的春夏，我会坐在家中菜园的石头上，一边背诵一边寻点蔬果来吃。黄瓜与西红柿，菇娘和水葡萄，就伴着那些美丽的句子，被我一同咀嚼。我的听众是谁呢？是蔬果和花朵，是游来荡去的看家狗和鸡鸭，当然，还有菜园尽头圈里的猪和飞来飞去的蜜蜂与蝴蝶。我记忆最深刻的是背诵前苏联作家高尔基的《海燕》："在苍茫的大海上，狂风卷集着乌云，在乌云和大海之间，海燕像黑色的闪电，在高傲地飞翔！"这激情澎湃的句子，当时我并不知道其实出自两人之手，一个是原作者高尔基，一个是翻译家戈宝权。是戈宝权让高尔基的一篇散文，变成了一团青春的烈火。

我在课本中读到的还有都德的《最后一课》，莫泊桑的《项链》，契诃夫的《变色龙》等小说。这些令人难忘的作品是谁翻译的，当时一概不知，因为老师是不介绍译者的。直到我就读大兴安岭师范学校，在中文系学习的三年，更系统地接触外国文学作品后，才对翻译逐渐有了认知，并且在以后漫长的阅读中，因喜好某个人的翻译，将其名下的译作视为名牌产品，而去追踪。这些学养深厚的翻译家，在我心中也是优秀作家，因为他们的再创作，使得不同的外文语种，神奇地转化为我们能够通晓的汉语，并赋予他们品格和韵律。

傅雷用译笔，毫无疑问拓展了法国作家巴尔扎克和罗曼·罗兰的艺术天空；朱生豪让英国的莎士比亚在中国不朽；草婴让中国读者看到了托尔斯泰和肖洛霍夫的伟大；吕同六让意大利的卡尔维诺，李文俊让美国的福克纳，王道乾让法国的杜拉斯，俘获了万千中国读者的心，还有巴金、杨绛、季羡林、绿原、萧乾等令人敬仰的作家，也留下了他们代表性的译作，丰富着现当代文学对外国文学的译介。这些杰出的译者，为中国读者打开了认识世界的窗口，更为一代代作家的前行，起着铺路石的作用。如果一一列举他们的名字，那将会是一个漫长的名单。

与此同时，另外的一些翻译家，包括与会的汉学家们，则像夜莺一样，采撷中国文学森林之音，传播到海外，让中国文学开始了漂洋过海的旅程。

翻译的权利在哪里？在特定的历史时期，并不完全在艺术手里。比如中国五六十年代对苏俄文学的大量译介（当然不能因此否认那些有重要价值的部分）。不要以为只有当时的中国是这样，半个世纪后，极个别国家对待中国文学，采取的也是这样的标准，只不过那是色彩的两极：一个过于明亮，一个过于阴暗。我曾说过，刺目的光明是另一种黑暗，但同样，过头的阴暗则是脆弱的表现。要知道，尽管有眼泪和不公，在中国的民间，爱与美一样顽强地生长。

在全球化的今天，翻译的权利还可能掌握在资本手里。资本之于艺术，当然也是有好有坏。资本能让优秀的文本屹立不倒，当然也可以制造一些伪经典。我们最希望看到的是，翻译的权利在纯粹的文学手里，这需要掌握翻译权利的人，有判断艺术的独立眼光和标准，有不惧世俗的勇气和信念。当然，当翻译权确立，另一个权利就产生在译者手里了，怎么翻译好是个至关重要的问题。

翻译有无边界？我想不管世界上的语种有多丰富，边界自然也是存在的。以我出版的意大利文的作品为例吧，其中有两部是由法语版本翻译过去的。不是由汉语而直译的翻译文本，我都本能地产生不信任感。还有各语言之间的差异，也造成了翻译不可能尽善尽美地表情达意。比如《红楼梦》中林黛玉《咏白海棠》的诗句"偷来梨蕊三分白，借得梅花一缕魂"，这样对仗精巧、意蕴非凡的诗句，似乎是专为汉语而生的。

但我们要做的，还是要尽力地打通翻译的边界。我曾看过一部记叙东北沦陷期中国劳工遭遇的纪录片，一个当年被日本关东军抓去修筑防御工事的白发苍苍的老者，诉说他之所以逃出，是因为有天他去工事外围的铁丝网下解手，看到铁丝网外草地上有个牧羊人。他乞求牧羊人给铁丝网剪个洞，给他条生路。牧羊人说他手中没带钳子，但答应会帮他。这位老人说，不久之后他在监工麻痹的情况下，又得到了去铁丝网下解手的机会，他看见了被草遮掩的铁丝网果然被剪出一个洞，他顺利逃生了。这个感人细节，我用在了长篇小说《群山之巅》中那个被误认为是逃兵的辛开溜身上。我写他逃出魔窟后，对天下所有的牧羊人都心存感念。

　　语言的障碍，为我们的文学交流竖起了不知多少类似的藩篱。像牧羊人一样拆除藩篱，是翻译工作者的职责所在。但如果没有青草，即便拆除藩篱，我们的交流依然存在障碍。如果每个文学写作者，能够不急不躁地培育自己园地的青草，即便它不被发现，那也是丰盈美好的。

　　我想起了 2003 年夏天，我为了创作《额尔古纳河右岸》，去大兴安岭深山追踪与驯鹿相依为伴的鄂温克部落。我在与他们相处的日子里，听他们即兴的歌声时，不止一次被那苍凉优美的旋律所感动。但很遗憾，我却听不懂一句歌词。因为这个民族有自己的语言，却没有文字。这种极少数人懂的语言，只能口耳相传，成为一种濒危语言。没有文字的语言，如果失去了传承人，会逐渐消亡。而没有文字的语言，该怎样让不同语境的人能领略其美，就是文学工作者要做的事情了。写出一个民族的悲苦与欢欣，信念与忧伤，就是写出了它并不存在的文字。无论过去还是未来，我都愿朝着这样的方向努力，悉心培育写作园地的青草，不管是否有牧羊人会冲破藩篱，光顾这不起眼的草地。因为文学本来就是孤独的事业，历史风云与心灵文字相逢的刹那，才是一个写作者最愉快的时刻，也是真正电闪雷鸣的时刻。

可译与不可译
——拼音的束缚与贫化

［西班牙］**达西安娜·菲萨克**

达西安娜·菲萨克（Taciana Fisac），西班牙翻译家。马德里自治大学汉语语言文化专业教授，东亚研究中心主任，北京外国语大学名誉教授，主讲汉语、中国现当代文学和中国古典文学。曾多次前往斯坦福大学、北京外国语大学、中国社科院等担任访问学者和客座教授。个人专著八部。主要翻译作品有鲁迅的《这样的战士》《立论》，巴金的《家》，钱钟书的《围城》，铁凝的《没有纽扣的红衬衫》，阎连科的《四书》，以及高晓声、王蒙、莫言、阿来、张抗抗、刘震云、劳马、周嘉宁、张悦然等作家的作品。2012 年获中华图书特殊贡献奖。

目前，中国文学作品的外文版，至少欧洲一些国家的译本，普遍使用汉语拼音翻译中国的人名与地名。我们知道，作品中很多人物的姓名是作家深思熟虑后才确定的，富有象征意味，甚至有多重含义。现在译者基本不考虑这种特殊情况，直接用汉语拼音字母写出来，不翻译不注释姓名的含义。这种做法跟以前不太一样。一些比较古老的译本都是利用含义相同、相近的词，目的语易读的词，或者目的语较为普遍的外语拼音翻译人名的。现在不是这样，或者确切地说，以西语为母语的国家，在翻译中国文学作品中的人名地名时，普遍采用中国的汉语拼音。这样翻译是不是最好？是否需要考虑这种译法的优缺点？

汉语拼音是 1958 年 2 月开始使用的，主要用于汉语普通话读音的标注，是汉字的普通话音标。其目的不是帮助外国人学汉语，也不是统一多年来中外交流时出现的各不相同的外国语音体系。其实，早在二十世纪初叶，一些有识之士就认为汉字是社会进步的障碍，可能会影响国家的发展。只有改革汉字，中国才能与世界接轨，有更好的未来。有学者提议用拉丁字母取代汉字，简化汉字书写。这一方面可以减少国内文盲的数量；另一方面，也可以统一外国人发明的各自不同的拼音名字，逐步走上汉语拼音化道路。

事实上，中文字词的学习实在需要几年坚持不懈的努力，需要花费大量时间和精力。即便中国孩子，也要花很多年，一步一步地认知读写。虽然西方的孩子们认字母可能学得比较快，但是为了了解一段文章的内容也必须一步一步地花几年的时间。开始用拼音的中国人，大部分都会说汉语，不管是成人、孩子，还是盲人，他们都掌握了汉语口语，发音不成问题。由此可见，拼音不是学发音的工具。但是在近代中国，拼音的用法跟原来的目的已经有一些不同。建国以后所有的非常重要的语言改革（简化汉字、汉语拼音方案）跟以前的讨论都有联系，而五十年代语言政策的主要目的就是扫盲。简化汉字、利用拼音都是为了教文盲认字和写字。过去与现在的汉语拼音作用完全不一样。目前汉语拼音还使用在新技术领域，如电脑、手机等等。虽然小学阶段的中国孩子也学拼音，但是是短期的。新技术以外，中国老百姓的日常生活是可以不用汉语拼音的。外国人不是这样。外国人用得比较多的是：写学术文章，学汉语发音，翻译中国人名与地名，以及信息设备操作等都是用汉语拼音。懂中文的外国人差不多都会用汉语拼音。

二十世纪初，基本上每一种欧洲语言都有自己发明的"外语拼音"，即使用母语与拉丁语字母共同表示汉字的发音。当外国人利用自己的母语念"外语拼音"的时候发音比较像汉语原来的发音。这样每种外语都可以通过将拉丁语字母与自己的母语放在一起的方法来翻译汉语人名和地名。但其弊端是，各国语音体系与写法不同，加之，中文发音短促、同音字多，不同的"外语拼音"，中国人名、地名的写法都不一样，阅读、讨论时，彼此分不清对方所说的中国人名、地名。前几年法语汉学家写的书翻成西语的时候，包括最普通的中文名字写法都很不一样。专家看起来都有困难，认不清楚。能用统一的汉语拼音又方便又适合，所以，我们不否定使用汉语拼音翻译的好处。

　　文学译本中的人名通常有三种情况：（1）易读易记。（2）不易读但可以分清。（3）既不易读又分不清。第一种不用解释。第二种，在俄语翻成西语时经常出现。俄国人姓名较长，很多读者看书的时候不愿意仔细识记那些不同名字之间的细微差异，但可以分清大致不同的人物。但是中文名字就不一样了。中文姓名比较短，不少姓名写成汉语拼音都一样；另外汉语拼音的字母组合跟西语很不同，所以中文姓名属于第三种情况：既不好读又分不清楚。

　　基于此，文学作品里的名字是否直接用汉语拼音翻译就成了我们必须考虑的问题。记得我第一次在一些专家面前提出这个问题、表达自己的看法时，得到了很直接的拒绝。有不少专家认为拼音是很有用的工具，翻译文学作品的人名与地名必须用汉语拼音。汉学家和译者已经习惯了使用汉语拼音，没有考虑到普通读者的困难和感受。但是不懂汉语的读者会不会有别的看法？还有作家呢，假如人名是有意选择以表达某些象征意义，汉语拼音是不是不足以展现作家的创造力？拼音完全取消了名字的象征意义及多重含义。越想这个问题越觉得汉语拼音实在对汉学家很有用，但是对不懂汉语的读者，包括对学汉语的外国学生非常有限。所以，我们必须认真考虑与评价文学作品中人名、地名的翻译问题。

　　即便是撇开中国古代小说诸如《红楼梦》等人物姓名极富象征

意义的作品不谈，现当代文学作品，尤其是小说中，人物姓名的象征意义也很强。比如，巴金的《家》，人物的名字都是故意选的，有意思的。另外用汉语拼音写人物的名字：觉新 Juexin，觉民 Juemin，觉慧 Juehui，西语根本没办法念。觉慧是小说里非常重要的人物，但是西语没有这种字母组合。看到后很难念出来。三十多年前我自己翻译《家》的时候还是用汉语拼音来写名字，但是后来我又发现西语没法念，所以我把 Juexin、Juemin、Juehui 改成西语比较容易念的 Chuexin、Chuemin、Chuehui。这样读起来相对容易些，但西语还是没有这样的字母结合。因为"h"经常出现在词头，写在词的中间只能写"ch"，不能单独地写"h"，所以不管写成 Juehui 或者 Chuehui 都不好。后来我问了不少人是不是写成这样就容易念。大部分的人都回答说，这三个人的名字太像，看小说的时候分不清楚谁是谁。所以，我认为直接用汉语拼音写人物的名字并不是最佳选择，有时甚至是较差的，最好把名字翻成西语。别的外语很可能也有这么一个情况。

　　中国当代文学作品中的人物姓名有时候也具有一定的象征性。譬如，莫言《红高粱》里的余占鳌和戴凤莲，两个人物的名字都很强，又有中国传统神话意义。Yu Zhan'ao 和 Dai Fenglian 写成拼音绝对没有任何意义。有不少莫言的小说是从英文译成西语的。译者利用英语和西语的习惯，把名字写在前面，姓写在后面，改变原来的顺序，写成 Zhan'aoYu 和 FenglianDai，但姓名及其内涵依然缺乏独特性，很容易变得模糊不清，进而在读者记忆中消失。再如莫言的《丰乳肥臀》，出场人物较多，名字意蕴也很丰富，如果直接写作汉语拼音，就失色很多。而西班牙读者不只不懂名字的意义，还讨厌那些相似的名字。读者看到 Laidi、Zhaodi、Xiangdi、Pandi、Niandi、Qiudi、Yunü、Jintong 的时候，想用西班牙语发音读出来真是很困难，因为西语没有这样的字母组合现象，读起来很别扭。人物多也是中国文学传统的叙述艺术，西班牙读者也很难记住那么多人物。

阎连科小说里的人物名字也是含有象征意义的。比如《受活》里的茅枝婆、菊梅、桐花、槐花、榆花和幺蛾儿，西语版本只有幺蛾儿意译为 Alevilla，其他人名都是用汉语拼音写的：Mao Zhi、Jumei、Tonghua、Huaihua、Yuhua。西语习惯用花的名字称呼女性，所以完全可以把这些女性的名字译成相应的西语花名，易读又好记。

地名的翻译同样需要考虑。有的地名很有力量，也是作家故意选的。比如：北京，中国首都的翻译最好不要用汉语拼音 Beijing。我们可以采用每种语言普遍使用的说法，西语就是 Pekin。也可以选择意译，翻译为地处北方的首都。阎连科的《受活》所涉及的地名，意义也很丰富，"受活庄"在西译本中写成 Buenavida（好的生活），还是很贴切的。

综上，既然作家有意选择那些耐人寻味的人名和地名，译者就不应简单采用汉语拼音，而应使用富有新意、含义相近的目的语名词。汉学家、翻译家都必须重新评估并认真考虑汉语拼音在人名、地名翻译中的局限性问题，以准确传达作者意图为旨归，出色完成文学翻译的任务。只有这样，才能更加有效地推进中国文学作品在世界范围内的认知度及欣赏度。

每天都有新词句

东 西

东西，本名田代琳，1966 年生于广西天峨县，被中国评论界称之为"新生代作家"。广西民族大学驻校作家。主要作品有长篇小说《耳光响亮》《后悔录》《篡改的命》，中短篇小说集《没有语言的生活》《救命》《我们的父亲》《请勿谈论庄天海》《东西作品集》（六卷）等。部分作品被翻译为法文、韩文、德文、日文、希腊文和泰文出版，多部作品被改编为影视剧。中篇小说《没有语言的生活》获首届鲁迅文学奖，长篇小说《后悔录》获第四届华语文学传媒盛典"2005 年度小说家"奖。

近期，中国网民为南海争端焦躁不安。一位女士在微信里说："我愿用前男友的生命去换南海的和平。"看罢，我"呵呵"（网络语，包含所有的笑以及打哈哈）。她貌似说南海，其实是在表达对前男友的刻骨仇恨。她诅咒前男友去死，但又不想让他白白地断气，也许还可以用他的生命去干一件有意义的事情。当然，也还有搞笑，也还有调侃严肃问题之嫌疑，典型的"骂人不带脏字"，暧昧又富于联想，是作家们做梦都想抓住的句子。可惜，这种犀利的新句在当今的文学作品中较为稀缺，而网上却频频出现。例如："女大十八变，越变越随便。""谁对我的感情能像对人民币那样坚定？"，等等。

好作家都有语言过敏症，他们会在写作中创造新词新句，以求与内心的感受达到百分之百的匹配。所谓"词不达意"，就是现有词句无法表达我们的意思和感情，特别是在社会环境和我们的内心变得越来越复杂之后。所以，较真的写作者为表达准确，一定会创造适应环境的新词句。霸道地下个结论：创造新词越多的作家很可能就是越优秀的作家。鲁迅先生便是一例。他的作品中有许多自造的词，像"美艳、媚态、劣根性、孤寂、欣幸、庸鄙、奔避"等等，真是掰着指头都数不过来。《现代汉语词典》收录了许多"鲁迅词汇"，我们今天司空见惯的一些词语，都出自鲁迅先生的造词作坊。比如"纸老虎"一词，大都认为是毛泽东先生最先使用，但鲁迅早在 1933 年就使用了，他用于《为了忘却的记念》一文。再比如"妒羡"，也是鲁迅先生的产品，用于 1925 年所写的《孤独者》："全山村中，只有连殳是出外游学的学生，所以从村人看来，他确是一个异类；但也很妒羡，说他挣得许多钱。"

　　"妒羡"一词的使用，表明鲁迅先生敏感地发现了"嫉妒中包含羡慕"。我想这种复杂的感情肯定不是鲁迅先生最早觉察，但他却是找到表达这种感情词语的第一人。在这个词诞生七十九年之后的 2004 年，北京作家赵赵写了一部电视连续剧《动什么别动感情》。她在这部剧里首次使用"羡慕嫉妒恨"。该剧播出之后，此词被广泛接受和使用。她敏感地发现"羡慕嫉妒中其实还包含了恨"。一词叠加三种情感，足见人心是多么富有。只要作家愿意开挖，就可源源不断地掘出新语。当年，若不是胡适先生最早使用"讲坛"一词，也许今天我们都还不知道"讲坛"是个什么玩意儿；若不是翻译家傅雷先生初次使用"健美"，也许后来者会把"美健"当作"健美"运用。你知道吗？"家政"一词是作家冰心于 1919 年在《两个家庭》一文中率先写出的。

　　今天，中国的新词句除了来自作家们的创造，更多的则来自网民。过去网民注册大都不用真姓实名，交流、骂人或者恶搞（恶意地搞笑）都有一块遮羞布挡住，敲起字来无所顾忌，想象力超强，身心放松，蔑视规矩，敢于冒犯，拒绝格式化。他们造字，比如"囧"。这个几乎被忘记了的生僻字于 2008 年开始在中文地区的网络社群异变为一种表情符号，成为网络聊天、论坛、博客中使用最频繁的字之一。它被赋予"郁闷、悲伤、无奈"之意，并由此衍生出："囧吧"（交流囧文化的场所、论坛或贴吧等）；"囧倒"（表示被震惊以至达到无语的地步）；"囧剧"（指带有轻松喜剧色彩、缺乏深度的电视剧）等等。他们造词，比如"脑洞大开"（意为想象天马行空，联想极其丰富、奇特，甚至到了匪夷所思的地步）；"脑残"（指大脑残废，蠢到无可救药）；"刷脸"（指一个人靠脸面找关系办事）；"霸气侧漏"（意为一个人的霸气产生量过多，引起别人反感，进而调侃他的霸气连卫生巾都挡不住）等等。他们造句，比如"求心里阴影面积"（指心里不高兴或郁闷的程度）；"吓死宝宝了"（意为吓死我了）等等。他们改变词性，比如"萌"，本来是指"草木初生之芽"，但现在这个字却被用来形容极端喜好的人或物。由于"萌"文化的广泛流行，什么"萌哒哒"（太可爱的意思）、"卖萌"（刻意显示自己的可爱）和"萌神"（指那些长得可爱的男人，也特指 NBA 运动员斯蒂芬·库里）等等新词应运而生，甚至有网友把"萌"字拆成"十月十日"，提议把每年的"双十"日定为"卖萌日"。

中国网民数量惊人，新词新句一楼一楼地出产。有的词句刚一上传随即溺毙。有的大红大紫，却因"纯属恶搞"，在抽搐痉挛伸缩一段后被无情淘汰。比如曾经创造过网络点击与回复奇迹的"贾君鹏你妈喊你回家吃饭"一句，就经历了从美艳变成黄脸婆的过程，今天再也无人宠幸。网络词句快生快灭，传统作家几乎不屑于使用，生怕这些新词新句拉低作品质量，抑或降低自己身份。然而细思，我们必须明白，躺在词典里的某些贵族级别词语，当年也是出自贩夫走卒、引车卖浆者之口。鲜活的语言往往生长于民间，而今天的网络平台其实就是过去的民间社会。任何优秀的语词都建立在海量的不优秀之上，也就是说尽管网络上垃圾语言过剩，但总有一些可爱的精辟的词句脱颖而出。任何一个作家都不好意思拒绝使用优秀的民间语言，因而，也就没理由鄙视优秀的网络词句。即便你鄙视，"一言不合"（最近网上流行的句式，意思是一不高兴就干别的去了）它们就会悄悄地发芽、生长，甚至茂盛。比如"屌丝"（是庶民、平头百姓或穷人的自嘲或称谓）一词，多少人恨得咬碎牙齿，但它就是顽强地被屌丝们使用着。就像当年作家王朔发明"知道分子"（是中国当代知识分子的贬称，意为知识分子应该是从事创造性的精神活动的人，而当代的知识分子没有这种能力，他们充其量只是比常人多知道了一些事情而已），一开始也有人"水土不服"，但久而久之你又不得不服。好的词句，它会自行生长，不管你待不待见。如果你充耳不闻，也许若干年之后你会看不懂年轻人写的文章，甚至听不懂他们在说什么。

我是网络新词句的拥趸，在去年出版的长篇小说《篡改的命》里使用了如下新词句："死磕（和某人或某事作对到底）、我的小心脏（用小来强调惊讶程度之大）、抓狂（非常愤怒而又无处发泄）、走两步（亮出你的本事）、型男（新一代魅力男）、碰瓷（一些投机取巧，敲诈勒索的行为）、雷翻（因惊讶而吓倒）、高大上（高端、大气、上档次，多用于反讽）、我也是醉了（表示对人物或事物无法理喻、无法交流和无力吐槽等）、点了一个赞（赞同，喜爱）、装B（卖弄，做作，掩饰与伪装）、duang（加特效，含戏谑性很好玩的意思）、弱爆（太弱了，弱得太离谱了）和拼爹（比拼老爹的本事，靠老爹过上好生活）……"有人提醒这过于冒险，甚至被一些专家当创作缺点指认。但这些词句过于强大，他们在我的写作过程中几乎是自动弹出，而我也无意回避。他们散发今天的鲜活气息，对我们的社会现象和心理状态重新命名，准确生动且陌生。我相信，这些新词句是社会环境、情感生态和思维方式发生改变后的产物，他们沾满了这个时代与这个国家的特殊味道。所以，我不相信不在现场的作家能够写好中国小说。假如他离开了这里的空气、雨水、气温、阳光、风和泥土，又怎能感受到身处其中的况味？更不可能体会因某一点点改变就孕育出来的新词新句。

这也是国外汉语翻译者所面临的翻译难题。

（本文参考、引用了《新词新语词典》及孙绍琪《〈现代汉语词典〉对"鲁迅词汇"的收录过程》的部分内容，并使用了"百度搜索"，引用了"百度百科"中的部分词条，特此说明并致谢意！）

如何超越翻译的极限

——谈谈在翻译《推拿》时遇到的困难与挑战

[日] 饭塚容

饭塚容（Iizuka Yutori），日本翻译家，中国现当代文学和戏剧研究家。东京都立大学研究院博士。现任日本中央大学文学部教授，兼任中央大学附属杉并高中校长，《人民文学》日文版《灯火》翻译总监。主要翻译作品有铁凝的《大浴女》《伊琳娜的礼帽》，余华的《活着》《偶然事件》《许三观卖血记》《十个词汇里的中国》《第七天》，李冯的《另一个孙悟空》《另一种声音》，王安忆的《天仙配》《富萍》，朱文的《食指》，陈染的《空心人诞生》，苏童的《碧奴》《河岸》，韩东的《扎根》，张辛欣的《在同一地平线上》，阎连科的《我与父辈》，以及马原、叶兆言、孙甘露、陈村、艾伟、毕飞宇、史铁生、李浩等作家的作品。翻译的话剧作品有曹禺的《雷雨》《原野》，李六乙的《非常麻将》，田沁鑫的《生死场》等。2011年获中华图书特殊贡献奖。

感谢主办单位为我们提供这样的机会，我也一直盼望着与各位作家、各国同行一起畅谈在翻译过程中遇到的问题。由于汉语的博大精深和中国文学的特殊性，我觉得我在翻译作品时遇到的难题是数也数不清的。接到大会邀请时，我正好在翻译毕飞宇的《推拿》，所以，我想借《推拿》中的几个典型案例，来谈一谈我在翻译工作中遇到的困难和挑战。

一　涉及中国独特的国情或者特殊政治背景的部分

《推拿》第一章中盲人推拿师王大夫第一次从客人那里拿到美元时的场面：

王大夫的眉梢向上挑了挑，咧开嘴，好半天都没能拢起来。他开始走。一口气在祖国的南海边"画"了三个圈儿。

挑眉毛、咧嘴这些还比较好处理。后边的在南海边"画了三个圈儿"让我苦恼了很长时间。直译是很容易的，只是一个动作而已。但是，要想理解"画圈儿"与王大夫的心情之间的因果关系，至少要具备这些知识：（一）董文华曾经唱过一首歌颂邓小平的歌，叫"春天的故事"，第一段是"1979 年，那是一个春天，有一位老人在中国的南海边画了一个圈儿"。第二段是"1992 年，又是一个春天，有一位老人在中国的南海边写下诗篇"；（二）这首歌的意思是说邓小平把深圳批准为经济特区这件事给中国人民带来了春天。后来改革开放遇到挫折，他在深圳视察发表的讲话扭转乾坤，给中国人民带来了第二次春天。

对中国读者来说，这个场面是一个很精彩的比喻。可是，对一亿三千万日本人来说，我估计把中国的国情理解到这个程度的不会超过一百个人。怎么让更多的读者能看懂这个场面呢？遇到此类问题，做注释往往是一种解决的方法，但是，在这里不合适。因为这个注释会很长，而且，会把作者在这里表现的幽默完全破坏掉。

想来想去，我把要表达的要素整理出四点：（一）王大夫赚了一大笔钱之后的喜悦；（二）他的喜悦与"画圈儿"的关系；（三）这种喜悦与邓小平的关系；（四）作者的幽默。

最后，我做了这样的处理：

王大夫太高兴了，他的脚步开始在地上画圈儿。那样子，简直就像刚听完邓小平南巡讲话的中国人民一样。

二　关于"黄段子"

当代中国文学里"黄段子""荤段子"特别多，要想把原作中那种"荤而不俗"的感觉翻译出来，需要很高的技巧。

《推拿》第三章有一个场面是张一光捉弄王大夫和小孔的：

"先活动活动脑筋，来一个智力测验，猜谜。"张一光说，"说，哥哥和嫂子光着身子拥抱，打一个成语，哪四个字？"

哪四个字呢？哥哥和嫂子光着身子拥抱，可干的事情可以说上一辈子，四个字哪里能概括得了？

张一光说："凶多吉少。"

哥哥和嫂子光着身子拥抱怎么就"凶多吉少"了呢？不过，大伙儿很快就明白过来了，哥哥和嫂子光着身子拥抱，可不是"胸多鸡少"么？大伙儿笑翻了。这家伙是活宝。是推拿中心的潘长江或赵本山。他的一张嘴就是那么能"搞"。

我在翻译这一段时运用了意译、转译和"漏译"等手法。"活动活动脑筋"译成"做一做脑子的体操"；日本人不太知道小品演员潘长江、赵本山，所以，略去人名，译成"他们是推拿中心的笑星"；而"搞"这个动词直译不了，所以，最后一句意译为"他一张嘴就能抖包袱"。

最难的是这个"胸多鸡少"怎么处理。前面说过，直译加注释是一个办法，可以这样说明：汉语里"凶险"的"凶"与"胸脯"的"胸"同音，"吉利"的"吉"与男性生殖器的发音谐音等等。但是，这样处理的话，会变成一种"学者腔"，原文那种带有一点儿野性的、市井的幽默就完全没有了。

为了保持原文的"黄腔儿"，也为了保持阅读时的顺畅，我把"凶多吉少"换成了一个在日本人人皆知的成语，当然这个成语本身也来自中国，就是"失败乃成功之母"。这个成语在日本还有一种更通俗的说法，就是"成功是从失败开始的"。为什么这么转换呢？因为日语"失败"的发音和女性的胸部的发音是谐音，而"成功"与"性交"的发音是同音。这样处理以后，这个场面就变成了这个样子：

张一光说，"成功从失败开始"。

哥哥和嫂子光着身子抱怎么是"成功从失败开始"呢？不过，大伙儿很快就明白过来了，哥哥和嫂子光着身子拥抱，那接下来不就是"性交从胸部开始"么？

三　中国人的"语言游戏"

包括谐音和方言等问题在内，中国人之间用汉语发音来开玩笑的场面非常难译。《推拿》中有一个来自苏北的青年叫徐泰来，在第六章中有这样一个场面：

徐泰来的苏北口音有一个特点，"h"和"f"是不分的。也不是不分，是正好弄反了。"h"读成了"f"，而"f"偏偏读成了"h"。这一来"回锅肉很肥"就成了"肥锅肉很回"，"分配"就只能是"婚配"。好玩了吧。好玩了就有人学他的舌。就连前台小姐有时候也拿他开心："小徐，我给你'婚配'一下，上钟了，九号床。"

"回锅肉"是日本人都知道的菜名，日语的发音和汉语很接近，子音也是"h"；"分配"也是日语里使用的词，不过，子音是"b"而不是"f"。这两个词可以照搬，只是用片假名加注了汉语的发音。"肥"在日语里只有"胖"的意思，而"婚配"这个词日语里没有。所以，为了让没有汉语知识的日本读者了解汉语的口音问题，两个词除了加注读音以外，还用括号分别说明"肥锅肉"可以理解为"用肥肉做的菜"，"婚配"有"为对方决定配偶"的意思。

这样，前台小姐说话的口气就变成：

"小徐，我来给你安排一个结婚对象，九号床的，快开始吧。"

四　涉及中国古典文学的部分

除了前文提到的成语，中国文学中常常出现的"引经据典"也是翻译的一大难关。《推拿》第十一章中有一个女推拿师金嫣想象自己婚礼时的场面：

就蜡烛的烛光而言，它通明。然而，放大到整个洞房，烛光其实又是昏暗的，只能照亮新娘子的半个侧面。金嫣的另一边却留在了神秘的黑暗里。这正是烛光的好，是烛光最为独到的地方——它能让每一样东西都处在半抱琵琶的状态之中。

中国读者一看"半抱琵琶的状态"这句话，就会想起《琵琶行》中"千呼万唤始出来，犹抱琵琶半遮面"的诗句。但是，没有中国古典知识的外国读者不可能理解"半抱琵琶"是什么状态。

日本的中学里要学中国史，国语课要学唐诗，所以，一般的日本人即使不知道《琵琶行》，至少也会知道大诗人白居易的名字。考虑到这一点，我对最后一句做了这样的处理：

这正是烛光的好，是烛光最为独到的地方——它能让每一样东西都沉浸在白居易诗中描写的那种美人的羞涩里。

五　可译与不可译——在面对歧视性语言时的困惑

《推拿》是一部反映盲人生活的作品，所以，不可避免地要出现"瞎"和"瞎子"这样的词。日语里也有这样的词，从语言本身来说，是可以直译的。不过，在整个翻译过程中，我直译的只有以下这一个场面：

你听听顾晓宁是怎么和小弟说话的，"瞎说！""你瞎了眼了！"一点顾忌都没有。听到这样的训斥王大夫是很不高兴的。

这段是写第一章王大夫的弟媳顾晓宁无心给王大夫带来伤害的场面，所以，如果不直译成"瞎"和"瞎子"的话，王大夫的"不高兴"就不能成立。除了这个场面以外，我根据具体情况，分别使用了"眼睛看不见"和"盲人"等说法。

我下面的这些话和《推拿》这部作品没有关系。

对身体或精神上带有疾患的人、对性工作者、婚外恋的对象等，中国很多文学作品、影视作品以及相声、小品中出现过带有歧视性的称呼。在翻译这类词语时，我常常感到困惑。

日本有"放送伦理法"，严禁在公众媒体上使用歧视性语言。在这种语境下形成了一种共识，文人、艺人等公众人物知道使用歧视性语言基本上就是一种自杀行为，而一般读者、观众对这类用词也非常排斥。日本社会这种表面上的"无菌状态"令很多读者在接受中国文学时会形成一种生理上的障碍。

我的意思并不是说中国文学应该呈现日本那样的"无菌状态"，中国文学存在于中国的特殊语境当中，脱离中国的社会现实，中国文学也会失去它的光彩。我只是觉得，如果中国的文字工作者对弱势群体再多一些人文关怀，对各个国家的价值观和道德观再多一些顾及的话，也许中国文学会更加为世界各国读者接受和喜爱。

相信大家在听了我的报告以后，会从一个外国人的视角重新审视中国文学的"特殊性"，同时，也希望通过以上这些具体案例与各国的同行进行切磋和交流。谢谢大家！

我们为什么需要翻译

甫跃辉

甫跃辉，1984 年生，云南保山人，作家。复旦大学首届文学写作专业研究生，师从作家王安忆。2005 年年底开始写小说。小说发表在《人民文学》《收获》《十月》《今天》等刊物。中短篇小说集《少年游》入选中国作协 2011 年度"21 世纪文学之星丛书"。出版长篇小说《刻舟记》，小说集《动物园》《鱼王》《散佚的族谱》《狐狸序曲》(台湾)、《每一间房舍都是一座烛台》《安娜的火车》等。先后获得《上海文学》短篇小说新人奖，第二届郁达夫小说奖，首届"紫金·人民文学之星"短篇小说创作奖，第十届"十月文学奖"新人奖，第五届高黎贡文学奖等。部分作品被翻译成日语、俄语等。

如果追溯到源头，绝大部分写作者之所以开始写作，只是为了内在的表达吧。作品写出来了，我们又会很自然地希望有人看到——虽然写的时候很可能并未这么想过。我们相信在众人之中，有那么一个或者几个或者一些，会对一个陌生人叙述的世界感兴趣。我们相信，自己不会是孤独的。所以，我们寻求作品发表、出版。再往后，我们有了更大的野心，希望自己的作品不被一种语言束缚住。毕竟我们置身的这个巨大的世界不是由一种语言构成的。翻译，遂由此诞生。

语言即是思维。长久沉浸在某一种语言的疆域，我们必然会受到这一种语言的熏陶，它的语法、词汇等等，不仅仅会成为我们表达的方式，也会塑造、改变我们的思想和性格。换言之，我们被这一种语言的藩篱禁锢了。

如果换一种语言呢？

换一种语言，去阐释原本用另一种语言表达的故事或者思想？

这几乎是不可能做到的事。因为它要转换的不单单是语言本身，还有那一种语言暗含的整个世界。而翻译，做的就是这几乎是不可能做到的事。

近代以来，中国出现了大量的翻译作品。清末民初，有位大家很熟悉的翻译家林琴南，他甚至是不懂外文的。他是靠着魏翰、陈家麟等曾留学海外的才子们的合作，翻译了一百八十多部外国小说，包括《鲁滨逊漂流记》等。刚知道这件事的时候，我非常惊讶。这怎么可能呢？但历史确实就是这么发生的。后来我想，林琴南翻译的，更多的是故事，而不是语言。语言完全是他自己的语言，他需要的只是那些外国文学作品的故事。对文学作品来说，故事是最经得起翻译的吧。

当然，如今我们的翻译不可能再这么粗陋了。我们有太多太多的翻译家，其中不乏极其优秀的，比如我的忘年交、俄语翻译家王智量老师。他精通俄语，能够用俄语背诵普希金的长诗《叶甫盖尼奥涅金》。他以极大的热忱，翻译了普希金、托尔斯泰等人的诸多作品，如今他的译作已经成为这些作品的经典汉语译本。我们还有许多年轻的翻译家，很多国外的新书，我们很快就能看到译作。

但我们自己的书，也能在国外得到这样的待遇么？

我看是很不容易的。

前几天，我在甘肃参加一个会议。会后和一位诗人聊天，他说起另一位诗人的事儿。他说，那位诗人的英文译者不懂汉语。我说，怎么可能？他说，那位诗人自己懂英语啊。他们两个人合作，这就能翻译他的诗了。

听到这个事，我的感觉是，英语世界的林琴南诞生了，甚至可以说，那位译者比林琴南还要厉害。因为林琴南翻译的是小说，小说有故事啊。而那位译者翻译的可是诗。对于诗来说，语言的重要性更加毋庸赘言了。

那位诗人还告诉我，那位译者有两句话常挂在嘴边：第一句话是，任何非英语写作的诗歌，写完的时候，才完成了一半，它的另一半需要英语翻译去完成；第二句话是，任何非英语写作的诗歌，写得再好，都没有它翻译成的英语译作好。

完全惊呆了！

这就涉及了我们这次研讨会的两个议题——

翻译的权利和边界是什么？

什么是可译的，什么是不可译的？

这并不是什么新鲜的话题，而它们之所以不新鲜了，仍然被不断拿出来讨论，就证明它们太重要了，就证明它们至今没得到很好的解决。

在我看来，这两个问题或许是永远得不到一个具体的办法解决的。但有一点，或许可以在很大程度上让翻译者在面对这两个问题时，能够不那么困惑——那就是，翻译者应该敬畏每一种语言。每一种语言都是具有神性的，每一种语言背后都有无数的心灵、深厚的传统以及由此种语言建构起来的无比伟大的世界。

没有一种语言有资格说自己高于别的任何一种语言。

如果没有这样的意识，那翻译就是犯罪。

要不"犯罪"不容易，但不"犯罪"了，又会给翻译成的那种语言带来不小的冲击。这让我想到这次会议的第二个议题，"当代汉语的变化给翻译带来的挑战和困难"，我想，或许应该倒过来说，是翻译给当代汉语带来了更多的挑战和困难。

　　作为年轻写作者，我发现，同辈的同行们在一起聊天，聊起最近读什么书或者喜欢什么作品，很少会有人提到《史记》《聊斋志异》《红楼梦》，或者陶渊明、李白、杜甫。这些伟大的中国古典著作和古典作家，正迅速地从我们年轻写作者的视野中消失——即便不是消失，那也是退居二线三线了。我们谈论最多的，永远是翻译过来的外国经典，包括陀思妥耶夫斯基、卡夫卡、福克纳、马尔克斯、博尔赫斯以及当下仍然活着的诸多西方作家。当然，这些作家也是我特别喜欢的。但我还是不得不承认，这些作家翻译过来的作品，正给我们的语言和写作带来越来越多的挑战和困难。

　　是时候回头检视我们伟大的汉语传统了。

　　当我们作为汉语作家，写下伟大的汉语作品，我们就不会对翻译再如此焦虑、担忧甚至惧怕。我们应该相信，我们这一种语言不会是孤独的。

与中国文学携手同行

［意大利］ 傅雪莲

　　傅雪莲（Silvia Pozzi），意大利翻译家。那不勒斯东方大学毕业，印度和东亚文学专业博士。曾在四川大学和武汉大学进修。现任米兰比可卡大学中国及东南亚语言文化专业专职副教授，米兰国立大学孔子学院教学处负责人，《路灯》意文版翻译总监。翻译了林白的《大声哭泣》《回廊之椅》，余华的《兄弟》《十个词汇里的中国》《第七天》，韩寒的《三重门》《1988我想和这个世界谈谈》，彭扬的《灰故事》，阿乙的《下面，我该干些什么》，邱妙津的《蒙马特遗书》，以及铁凝、路内、陈染、徐小斌、宁肯等作家的作品。翻译了《中国当代文学选集》中马原的《虚构》，林白的《日午》，海子的《面朝大海春暖花开》，于坚的诗歌，孟京辉的剧本，虹影的随笔等。

　　首先我想感谢中国作家协会邀请我参加第四次汉学家文学翻译国际研讨会，给我再次提供一个难能可贵的机会！让我能与来自世界各国的翻译家讨论文学翻译上的困难和特色。

　　自1999年起，我开始从事文学翻译工作。至今为止，翻译的当代作品中包括余华的《兄弟》《十个词汇里的中国》《第七天》，韩寒的长篇小说《三重门》和《1988我想和这个世界谈谈》，阿乙的《下面，我该干些什么》，邱妙津的《蒙马特遗书》。还有林白的中短篇小说，铁凝、阿乙、路内、陈染、徐小斌、虹影、宁肯、海男的短篇小说，海子、于坚的诗歌，孟京辉、马原的作品片段等。我也涉及一些古典作品的翻译，包括兰陵笑笑生的《金瓶梅》、韩愈的《论佛骨表》、关汉卿的《包待制三勘蝴蝶梦》中的片段等。我总觉得，无论自己经验有多丰富，自己的译文永远也达不到完美成熟的阶段。当然，这种感觉有一个好处，那就是必须要一直努力探索目标语言的可能性，要不断地考量如何能在架构文化桥梁的过程中不忽略文学作品的中心价值。

下面就是我对于这一次研讨会主题的一些看法，希望能够和与会的作家、同行们讨论！

文学翻译行为一方面是意大利著名作家、学者翁贝托·埃可（1932-2016）所说的：翻译就等于"表达跟原本差不多一样的事儿"（这是 2003 年《大鼠还是小鼠？》的最初标题），就是说译者有时不得不把"原本"进行简化、转释成"差不多"。另一方面文学翻译行为又是一种保持"异化"的过程，具有一种法国语言学家、译者和翻译理论家安托瓦纳·贝尔曼（1942-1991）指明的"遣返迷失"倾向。简言之，翻译文学便意味着拼命表示原作的起源。其实，有充分及必要条件的话（就是说翻译成意大利语的文本虽然不完全"透明"，但是要有效地提醒读者去理解并遵守原本的节奏、审美观点、自然性等），我本人更愿意、更趋向于后者，就是"遣返迷失"。我觉得源语言（中文）不但能够而且可以创新、充实目标语言（意文）。这种创新语言的力量就是翻译的权利。我看这种力量、权利的边界便是源语言的"非差不多化"和目标语言的可读性划出的。在翻译过程中翻译者不得不作为杂技表演师，一步步地找到合适、理想的词汇、说法、语言韵律等。

a）在意大利文中象声词一般比较少用，根据西班牙学者 Helena Casas-Tost 的看法，西班牙语也相似。Casas-Tost 研究、比较了铁凝、余华、池莉、毕飞宇、张洁等中国作家的作品中的西班牙文版后发现，余华的《活着》文体里象声词比率相当高，相反地西班牙文译文无法"配上"。[①]虽然我母语中的象声词多用在漫画语言里,但翻译余华《兄弟》时我拼命利用象声词,特别是在儿童时期的李光头和宋刚的对话和思维里,因为我觉得一种"漫画性"的语言比较适合小孩子的表达方式。

b)中文是一种非常简洁的语言,大部分的词汇不超过两个音节,相反,许多源于拉丁语的欧洲语言词汇比较"长",至少有四五个音节。正因为如此,意大利文中词汇重复相当不可取,所以我在一般的情况下倾向于避免重复,或者利用代词,或者利用同义词,或者直接省去。但是千万要注意到原文中词汇的重复是语法上要求,而不是风格上的选择!

为了能更清楚地表达我的观点,我用下面两个具体的例子来做进一步的说明:

例子1:

宋凡平双手将那面巨大的红旗举过了头顶,风把我们刘镇最大的红旗吹得像爆竹似的噼里啪啦地响。接下去宋凡平左右挥舞起了他的红旗,李光头和宋刚仰脸看着这巨大的旗面如何开始它的飞翔,它从他们的左边斜着飞到了右边,一个翻转之后又飞回到了左边,它在桥上飞来飞去,红旗挥舞出来的风吹乱了很多人的头发,他们的头发也开始左右飞翔了。宋凡平挥舞着红旗的时候,人群开始山呼海啸了。

Allora Song Fanping sollevò, alta sopra la testa, la sua enorme bandierarossa e la bandiera più grande di tutta Liuzhen crepitava, sbattuta dal vento, con rumore di petardi scoppiettanti. Poi la fece sventolare

---

①   Helena Casas-Tost, "Translating Onomatopoeia from Chinese into Spanish: A Corpus-based Analysis", <https://ddd.uab.cat/pub/artpub/2014/125997/perstutra_a2014v22n1p39iENG.pdf>.

a destra e sinistra e Li Testapelata e Song Gang stettero con il naso per aria a vederla prendere il volo, volava sghemba da sinistra a destra e, dopo un volteggio, tornava verso sinistra, si librava sopra il ponte avanti e indietro spostando l'aria e scompigliando i capelli della gente, così anche i capelli cominciarono a volare di qua e di là. Mentre Song Fanping sventolava la bandiera, la folla prese a mugghiare e tuonare.

例子2:

她看到金黄的油菜花在田野里一片片地开放,在阳光下闪闪发亮;她看到田埂弯弯曲曲,两旁的青草像是让田埂镶上了两条绿边;她看到了房屋和树木在远处点点滴滴;她看到近处池塘里的鸭子在浮游,甚至看到了鸭子在水中的倒影;她看到了麻雀在路旁飞翔……这是李兰最后一次走在这条泥路上了,在板车的颠簸里,李兰看到的春天是如此广阔和美丽。

Vide linee irregolari di terra con l'erbetta giovane che cresceva nei solchi e le faceva sembrare orlate di verde; vide alberi e case far capolino in lontananza e vide le anatre su un laghetto vicino, vide persino la loro ombra sull'acqua; vide dei passeri svolazzare ai bordi della strada... Era l'ultima volta che percorreva quello sterrato, sballottata sul carretto, e vide una primavera trionfante e stupenda.

在例子1中虽然翻译成意大利文时有时忽略了定语“红”,而是用“它”来替代“红旗”(中文里简洁的“红旗”等于意大利文冗长的“bandiera rossa”),这样做是为了保存红颜色的风景,但是同时又要尽量不去重复翻译“红旗”,我只好将译文减轻了一下。

在例子2中动词加结果补语“看到”出现了七次,虽然在意大利文中显得出现过于频繁,但是我还是决定译文里不要忽略这个动词的重复，因为它勾勒出了人物李兰死亡来临前最鲜明的画面。

在我看，当代汉语的变化和扩展带来的困难不如中文的多元化带来的那么复杂。不但中国各个地方的方言说法的准确意思连网上都难查到（有时不得不联系上作者），而且怎么把方言表达出来、翻译成目标语言并不容易，实际上真像一种谜一样。

中国地方大，语言具有多样性。在文学作品里，不但有普通话，还会出现各种方言。虽然意大利地方小，可是我们也有大量的方言，比如说威尼斯人和那不勒斯人讲各自的方言也是没法沟通的。我曾思考用意大利的方言来翻译上海话或者四川话，但是发现不太合适，会引起很异化的效果。那韩寒《三重门》里的几句上海话应该怎么翻译呢？我转而采用一种视觉手段。不过这一方式，并不是处处行之有效的。比如说，我不得不忽略阿乙小说中"结赖"的南昌话味道或者颜歌短篇中"超社会"的四川话味道。

关于可译与不可译的问题，除了提到的情况之外（像象声词、中文文章中的"重复现象"、中国方言等），我还能指出以下艰难的地方：地名、菜名、中国历史人物或名人（歌手、演员、导演等）、成语、俗语、（从古典和当代作品摘的）引用句等。它们经常和中国文化特有的背景有密切的关系。希望在本次研讨会中看到更多的例子，听到同行们的宝贵经验，并且共同讨论如何有效地架构文化桥梁的手段和方法。

论文学翻译的可译与不可译

——以莫言《透明的红萝卜》及刘震云《手机》译
成阿拉伯文的翻译经验为中心

［埃及］**哈赛宁**

哈赛宁（Hassanein Fahmy Hussein），埃及翻译家。毕业于埃及艾因夏姆斯大学中文系，北京语言大学比较文学与世界文学专业博士。现任埃及艾因夏姆斯大学语言学院中文系副教授，兼任沙特国王大学语言与翻译学院中文系副教授。鲁迅国际研究会理事，莫言研究会理事。主要翻译作品有莫言的《红高粱家族》《透明的红萝卜》，余华的《许三观卖血记》，刘震云的《手机》，傅谨的《二十世纪中国戏剧导论》，张仲年的《中国实验剧》，以及收录了张洁、铁凝、残雪、张抗抗、迟子建等作家作品的《中国当代女作家作品选》等。2013年获埃及国家青年翻译奖。2016年获中华图书特殊贡献奖青年成就奖。

各位领导、各位作家和汉学家：

大家好！

很荣幸有机会参加今天在美丽的长春举办的第四次汉学家文学翻译国际研讨会。

文学作品的译介和交流对于不同民族、不同文化之间的相互理解起着重要的作用。翻译过程中，翻译家尤其是文学翻译家经常遇到可译与不可译现象。众所周知，所谓"可译性"与"不可译性"的问题即是一个古老而又常新的话题。坚持方与反对方各有自己的见解，努力列举证明本方意见的观点。但无论如何，我们还要注意到，可译与不可译可以分为语言的不可译及文化的不可译。当我们谈及文化的不可译时，就会理解到翻译的一个主要作用，即是加深不同文化之间的交流，重建政治、经济等所破坏的、不同民族间的关系。

翻译外文图书，尤其是文学作品时，我们会意识到翻译过程中可译与不可译的存在。因为，对本国读者来说，外语图书包含的词汇、修辞等很大程度上与自己母语不同，所以在翻译过程中，译者要努力处理"可译"与"不可译"现象。就文学类图书来说，文化因素可以说是导致文学作品不可译的一种重要因素。

汉语与阿拉伯语是分属不同的语系、代表两种不同的文化。无论是汉语还是阿拉伯语都是世界上最难学的两种语言。因此，汉阿译者的压力还是很大的。在我从事汉语阿拉伯语翻译的过程中，无论在翻译文学类还是非文学类图书时，都遇到了不同方面的困难，有的是来自于汉阿两种语言的不同所导致的，更有的是来自汉阿文化因素所导致。但随着我翻译水平的进步，开始慢慢学会了怎样处理翻译过程中所面对的几方面的困难。其中，怎样处理原作的语言及其与作品中主要人物形象、文化水平的关系，以及怎样成功地让阿拉伯读者容易接近原作并读懂译作。

就以我翻译莫言的《透明的红萝卜》为例，为了能吸引广大阿拉伯读者的关注、让他们容易读懂莫言的这篇早期小说作品，就用了较有吸引力的阿拉伯语题目，把原作的《透明的红萝卜》译成 "الصبي سارق الفجل"（意为"偷萝卜的小男孩"），再是把原作中的山东高密本土化的语言分为阿拉伯语普通话及埃及方言（主要是把作品中作者的叙事语言用普通话翻译，而把人物之间的对话用了埃及方言来翻译）。这样就会让读者容易接近作品中的农村世界，进一步让读者通过文学作品中的人物形象，联想到埃及以及整个阿拉伯文学史中那些用埃及方言描写农村生活的文学大家，如埃及著名已故作家优素福·伊德里斯、阿卜杜·拉赫曼、舍尔卡维等。译者所做的这些尝试也受到了阿拉伯文艺界的赞成及欢迎。伊拉克著名作家哈希姆·沙菲克在英国《阿拉伯耶路撒冷报》上发表的题为:《中国作家莫言的〈透明的红萝卜〉重新尊重社会现实主义》的文章中认为"在这篇远离阿拉伯语及其语境的小说,作品中人物之间对话的埃及化,具有其艺术与心理意义,反映译者的美学才能及观点。译作的丰富、多样的埃及方言、民间词汇,有时我都不能读懂其中的几个词汇,要借助于一个埃及朋友给我解释,如سيوملا(洪闸)、الشنيور(钻子)等词汇,尽管作品中也有部分遣词上的错误,但不管怎么说,这些都不能影响这篇直接从汉语译成阿拉伯语的小说的重要性,作品语言淳朴自然、平易流畅"。[①]

就我们翻译当代作家刘震云作品《手机》来说,精通阿拉伯文的人都应该知道"手机"这个词译成阿拉伯文有几个不同的翻译,如:

الجوال، الهاتف النقال، الهاتف المحمول، الموبايل إلخ. 。我们就选择了埃及最流行的"الموبايل"一词。作品中,为了能让读者容易接近当代讽刺作家刘震云的小说风格及幽默感,就把作品中人物间的对话译成埃及方言。如:

"你开会呢吧? 对。说话不方便吧? 啊。那我说你听。行。我想你了。噢。你想我了吗? 啊。昨天你真坏。嗨。你亲我一下。不敢吧? 那我亲你一下。听见了吗? "

这时众人共同起哄:

"听见了! "

译者使用了埃及方言来翻译这一段,增加了这段对话的幽默风趣:

قال وهو يحاكي كمة المكالمة بين رجل وامرأة:

"أنت في اجتماع تقولي؟ أيوه. مش فارغ أتكلم؟ آه. طيب خالص انا

---

① 哈希姆·沙菲克:《中国作家莫言的〈透明的红萝卜〉重新尊重社会现实主义》,英国《阿拉伯耶路撒冷报》,2016 年 05 月 21 日。

اللي هأكتملك وأنت اسمع. ماشي. وحششتيني. آه. وه أنا كمان وحششتك؟ آه. أنت كنت

شقي أوي مابهارح. هوأ. طيب هاتة واحدة. مش أقدر. واحدة خد من أني بقه.

وصلت؟"

هو ان قال الجميع في صوت واحد :

"وصلت!"

综上所述，我在上述两部作品的翻译过程中，为了面对文学作品"可译"和"不可译"的复杂问题，凭借翻译家所拥有的权利，那就是对原文能做些修改的权利，尽量用了最合适的目标语（阿拉伯语）把《透明的红萝卜》及《手机》中的人物对话用埃及方言进行翻译，试图让读者更好地明白作者的想法及其独特的语言风格。换句话说，如果我把两部作品中的人物对话直接用阿拉伯普通话进行翻译，我觉得翻译效果就不会太好。尤其是《手机》中的骂人词汇，作品主人公严守一骂伍月用的骂人话（傻×、骚货、疯子等）译者用了埃及青年男女生气时会说出来的骂人话。

我的发言就讲到这里，谢谢大家！

祝大家身体健康、工作顺利！

翻译家怎样才能与中国文学携手同行

——当代汉语的演变和扩展给译者带来的困难和挑战

[英] 韩 斌

韩斌（Nicky Harman），英国翻译家。英国利兹大学中国语言文学学士。曾任英国伦敦帝国理工大学研究生翻译讲师主管，曾在香港中文大学、复旦大学和北京大学做访问学者。主要翻译作品有安妮宝贝的《告别薇安》，陈冠中的《裸生》，陈希我的《冒犯书》，韩东的《扎根》，虹影的《K》，谢晓虹的《好黑》，严歌苓的《金陵十三钗》，张翎的《金山》，贾平凹的《高兴》等。经常为《路灯》（Pathlight）、《天南》、*Words Without Borders* 等文学杂志做翻译。曾担任 2012 年青年翻译家文学奖（Harvill Secker Young Translators Prize）评委。2015 年和 2016 年白玫瑰中译英翻译家文学奖（Bai Meigui Chinese-to-English Translation Prize）评委。

女士们，先生们，非常感谢你们邀请我来参加这个大会，我感到非常荣幸。

首先，我想告诉你们一个好消息：2016 年《金融时报》Oppenheimer 文学奖初选名单的十位作家里，有三位是中国作家：余华（《第七天》*The Seventh Day*），阎连科（《四书》*The Four Books*）和徐小斌（《水晶婚》*Crystal Wedding*）。

这意味着，和从前相比，华语文学在西方得到了更广泛的媒体关注。越来越多的当代华语文学译本"走出去了"，越来越多的中国小说被翻译成了英文。尽管数目还不算庞大，但总体来说走势良好，翻译家们自然感到很高兴。

尽管如此，对作家、翻译家们来说，我们都很清楚的是，翻译和出版的过程只是第一步。

对译者来说，最大的挑战是什么呢？

简而言之，从传播的角度，中译英的文学作品并不应仅限于在大学课堂上传播，它们应该在世界文学译著市场中占一席地位。中译英的当代长篇小说、短篇小说集和诗集，应该在西方各个城市的书店都能买到。普通读者应该建立起对华语文学的基本认识，拥有自己最喜欢的中国作家。对华语作家来说，每位作家只出版一本译作是不够的，要多出版几本。同时，普通读者光读几本翻译小说是不够的，他们应该对华语文学有整体上的认知，包括中国经典文学作品、短篇、中篇、散文和诗集等。每本译作只卖几百本是不够的，应该卖几千本以上。当然，目前这只是我们的理想，或许只是一种乌托邦。

对华语文学"走出去"的问题，市场推广活动是至关重要的。

在此，请让我介绍一个独特的华语文学译作推广项目，那就是：纸托邦短读（Read Paper Republic）或纸托邦（Paper Republic），它是一个以中译英文学译者为依托的双语文学和文化交流平台。自2015年6月18日起，纸托邦便发起了"纸托邦短读"（Read Paper Republic）的项目，每周免费发表一篇中文短篇、散文或诗歌的译作。

我今天之所以提到"纸托邦短读"，是因为它的发起和我们发扬中译英文学作品的宗旨息息相关。它的主要目的如下：

＊我们想用中译英文学作品跟普通英文读者进行交流，扩大英语读者群。

＊"普通读者"指的是：看不懂中文，甚至从未接触过中译英文学作品的英语读者群。

＊我们想让普通读者品尝华语文学及其小说的风味，希望他们能接触到种类更繁多的华语小说，欣赏高品质的华语文学。

＊我们还希望提高中译英文学作品的知名度和声誉。

＊不少西方出版社的编辑从未广泛地接触过中国文学，我们希望"纸托邦短读"推荐的文学译作，能给西方的出版业带来新气象。

我们每周免费发表一则中文短篇小说、散文或诗歌，其中短篇小说是我们主推的项目。

那么，这个项目是怎么执行的呢？

第一步是选择作家和翻译家。其实，这方面问题不大。很多作家和译者都非常慷慨地向我们提供他们的作品，授予我们出版权。目前，我们总共发表了五十三部作品（其中四首诗歌，五篇散文和报告文学，其余的是短篇小说），其中二十四篇是首发作品。这二十四篇新作，大部分是翻译家自己提供的，也有一部分来源于我们邀请的作家的供稿。我们翻译的华语作家主要是当代作家，即仍在世的，有一些相当年轻。也有像鲁迅、老舍、沈从文等这样已辞世的中国文学大师。到目前为止，我们选择的作家主要是大陆作家，另有三位香港作家，三位台湾作家；总计二十位女性作家、二十七位男性作家，其中有贾平凹、阿乙、邱华栋、曹文轩等等。

我们和其他语言的翻译家们谈论这个项目时，常常会听到类似的疑问："我想知道你们是怎么运作的？"

答案很简单：我们纸托邦的四位编辑都是志愿工作者，我们的劳动是义务劳动。翻译家和作家在提供他们的小说时，也是免费的。我们极其缺乏运作资金。

除了出版小说之外，让优秀的中国作家为西方普通读者所熟悉，是我们的重要任务，因此活动推广是我们的主要策略。

我们目前进行的推广活动可以分为三类：

1.现场活动

2. 跟其他文学杂志进行网上合作，包括同时出版作品

3. 获得合适的新闻链接

1. 虽然办现场活动很复杂且费时间，但也是一种非常有益的，令人欣慰的经历。

（1）比方说，在我们跟英国利兹大学中文系合办的一次活动中：负责人邀请了香港作家谢晓虹，《人民文学》在海外推出的英文版《路灯》(*Pathlight*)的编辑部主任戴夫·海森(Dave Haysom)一起合办讨论会，题目是《一个故事的故事》(*STORY OF A STORY*)：从一个中文短篇小说如何变成另一种语言的短篇小说谈起，具体到其中经过了哪些步骤，哪几种变换等等。座谈会被用视频记录下来，在几个网站上传播，从而吸引了更多的听众。

（2）另一个例子：我们在伦敦、利兹、北京三个城市，办了一个晚上的"读书俱乐部"。读者提前看了四个短篇小说，然后就每部作品参与讨论；每个小组都请了翻译家做主持人。三个城市分别都得到了读者的广泛欢迎。

2. 跟其他文学杂志进行网上合作，包括同时出版。

（1）例如：同时出版是最容易接触相关文学杂志的读者的方法之一。2015 年到 2016 年，我们选择了跟《渐近线》(*Asymptote*)、《洛杉矶时报书评》等文学杂志同时出版短篇小说作品。

（2）又例如：我们跟利兹大学中文系合办了两次翻译比赛，然后将获奖作品在我们的纸托邦短读网页上上传。

3. 如果某个短篇作品具有一定的时效性，它的主题跟新闻热点或者某文化节日相关，那么，读者会多感兴趣一些。关键的问题是找到合适的契合点。

（1）比方说，今年猴年春节。我们选译了《西游记》十五章来发表，同时请了《西游记》的译者詹纳尔(W.J.F. Jenner)写文章，

讲述翻译过程中的挑战，他的文章在《洛杉矶时报书评》同时发表了，小说和文章相互链接，相得益彰。

（2）我最后一个例子：去年中国政府正式批准全面放开二胎政策，我们选择了鲁敏写的报告文学《1980年的第二胎》（"纸托邦短读"第二十一篇）。很让人鼓舞的是，这个报告文学给读者留下了很深的印象。

（3）经过了整整一年，有些问题很值得思考：我们有哪些进步？进步是如何界定的？我们这一年为华语文学增加了多少新读者？小说单元给这些读者留下了哪些印象？是不是应该鼓励他们继续看中国文学译作等等？很可惜，具体的数据不太容易得到。间接的证据可以说是有的：读者来信，问我们什么时候发表新的短篇作品……我们发表的一个短篇作品还被翻译成加泰罗尼亚语；伦敦的波兰文化学院倡议，将在明年伦敦书展时采用"纸托邦短读"模式来进行文学推广活动等等（波兰是伦敦2017年书展的主宾国）。

纸托邦2015年到2016年的项目得到的成果也许是有限的，但是作为翻译家的我们，力争与华语文学携手同行，是一件非常有成就感的事，也非常值得继续努力。

以后我们会发展什么样的新项目？对此，我们还在考虑之中，最理想的是，我们希望能够得到出版资金，发表更多、更新的短篇翻译作品，跟更多的文学组织保持积极的、世界性的合作！

谢谢大家！

与中国文学携手同行

贾平凹

贾平凹，1952年生，陕西丹凤县人，作家。中国作家协会主席团委员，陕西省作家协会主席。主要作品有《贾平凹文集》23卷，长篇小说《高老庄》《怀念狼》《废都》《秦腔》《古炉》《高兴》《带灯》《浮躁》《老生》等，中短篇小说《黑氏》《美穴地》《五魁》等，散文《丑石》《商州三录》《天气》等。作品曾获得茅盾文学奖、鲁迅文学奖、全国优秀短篇小说奖、全国优秀中篇小说奖、全国优秀散文（集）奖等国家级文学奖，另获施耐庵文学奖、华语传媒文学大奖、冰心散文奖、朱自清散文奖、老舍文学奖、当代文学奖四十余次。获得美国飞马文学奖、法国费米那文学奖、香港红楼梦世界华人长篇小说奖、法兰西文学艺术骑士勋章。作品被翻译出版为英、法、德、俄、日、韩、越、瑞典文等二十余种文字，被改编成电影、电视剧、话剧、戏剧十四种。

我不懂外语，对汉学家文学翻译界的事也知之甚少，我谈几点我的想法。

一　需要对中国文学的整体把握和梳理

外国作品在这几十年里大量地译成中文，使我们了解了外国的社会形态，价值观念，更了解了他们的文学成就，其小说写作的无限可能性使我们备受启发和鼓舞。而这些年来，中国当代文学作品也被以各种文字翻译出去，汉学家翻译家为中国作家普遍地热衷和亲近。任何作家都希望自己的作品长上翅膀飞得更远，这是中国文坛从来没有过的热闹和大好之事。在盼望着更多的中国作家和作品被翻译、被介绍的同时，我偶尔会冒出这样的念头：选择翻译的标准是什么？哪些作品应该被翻译，哪些作品应该及时被翻译，哪些作品应该重点地花大力气被翻译？对当代中国文学当然各人有各人的欣赏角度和兴趣爱好，但无论自己的欣赏角度和兴趣爱好如何，有一点最基本的工作，就是对当代中国文学有个整体的把握和梳理。这如同一颗豆子，单独拿着看是一种认识，把这颗豆子放在一盘子豆子中，对这颗豆子的形状、颜色和饱满度或许就是另一种认识。这样了，就在有限的资源和精力下，会把中国当代文学中的优秀和比较优秀的作品翻译介绍出去。

二　外国读者对中国当代文学作品的兴趣在哪儿？

中国是政治性强的国家，它的社会制度和主体的价值观与西方不同，这是西方世界长期对中国的看法。而中国经济快速发展之后，社会又经历着大的转型，它的矛盾重重，问题众多，这也是中国的现实。马克思说过，历史是任人打扮的小姑娘，而又有伟人说过，文学是一个民族的秘史。当中国作家几十年来努力地还原和重塑着中国当代的历史真相，外国读者也在好奇地要从中国当代文学作品中了解，这也是自然的。但我要说的是，在翻译中国当代作品时，选择者的目光既要看到作品中的政治、体制、意识形态、价值体系，更要看到在这种作品中的文学价值。诚然，我们的文学价值还不怎么高，但它毕竟有它的色彩和声音，有它所提供的另一份经验。

三　怎样翻译出中国味道？

几十年以来，中国当代作家无一不受西方文学的影响，甚至在文学观上、写法上借鉴仿效，这是事实，也是西方读者能读和能读进去易于接受中国当代文学的一个原因。但中国当代文学毕竟是中国作家在写中国的社会现实和人民的生存状态、精神状态，是中国的文学作品。流水可能是西方的，河床仍是中国的。这就可译出中国的味道。而尽力译出中国的味道，就可对中国的地缘、历史、文化、审美、习俗和趣味有大致的了解，这样才能体会到、感觉到作品中的情调的意味。中国作家历来在继承中国古典文学的传统上，因个性、习好、修养的不同，分为两支，一支是《三国演义》《水浒传》等评书式的，其情节传奇，叙述通俗，语言夸张。一支是《红楼梦》等描写日常生活，主题多义，注重细节，讲究文气。前一支可能好翻译，后一支可能难翻译，在重视前一支时更要重视后一支，因为《红楼梦》最为中国人所推崇，最能代表中国文学，最能体现中国味道。

四　关于乡土文学的障碍

中国当代文学相当大部分是乡土书写的作品，乡土文学也因地域不同，作家的个性不同，其叙述风格、语言的使用差异很大。这如同电影的摄影师，有的摄影师在作品中极力突出摄影师的存在，不断地以各种角度和构图提醒、张扬这个作品是我拍摄的。而有的摄影师却极力在隐藏自己，在强调这个作品是生活的真实呈现，是天地间早就有了的，而不是我在刻意制作。这就构成了中国当代文学不同的写作路子。这两种路子都可能出现很好的作品，但可以说后一种路子难度更大些，它常常产生出这样的效果：一般从事写作的人读了就望洋兴叹，不会写作了，而一般不从事写作的人读了则觉得这生活我也经历呀，我也可以写的。后一种路子，更符合中国的文化、哲学和审美趣味。在这些乡土文学作品里，因中国长期以来政治运动多，政策变化快，写到各个历史时期必然会写到一些让外国读者一时看不懂的东西，翻译家也难以理解难以翻译的东西。我有时想，我读乔伊斯的《尤利西斯》，初读时也是一头雾水，而当我了解了他所写的国家的历史与现状后，大略地也领会和想象了他所写的内容，就对其叙述的方法大加赞赏，叹为观止。我的意思是，当在翻译中国当代文学遇到难以理解和难以翻译之处，是需要耐心考究，或有它必要的解释。还有一点，可以用我做例子，我写作使用的是中国北方语系，但其中在叙述时或在书中人物对话中常有一些不同于普通话的语句，可以称之为方言。有人读着不习惯，或者是陕西人读时会读出色彩和声音，而外地人读时就少了许多趣味。其实，这些陕西的方言都是中国古文在历史的演变中遗落在民间成了土话的，只要对中国的文言文稍有了解，这些方言就一目了然。对于中国文言文的了解或许就是解决方言的一把钥匙。

　　我的发言结束了，我再次声明，我因不甚了解翻译界的事，仅以一个作家的角度谈对翻译的印象和感觉，这是不应该的，原本不准备发言，但大会要求参会者都得发言，我就说出来，望各位教正。

　　谢谢。

关于翻译的碎碎说

金仁顺（朝鲜族）

　　金仁顺，（朝鲜族）1970 年生，现居长春，作家。出版有长篇小说《春香》，中短篇小说集《彼此》《玻璃咖啡馆》《桃花》《松树镇》《僧舞》《爱情诗》(台湾版)、《绿茶》(韩文版)、《僧舞》(英文版)等多部，散文集《时光的化骨绵掌》。编剧电影作品《绿茶》《时尚先生》《基隆》。编剧舞台剧作品《他人》《良宵》《画皮》等等。曾获得骏马奖、庄重文文学奖、春申原创文学奖、林斤澜短篇小说奖、中国小说双年奖、作家出版集团奖、小说月报百花奖、人民文学"茅台杯"奖、小说选刊"茅台杯"奖等，部分作品被译成英文、韩文、日文、德文等文字。

　　翻译这个词，从汉字的角度上看，很有意思。

　　"翻"字，层次多，充满了动作性，飞扬，很不安分；"翻"字由两部分组成，一个是"番"，一个是"羽"。"番"，有好几个字义，其中之一，是"外邦的、外族的、外国的"；"羽"就不用解释了，是羽毛，羽翼，飞翔，有风习习。"番"和"羽"放在一起，仿佛天外来客，文质彬彬，翩然而至，也可以是狂风大作风雨来。"翻"是漫天匝地，译却是曲径通幽，"译"字的本意即是，"传译四夷之言"，译是借语言之力沟通和交融，和翻比起来，译很路径，循序渐进，同时也颇具个人色彩。有了"译"的规矩，"翻"便有了方圆。

　　翻译在文学中的地位和重要性，没有最重要，只有更重要。我个人的阅读里面，外国作家的作品数量跟中国作家作品数量可以说是旗鼓相当。在作家们的交流中，大家提到托尔斯泰、福克纳、马尔克斯、卡夫卡等等一系列作家的名字，就像提起曹雪芹、施耐庵、罗贯中、蒲松龄等等中国作家一样，自然而然。从我们有阅读开始，外国的经典作品跟中国的经典作品便杂糅在一起，构成了我们的文学土壤，我们的写作从一开始就是杂交品种。而从国际上看，又有哪个国家作家们的写作不是如此呢？感谢翻译家们，通过你们的劳动，形成了文学的联合国、地球村，使我们能够有幸偏居一隅，却能了解到全世界的文学样貌和态势，这种了解尽管仍旧是局部和片面的，但已经足够让我们知道世界文学版图的辽阔与深邃。

翻译家的工作是有些不公平的，即使是优秀的读者们，也常常只记住了作品和作者的名字，而忽略了翻译家的名字。作家们的作品如果是"料"，那么，翻译家的翻译就是"理"。我们大快朵颐也好，细嚼慢咽也好，读者们品尝了美味，填饱了肚子，吸收了营养，回忆起来的通常是食材，而忽视了烹饪过程。而实际上，"料"和"理"，只有相得益彰，才能大放异彩。

"料"和"理"，说起来是一个非常有趣的话题，有很多既有意思又有意味的东西在里面，比方说，中国有一种跟佛教息息相关的菜系，叫素斋。僧人、居士，以及一些修佛的人，不吃跟动物有关的食材，只吃素食，素斋里面的菜，内容自然是素的，但做出来的菜的形式，却很多元，有素，也有很多荤的。用各种豆制品和面粉加入调味品，制作出来的鸡鸭鱼肉，培根或者香肠，形神兼备，不了解内情的人，有时候会真的以为自己吃到的就是看到的东西。而事实上，这些不过是厨师的诡计、魔术，或者说，玩笑。因此说，与"料"对应的"理"，其实是一个妙手回春，或者回夏、回秋、回冬的过程，而能回到哪儿，要看翻译家的个人能力以及他的审美方向。回春、回夏、回秋或者回冬，能力强的翻译家主导着方向，能力差的翻译家，则可能是阴错阳差。今天到会的各位汉学家、翻译家，都是成就斐然的国际文学的"料理大师"，能主导所翻译作品的方向和面貌。于是问题来了，翻译的权利到底有多大。

翻译家把作家的作品翻译成另外一种语言时，就像把一个烤好的面包，还原到面团，经过揉搓，苏醒等过程后，再放进另外一个烤箱里，烤成面包。这个新面包和旧面包，都是面包，保留了很多共性，但也存在着一些差异性。这种差异性，一方面是在语言的转译过程中客观形成的；但同时，也是翻译家们依据自己的文学理念和审美倾向，主观调整的结果。作家们把自己的作品交托给翻译家的时候，翻译家带着作家的作品，到一个新地方，新国度，去入乡随俗。而作品在入乡随俗之后，遭遇的是水土不服，还是随遇而安，翻译家的作用可能比作家重要得多。

还是回到料理的话题，"料"说到底，是有其相似性的，而"理"的不同，出现了各种菜系。作家在新语言面前，是被屏蔽的，是翻译家决定了作品的形象和风格。但话又说回来，"理"的自由度再大，也还是要有个坐标，有个边界，至少在故事和思想方面，要遵从作品本身，面包经过翻译，仍旧是面包，火候、甜度、松软程度这一类的问题可以忽略不计，但如果面包变成了饼干，或者馒头，这里面显然发生了一些有趣的变异；而如果面包变成了糨糊，这种变异就荒诞和魔幻了。

作家能够给翻译家的，是翻译家二度创作的自由权利；而权利的边界，其实是由翻译家自己定位的。

当代汉语和其他语言一样，越来越国际化，越来越受到互联网的影响。语言与语言之间的篱障正日益薄弱。有些作家在写作之前已经能够掌握一到两门外语，这些作家在写作之初，已经开始在语言的转换问题上进行思索；还有另外一些作家，受多年来阅读翻译作品的影响，他们在写作的时候，有意识地让自己的文字避免艰涩冷僻，去风俗化，去地方化，这种状况对于翻译而言，是优化和简化。而任何事情，一旦在形式上过于流连，一旦有了迎合的心思，就必然会影响其内容和实质。汉语是世界上最优雅最深刻的语言之一，这个从象形文字上面发展而来的文字，经过了历代文化、文学的滋养，每个汉字都那么百转千回，意味深长，才下眉头，又上心头。这种意境和况味，能否传译出去一直是个问题，而一旦作家产生了"媚外"和讨好的心，汉语自身的存在和传承也随之成为了问题。我们现在在世界各地，都能吃到经过转化的、本土化的中餐、西餐、日餐、韩餐，以及各种其他餐，这些餐厅能让我们感受大概意思，品味其特色、特点，但其精髓，那最宝贵的一点点东西，通常是只能留在它起源的地方，而这一点点东西，中国有句话形容得很好：差之毫厘，谬之千里。

那么，作品到底是可译，还是不可译呢？

这个问题其实是针对翻译家提的，作家来谈这种问题的话，有点儿像画饼充饥。"白日依山尽，黄河入海流"，这怎么译呢？如果仅从字面上译过去的话，这诗会变成什么样呢？日餐里面，能将生猛巨大的海洋动物剖割成精美的细小，像艺术品一样呈现在食客的面前，这种转换不只是形式上的，几乎是一种改写。一小片橘色的、方正的肉片，跟一条青色的海洋大鱼，它们有血缘关系，但它们已经是两码事了。相对于诗歌，叙事作品的翻译难度可能要小一些，诗歌倚重的是语言，而小说以及随笔，在翻译过程中的重点可能是人物和故事，只要人物和故事在，就不会太离谱。这么说，仍旧是画饼充饥式的想当然。姑且说之而已。叙事作品至少提供了事件、人物、时代、环境，等等，这些点有利于作品在坐标上的定位，就像前面说过的，面包在翻译过程中，即使发生了最魔幻最荒诞的变异，变成了糨糊，那也仍旧没有脱离面粉这个基础。

以上是一些关于翻译的散乱想法，碎碎说。

与中国文学携手同行

［韩］金泰成

金泰成（Kim Tae Sung），韩国翻译家。毕业于韩国外国语大学中文系，博士学位。曾任梨花女子大学翻译研究所讲师。汉声文化研究所代表，季刊《诗评》企划委员，中国文化译研网（CCTSS）顾问，致力于华语文学翻译出版和文学交流活动。主要翻译作品有顾城的《我是任性的孩子》，舒婷的《致橡树》，虹影的《饥饿的女儿》，铁凝的《无雨之城》《大浴女》，刘震云的《手机》《我叫刘跃进》《一句顶一万句》，阎连科的《为人民服务》《丁庄梦》《我与父亲》，海岩的《玉观音》，阿城的《孩子王》，朱天文的《荒人手记》等一百多部作品，以及毕飞宇、迟子建、徐坤、孙甘露等作家的短篇。2016年获中华图书特殊贡献奖。

接受中国当代文学的情况可能每一个国家都不一样。现在韩国几乎所有的大学都有中文系，许多中文系教授写有关中国文学的论文，从国家单位拿研究费，然后在大学里编成论文集。问题在于这些论文与广大读者之间的隔绝。能够阅读、愿意阅读这些论文的人只有作者与审评人两个而已，其他人几乎都不知道有这些论文，也没有与这些论文接触的机会。我觉得这些没有读者的文章，为论文本身的，没有其他效用的论文写作是一种知识的浪费。大学里很多人量产论文，大学外面的广大群众却依然不懂中国当代文学，严重的缺乏对中国当代文学的理解和认知。可以说有关中国文学的经验与知识在大学里被封闭起来了。难道这种奇怪的现象不成问题吗？研究方法的论文是很重要，但是光有过于专业性的论文，没有大众化的写作也是不能忽视的大问题。有关中国当代文学，缺乏大众化的写作就是在韩国推广中国当代文学的最重要的障碍，也是在韩国出版界不能形成大规模市场的最大原因。因为一般读者对文学作品显露越了解越要阅读的倾向，大众化的写作是联结广大读者与中国当代文学的最短捷径，翻译就是最有代表性的大众化写作之一，也是与中国文学携手同行的最快乐的方式。

翻译的权利和边界

目前支配韩国图书市场的外国文学依然是西方文学和日本文学，这并不是因为文学作品的品质而是因为出版界的既不合理又不公平的惯性。通过过去几十年的以西欧文化为中心的全球化与日本的殖民统治，韩国文化很长时间被西欧文化和日本文化、日本式西欧文化（脱亚入欧以后的亚西欧文化）支配，出版界的情况也不例外。改变这种偏向的出版及阅读情况的最佳方法之一是让翻译不再留存于翻译的范围之内，把翻译的力量或权利尽量扩展到整个出版及阅读范围。其实翻译的权利不能单独存在。翻译、出版和阅读这三个层次形成一种正面的善循环结构，才能够发挥很多力量的翻译权利。二十一世纪初在韩国出版界与读书界突然发生日本小说热的主要背景是政治的抵抗文化的解构和民族主义思潮的衰退，在这种文化的变革过程中出现了一群比较优秀的翻译作品，影响追求新鲜的文化滋养的读者群体，很快形成了不亚于西方文学的很大市场。相比之下在韩国出版界里的中国当代文学市场还没成熟，我认为其主要原因之一是翻译品质不够好，还没形成从策划、翻译、阅读到扩展市场的一连串的良性循环机制。控制出版系统的不是艺术性而是市场性。说起来有一点庸俗，通过高品质的翻译让出版社挣钱是获得翻译权利的最佳捷径。比如说一个翻译家给出版社提供高品质翻译，该出版社吃亏的可能性会比较低，那么出版社尽量尊重翻译家对有关策划及出书方面的意见，让他策划和翻译更多作品，这样翻译家会对整个出版系统更加有影响和权利，会发生协同效应（synergy）。文学翻译本质上是对文学的一种服务，翻译权利也无非是阻止劣质翻译驱逐优质翻译。翻译的权利什么都不应当控制，也不该控制。翻译的权利能够控制的只有翻译的劣质。因此扩大翻译的权利，扩展翻译的边界应该从提高翻译品质开始。所有的中国文学翻译家基于这种观念和对文本的责任感继续努力的话，终有一天会在韩国出版市场里爆发性地开启中国当代文学的巨大市场。我会一直等待这一天，并为之更加奋发、努力。

当代汉语的扩展变化及翻译的新挑战

朝鲜世宗大王于 1443 年完成韩文（当时称为"训民正音"），于 1446 年农历 9 月上旬全面颁布使用，同时作序说"国之语音，异乎中国，与文字不相流通。故愚民，有所欲言，而终不得伸其情者多矣。予为此悯然，新制二十八字，欲使人人易习便于日用耳"。在这一句话里我们能够很明显地发现到世宗大王创造韩文的重要动机之一是实现与汉语的更大幅度的、更加通畅的疏通的。这是明明白白的历史的、学术的事实，也是象征中国文化与韩国文化的亲缘性和同根性的重要标志。但是韩国的不少学者，尤其是国语学者却不承认这种事实，一听到这样的说法就拍案而起，盲目地反对。无论如何，汉语与韩语之间有明显的亲缘性与同根性，把汉语文本翻译成韩文时发生两面性现象，即：正面现象是被翻译的韩语文本与汉语原文之间的差别不太大，能保持原文的正确意味、意象和神韵等；负面现象是就因这种亲缘性与同根性很容易发生误译。韩语里面的汉语成分占大概百分之七十以上，共用的词条非常多，同词异义的也不少。比如"深刻"此词汉语与韩语都用，其意思却截然不同。汉语的"深刻"意味着"（思想或作品的内容）很有深度"，韩语的"深刻"意味着"（某种负面现象）很严重的"，再比如汉语的"恍惚"意味着"朦胧"或"隐隐约约"，韩语的"恍惚"意味着"引人入胜"，汉语的"一网打尽"既有褒义也有贬义，韩语的"一网打尽"只有贬义，主要用于表现捕捉罪犯的。汉语与韩语之间的这种用途的分歧不计其数，但是有些人没有进行区分，盲目地混用，因此经常发生误译。

　　除了这种同词异义的问题之外，当代汉语的扩展变化也造成翻译的困境，这种扩展与变化都反映着中国固有的文化现象。比如"忽悠""山寨"等词语如不加注释就不容易翻译，包括"领导（在一个组织里具有发言权的人）""隔壁（论坛中的另一个主题）""菜鸟（初级水平的新人）"等隐语、俗语或网络用语也很容易引发误译。还有"520（我爱你）""065（原谅我）""847（别生气）"等由数字代替文字的表现，也有"BB（宝贝）""BT（变态）""PK（决斗）"等由英文字母代替汉语词语的。

　　语言是有生命的，随着社会与生活环境的变化而不断变化，反映出新的社会及生活的现象。解决因语言的这种变化与扩展而发生的各种翻译的困境，翻译家采用的唯一的措施是尽量接触新生或变化的语言表现，保持与语言变化的同步性。

可译与不可译——语际书写的困惑

　　我认为翻译是解释学的一种方法论，所以不会有不可翻译的文本，只有被翻译的原作与译文之间的一致性或逼真性的问题。翻译的最重要、最本质的功能是把被翻译的文本不改动也不损伤，用其他语言，用另一种修辞系统来传达给读者。但是每一个语言各有其独特的、不可代替的修辞系统，通过翻译把一种语言的文本没有改变、没有损伤，完完全全改成另一种语言的文本是不可能的事。因为所谓修辞不是局限于语言本身的层次，而是指结合一个语言系统里面的文化、思维、表现习惯和历史记忆等所有因素的总和。比如把汉语固有的修辞技巧之一的"谐音"、古典诗歌里的押韵、从自古以来中国人的生活和经验所发生的故事成语等翻译成西方语言肯定是很不容易的事，会发生各种各样的转换和变形，在其过程中，文本上无法避免一定的损伤和歪曲。但是，无论如何尽可能把原文与被翻译的文本之间的差别最小化是翻译家最重要的任务。举个例子，有人把汉语"豆浆和油条"翻译成"豆乳和油炸饼"，一般读者如何理解此两样食物？好多读者会想"原来中国人也与韩国人一样吃这些东西"！难道这不是原文的歪曲或损伤吗？难道这不是对"豆浆和油条"这两样食物包含的文化含义的缩小或破坏吗？我想在这一部分，与其找类似的等价物稀释其文化的细节不如直接翻为"豆浆和油条"，然后加简单的注释。韩国人阅读中国小说的目的不是找中国与韩国的同质性，是直接"看见"中国，了解纯粹的中国。当然，中国人常喝的"豆浆"与韩国人常喝的"豆乳"是大同小异的食物，但是喝的时间与地点、制作方法与其文化的含义都截然不同。把有一部分截然不同的翻译成大同小异的是不是非正常的翻译？是不是对翻译的文本的破坏？任何语际书写基本上没有不可翻译的，只有一点点的差异。我认为，尽可能最小化这种差异就是翻译家的最大使命和工作。

关于翻译

[奥地利] 科内莉亚·特拉福尼塞克

科内莉亚·特拉福尼塞克（Cornelia Travnicek），奥地利作家、翻译家，居住于奥地利下奥州。毕业于维也纳大学汉学系及计算机系。将中国当代诗歌、散文翻译成德文。文学作品曾多次获奖。小说《小狗》获得2012年克拉根福德文文学日大众评审奖。

尊敬的女士们，先生们，朋友们，大家好！

非常感谢中国作家协会对我的邀请。

来到这里我很高兴。但是，我必须承认，我不认为自己是一名翻译家，我还不确定我是否有资格参加这样的研讨会。在奥地利我是一名周知的作家，我毕业于维也纳大学汉学系，硕士论文是关于翻译的，王小波写的《白银时代》被我翻译成德语（但是还没出版），我也为《人民文学》德语版做过翻译。尽管如此，我认为自己不是一名翻译。我知道我的中文还在初级阶段，远远达不到翻译的水平。学习中文会是我一生的事情。

在翻译的时候我一直在想：怎样做才好？我一直不确定。但是能确定的是：我非常喜欢翻译。你们会说，这是个问题，中文不好怎么翻译呢？你们说得对，下面我将说到这点。

2016年5月16号，韩江写的《素食主义者》获得了布克国际奖。

这个之所以可能，是因为狄波拉·史密斯把这本书翻成了英语。当听到自己获奖了的时候，狄波拉·史密斯就哭了。七年前，史密斯只会说一种语言，就是英语。《素食主义者》是史密斯翻译的第一本书，她第一次当翻译。翻译的时候，史密斯没有办法跟小说的作者交流，用她自己的话说，几乎每个韩语词她都需要在词典里查找。通过这种方式她把整本书翻成了英语，最终获得了布克国际奖。史密斯比我还年轻一岁。在我看来，她是一名翻译界的英雄。她做这个"壮举"的时候，她不是孤军奋战，她有一个叫作"怀疑心"的朋友：

> I really knew that I needed to double-check everything and be extra careful," she says. "I also had to question the dictionary translations of certain terms.
>
> 我知道我需要加倍小心，所有的东西都要检查再检查，"她说，"甚至词典中的一些术语我也质疑。

除了这个"怀疑心"朋友，她还有一个同学朋友。史密斯说，她问了这位朋友"许多烦人的问题"。怀疑心驱使着史密斯向她的同学探究所有值得怀疑的问题。翻完这本书后，史密斯仍然有很多问题，因此她向出版商询问，韩江回答了她。最终《素食主义者》的英文版成为一本伟大的书。

之前我曾提道，我不确定是否能成为一个好的翻译。但后来我读到史密斯在采访中说：

> … the strength of the translation and the skill of a literary translation is how well you know the target language, not really how well you know the source language.
>
> 翻译的力度和文学表达的技巧不在于你对源出语了解

多少，而在于你对目的语掌握多少。

那么，这句话让我看到了希望——一切都是可能的。

抱歉，我的开场介绍有点儿长。

我刚才说，一切都是可能的。但用在翻译上我们知道这是不可能的。例如，每种语言都有它不可译的部分。这是因为两个语言系统不能完全互换，它们不是完全重叠的——它们的"形"不一样。卡尔·德德齐乌斯用圆形和方形作比喻来解释：很明显，圆（第一种语言）不可以覆盖在方形上，方（第二种语言）也不可以完全盖住圆形。它们有很大的重叠部分，但还是有无对应的区域。有时甚至可以是一种语言词语所指的东西，在其他的语言中没有。比如说，中国的馒头不是德国裸麦粉粗面包，也不是法国长棍面包。可是艾略特·温伯格指出，如果所有这三种文化的人能闻到新鲜的面包，他们会有相同的感觉：温暖，安全，被滋养。

另一种情况是，有这样一些词语：乍一看它们有直接的对应词语，但是在两种文化中，相对应的词语却有不同的含义，直接拿来翻译会出现误解。这样的例子有很多，比如"心"——在中文里，心脏和头脑这两种含义结合在"心"这个字上，相反，在西方文化里有一个明显的分界线，心脏作为感情的依托，头脑是逻辑思维的源泉。事情是合乎逻辑分析出来的，还是凭感觉决定的，这对在西方文化中成长的人来说是有很大区别的。直接的翻译不一定准确。基于狄波拉·史密斯认为：

Just because it's the literal equivalent doesn't mean it's the right word to use if you are aiming for some kind of literary effect.

如果你想达到有文学意味的翻译效果，只是字面意思相等并不说明就是合适的词语。

翁贝托·埃可认为对每个词语都要按照这样的规则来考虑：如果一个词被另一个所取代，第一个词的所有含义第二个词都必须有。友仁·陈·欧阳强调，译文只应被看作是源出文的隐喻。他认为不要逐字逐句翻译，而是应该以体现源出文的真正含义来翻译。在这一点上，他使用中国的理论概念来解释，每个作品都有自己的"味"。这个"味"只能直觉领会而不能分析。此"味"必须依旧存在于译文中。按照埃可的说法，有些"不忠诚"的翻译甚至可能在文学表达上更加忠实于源出文。每个译文都有一些不忠诚的边缘区。为了忠实于源出文的深层含义，译者甚至可以改变参照物，使用目的语的文化元素取代源出语的文化元素。洪堡也有类似的观点：在翻译中你只应该有异地感，而不应该有陌生感。对于洪堡的这个观点我是这样看的：我认为，通过作品这扇门进入到一个不同的文化里，却用自己熟悉的照片图片来装饰房间，让它看起来像是自己的家而不陌生，这样做毫无意义。这是我的观点。

德德齐乌斯在他的关于翻译的著作中澄清，目前翻译中的各种做法都只是自己的个人准则。每个人自己要斟酌边界在哪里，对于边缘区域每个译者设定自己的尺度。德德齐乌斯提到在编译时要特别面对这三个基本问题：

生成问题（今译）

观点问题（寻求什么感觉）

审美问题（运送审美观）

关于政治观点问题：我们不应忘记，每一个译文都有一定的政治层面，即使这种倾向不那么显而易见，有时甚至是无形的，但是在挑选要翻译的文本过程中，在对原文作者的描写中等等都可看出端倪。苏珊·魏格林描述了在二十世纪德语国家翻译中国文学时的情况，这个状态现在还在继续。她说：对德语国家的读者来说，中国作品仍然被理解成是政治的，几乎只有符合读者的中国预期形象的文本才被接受，西方读者期待看到能认证他之前的预期想法的作品，这包括与自己相关的文学作品，能引起共鸣的或者是能让自己感到震惊和同情的作品。这就是为什么许多有品位的、值得被读的中国文学得不到关注的原因。要消除对中国文学兴趣的政治化，魏格林认为需要一个新的翻译环境，挑选文本时要考虑的是：作品是否能得到国际读者的认可，阅读作品时是否有美的享受等。总之，我们不应该过多地考虑政治因素。但是，我们如何才能做到呢？我们生活的真实世界是充满政治的，我自己就不能超然于政治。翻译中国作品的时候，我使用互联网，网络世界也是政治的。因此，我的翻译工具也是离不开政治的。

是的，作为译者的我，要经常使用互联网，它是我工作的工具之一。无疑，当代汉语的变化和扩展给翻译带来很大的挑战。但是现在我们有百度我们有谷歌，我们也有很多学汉语的网站。应该说，现在翻译比以前容易多了。如果我有不懂的东西，在互联网上肯定有人知道。通过互联网我看到了我以前没看过的东西。感谢上帝为我们带来了谷歌图像搜索，让我们受益无穷。要成为一名翻译，我认为，今天最重要的是要不断地问自己：这个句子里有什么是我还不知道的？

最后也是最重要的：翻译的价值不能被它的一个部分决定。一个单句，一个段落，这种从翻译的背景脱离出来的部分，不能体现整个译文的价值，希望评论界给予理解。

我之前说过，我是一名作家。我的一些诗和散文被翻译了，翻成英语、西班牙语、俄语、日语和阿拉伯语。自己的文本被翻译的时候才让我真正体会到翻译的价值。好的翻译是一个机会——赢得更多的读者，这种跨文化的对话，扩展了作品的传播，增加了作品的生命力。我非常感谢这个机会，我也希望通过我的翻译让其他作家也能有这样的机会。

在无法完美中追求最大的完美

——略谈翻译的权利和界限

[匈牙利] **克拉拉**

克拉拉（Zombori Klara），匈牙利翻译家。毕业于罗兰大学中文系，中国当代文学博士，曾在北京语言大学、北京大学留学。曾任罗兰大学孔子学院汉语教师，现为罗兰大学孔子学院汉匈词典项目组成员，匈中友好协会会长。主要翻译作品有莫言的《蛙》《秋水》，姜戎的《狼图腾》，韩少功的《马桥词典》《爸爸爸》，余华的《命中注定》《十八岁出门远行》《世事如烟》《许三观卖血记》，苏童的《妻妾成群》《米》，刘震云的《一地鸡毛》，颜歌的《我们家》，于丹的《论语心得》等。此外还翻译了《大红灯笼高高挂》等七部电影剧本。2015年获中华图书特殊贡献奖青年成就奖。正在翻译刘震云的《我不是潘金莲》和余华的《十个词汇里的中国》。

坦率地说，每当谈论文学翻译，或是让我总结这样或那样的有关文学翻译的问题时，我总有些不知所措。因为，不同的文学作品的创作过程是不可能相提并论的，每个作品及其所要表现的也都迥然不同，要正确地回答与之相关的问题也是亦然。

那么，究竟是否存在完美的翻译呢？在此我首先想提出这个直接的问题。我所想的是，翻译者及翻译工作应拥有什么样的权利，界限又是什么。毋庸置疑，多个角度的原因都决定了所谓完美的翻译是不存在的，而且也是不可能的。人们经常这么认为，对于文学翻译，只是放弃的可能，而不可能完成它。

　　为什么没有一个绝对的解决途径，为什么不存在完美的翻译呢？这个问题本身就具有诗人般的幻想。正因如此，我也无法进行完美的回答，而只能零散地说说几点因素①。一，语言（源语言与目标语言）的表达方式、结构、文字的表现力以及这些赖以存在的文化等方面都存在差异。二，译者们个人文学素养上与个性上的差异。对于原作者一个语言上的表达，译者们在力求忠实保持内容与形式上，都会有不尽相同的译法（语序、同义词语、近义词等等），即译者们的文字选择性是千变万化的。三，目标语言随着时代的变迁发生变化，诸多作品也"期待"着与时俱进的翻译（稍后我还会谈到古典名著和经典小说的重新翻译问题）。对于这样的因素，我们还可以举出一些来。人们经常把文学翻译与通过不同的素材或不同技巧呈现的一个现有模式相比较，因而最终的结果即作品永远都不会是一样的。然而，虽然表面上看似不同，其实在本质上都是相同的。

　　在文学翻译问题上，有两种极端的而且时常交锋激烈的态度。一个极端认为，文学翻译根本上是一件虚幻和不可能的事情，即一部文学作品不可能在形式上和内容上完全忠实地移植到另外一种语言；另一个极端则是翻译者以怠慢的姿态将原作当作素材，这种情形本质上已不是翻译，而是加工改编。在这两种态度之间，也有许多过渡的情况。而接近"完美"的，或者说是"非常好、非常优秀"的文学翻译存在于这两者之间的某个程度。但这在任何一个文学翻译作品上都不是绝对的和不可调节的定位和评价标准。

　　但是，如果从悖论上说文学翻译是一项不可能的工作，那么为什么还是需要翻译呢？为什么有一批又一批人要费尽脑汁地从事文

---

① 我的文学翻译理念从著名文学史专家、翻译家萨博·爱德 Szabó Ede（1925–1985）总结其几十年翻译实践的著作《文学翻译》（思想出版社 Gondolat，1968 年；木椅出版社 Fapadoskönyv，2012 年）得到很多启发。

学翻译呢？

文学翻译早在有文字开始就存在，它也是人类的一种需求，即人们需要了解不同语言所记录的作品，需要了解或远或近的外国文化。

不同国家和民族的文化艺术，只有吸收和接受其他文化，世界文化的价值才能健康有机地发展。否则，就会受制于外部的影响或是使其颓废。在当今全球化的世界上，相互影响越来越频繁，我们每天都能接触到远方国度和民族的事物，文学翻译的作用和重要性也随之更加显现。文学艺术的译介不仅能使不同国家的人们相互了解不同的文化，也能唤起人们共属一个更广阔社会的认同感。如今，这种需求与日俱增，因为真正地了解一个国家和人民仅仅通过它的经济指标和媒体及网上那么一点点新闻消息是远远不够的，更重要的是切实相互认知文学和文化艺术，而这方面的翻译工作是不可或缺的。文学艺术的翻译不是将不同的文化交混在一起，而是增进彼此的认知和理解。

文学翻译的坚决反对者始终认为，翻译不可避免地会产生歪曲和造假，造成这种情况的原因包括语言的自然差别、翻译者的个人素养——经常的疏忽、不严谨和理解上的错误等，（在诗歌的翻译上）或是存在韵律韵脚的问题等等。假如我们接受这种先验就判定翻译即失败的观点，认为它充其量只能是原作的一个怪胎和发育不良的"复制品"，那么我们确实不应该投身到这种充满挑战的、与其说是工作不如说是创作的道路之上，而图书馆中又有那么多积极的范例。假如我们接受这种先验就判定翻译即完全失败的观点，我们自己的文化会变得苍白无力，对外国文化的认识也会如此。试问一个掌握了（匈牙利语这么一种）特别语言知识的普通人能用多少外语阅读文学作品？

从事翻译外国文学作品的翻译者必须要知道的是，一个糟糕的翻译作品要比什么都没有要好这种说法是错误的。"一个糟糕的翻译作品要比什么都没有更糟糕！"①正因如此，翻译工作的重要性和意义决不能受到淡化和低估！对翻译者而言，最大限度地尊重原文尤为重要，要对翻译细致入微，要拥有语言和专业的素质，要更多地灵活运用语言技巧。每位着手翻译某位外国著名作家作品的翻译者都应设置一个框架，确定目标，以及他所能掌握的权利和可以伸展的界限，这个目标就是要追求完成一部完美的作品。

翻译者的任务、使命、责任与义务就在于致力于这一（近乎）不可能的翻译境界，即努力达到这种难以攀登和实现的完美性。我们试图做到的就是理论上不可以的那种状态，这也正是翻译工作的美之所在，为了完成一个不可能完成的创作，经过徒然的努力，时而如英雄般地战斗，我们很多人都任劳任怨地沉浸在充满美好和艰辛的"工作"中。而我们仍旧可以平心静气地说，绝对和终极的翻译是不存在的，我们所尽力的，是在翻译中面对差异和语言上的转换尽可能地维护原作的本质、特点、意境和形式等等方面。我们在"工作"中始终存在似是而非和无奈的妥协，这需要各个翻译者的自身素质和能力，以及一系列理性和感性的判断来力图达到所希望和坚信的"完美性"。

下面，我与大家分享一下几位著名的匈牙利作家、诗人兼翻译家各自对文学翻译的看法，其中也谈到了翻译的权利和界限的问题。

1. 二十世纪上半叶②

"忠实于文字其实是不忠实。每个语言的成分各有不同。雕塑家雕塑一件作品，用大理石、黏土或是木头会产生不同的效果……我最大的心愿是尽可能地贴近原文，用优美的匈牙利语译出诗歌。但是，文字上的忠实与优美更多的是对立的……文学翻译就像是在绳

---

① 沃伊达·米克洛什 Vajda Miklós（1931–）匈牙利文学翻译家、评论家、编辑。

② 围绕在二十世纪上半叶的重要匈牙利文学杂志《西方》的一大群杰出的作家和诗人对当时的文学翻译起到了巨大的作用。《西方》杂志于 1908 年 1 月 1 日至 1941 年 8 月 1 日在布达佩斯印行。

索上跳舞。"（科斯托拉尼·戴热①）

"好几次当听到有关译诗的忠实性时，我都报以微笑。要对谁和什么忠实？对词典还是诗的精髓？翻译是不可能的，只有进行再创作。"（科斯托拉尼·戴热）

"翻译是一项吃力不讨好的工作，因为最好的翻译也是一种机会主义和无法完美的。人们总能找到其中的错误，却不在意其中的美。"（巴比契·米哈伊②）

2. 二十世纪中期

"不应该无休止地任意强求细致。对错误的恐惧经过一段时间可以改变，但是超过界限的恐惧它本身就会产生错误。"（内梅特·拉斯洛③）

3. 二十世纪下半叶和当代

"好的译文不是在表面上与原文相近，而在于内在的一致。译者是用一个屁股坐在两匹马上，他在尝试不可能的事情，有时候也会成功。"（根茨·阿尔巴德④）

---

① 科斯托拉尼·戴热 Kosztolányi Dezső（1885–1936），匈牙利作家、诗人、翻译家、评论家、散文家、记者，为《西方》杂志第一代造诣精湛的艺术大师，二十世纪匈牙利抒情文学的杰出人物之一。他翻译了众多文学作品。1940 年，人们将他转译的中国和日本的诗歌整理出版，直至今日仍在不断再版。他在《西方》上发表的中国古典诗歌译文已成为文学经典。著名汉学家陈国在《匈牙利的中国文学翻译》（《语言学通报》，1960 年）一文中这样评价说，（虽然不是从原文翻译的），但科斯托拉尼的所有中国诗歌译作都具有极高的水平。

② 巴比契·米哈伊 Babits Mihály（1883–1941），诗人、作家、文学史学家、翻译家。二十世纪初匈牙利文学重要人物，《西方》第一代成员。

③ 内梅特·拉斯洛 Németh László（1901–1975），匈牙利作家、剧作家、散文家，科苏特奖获得者。

④ 根茨·阿尔巴德 Göncz Árpád（1922–2015），匈牙利作家、翻译家、政治家，曾获得尤若夫·阿蒂拉奖，1990 年至 2000 年任匈牙利共和国总统。译作甚丰，包括托尔金 Tolkien 的《指环王》三部曲以及众多英美知名作家（如多克托罗 Doctorow、福克纳 Faulkner、海明威 Hemingway、戈尔丁 Golding、厄普代克 Updike、爱伦·坡 Edgar Allan Poe 等）的作品。

　　"我成为了一个翻译家，就像一位在演奏一个曲目的钢琴家。如果现在听到的是他在演奏，而不是别人，而且还能听出这个曲目，那么一切正常。如果我觉得找到了一行好的文字，这上面也能表现这种快感，之所以有这么点可能，是因为我认为这文字中也有我的影像。尺度是一个问题，我是不是没有忠实于，甚至破坏了原文……这个只能用鼻子、嗅觉和品味才能加以决定，这种意义上就是艺术的行为。"（纳道什迪・阿达姆[①]）

　　"翻译作品上有我的签名，但我不相信莎士比亚会提出上诉。与其他经典大师一样，人们对莎士比亚带着敬畏。一位翻译家则不应这样敬畏他所翻译的对象，因为这注定会导致失败。我认为，最成功和最能流传的译作是将译者自己的特点融入作品之中……就如同一个演员，其所扮演的人物形象往往运用自己的一招一式、嵌入自己的特色，翻译工作恐怕也不外如此。否则，一部四百年前的作品是不可能被激活的。"（沃罗・达尼埃尔[②]）

　　上面的引述出自成果比我多得多的过去和当代的翻译家的笔下，这些都说明了文学翻译和翻译者的"尺度"和"界限"是一个宽广和捉摸不定的概念，而且非常具有主观性，不同的人会自己想象翻译者的自由度中还可能"容纳"什么，哪些是我们觉得表达了原文的，哪些又不是。这种"界限"的定义随着时代的变迁又会产生很大的变化。

[①]　纳道什迪・阿达姆 Nádasdy Ádám（1947– ）匈牙利语言学家、诗人、翻译家、散文家、大学教授。重新翻译了莎士比亚 Shakespeare 的《哈姆雷特》《李尔王》《错中错》《仲夏夜之梦》《驯悍记》等及但丁 Dante 的《神曲》。

[②]　沃罗・达尼埃尔 Varró Dániel（1977– ），匈牙利诗人，当代最有成就的翻译家之一，曾获尤若夫・阿蒂拉奖。重新译有英国作家路易斯・卡罗 Lewis Carroll 最受欢迎的作品《爱丽丝梦游奇境》和《镜中奇遇记》、莎士比亚 Shakespeare 的《罗密欧与朱丽叶》《驯悍记》和《李尔王》等剧作。

二十世纪上半叶"西方"①的文学翻译家是不朽和杰出的代表。这些在《西方》杂志上发表作品的翻译家自己也是当时著名的作家和诗人，他们在对原作翻译中融合了自己的印记，使原作具有更加自由和开放的色彩，往往在概念和形式上的不忠实性都未引起人们的质疑。当时，主导的观念甚至对此抱有一种"同感"，为了迎合那个时代的需要，翻译者相对地掌握更多的自由。美学的效果是第一位的，即翻译出来的要成为优美的匈牙利语的诗歌或是作品，哪怕是带有些夸张。然而，或是正因如此，我们要感谢这一批或许是带有过分个人化"声音"的匈牙利著名作家和诗人（科斯托拉尼·戴热、托特·阿尔巴德②、巴比契·米哈伊、萨博·洛林茨③等等）。是他们在相当大的程度上丰富了读者对外国文化的了解，其中也包括中国的。对于中国和日本文学的翻译，毋庸置疑科斯托拉尼·戴热曾起到重要的作用。这些来自于世界另一端的异域文学正是通过他们所写就的语言以人们可以接受的"传播途径"很好地载入了匈牙利文学经典。当年东方语言的翻译无一例外都是通过其他语言转译的，其中主要是德语和英语。

从二战之后的二十世纪中期开始一直到今天的一种明显的趋势，是翻译者的自由度"狭窄化"，即倾力于文字的忠实性和精雕细琢。现在的翻译者，特别是当他们也是知名作家或诗人时，他们会很看重标注着自己名字的作品的影响。对中文原文更加忠实的翻译工作是从二十世纪五十年代开始的。这些翻译者包括第一批留学中国的

---

① 见 p111 注释②。
② 托特·阿尔巴德 Tóth Árpád（1886–1928），匈牙利诗人、翻译家。
③ 萨博·洛林茨 Szabó Lőrinc（1900–1957），匈牙利诗人、翻译家，匈牙利现代抒情主义文学重要代表人物之一，曾获科苏特奖。

人员①，以及陈国②、杜克义③等著名的汉学家。此外还有当时匈牙利相当知名的作家和诗人，如萨博·洛林茨、沃洛什·山多尔④、伊

---

① 匈牙利首批赴中国留学生于 1950 年秋天到北京学习，1950 到 1966 年间先后共有 30 名匈牙利学生，其中包括高恩德（Galla Endre）、尤山度（Józsa Sándor）、米白（Miklós Pál）、塔洛什·鲍尔瑙（Tálas Barna）、鲍洛尼·彼得（Polonyi Péter）、姑兰·埃娃（Kalmár Éva）。他们和几位在匈牙利培训的专家为发扬匈牙利的汉学研究奠定了基础，这几位优秀专家中包括杜克义（Tőkei Ferenc）和陈国（Csongor Barnabás）。正是他们以丰厚的专业知识和优美的文笔翻译了大量中国古典和现代文学杰作，罗兰大学中文系也成了汉学家和翻译培训中心。

② 陈国 Csongor Barnabás（1923– ），曾是我的教授和文学翻译导师，是仍健在的从中文原文翻译作品的老一代翻译家。他的研究工作从语言学开始，后来重点转到了中国古典小说的研究和翻译。在其八十岁生日之际出版的研究文集中，由绍莱特（Salát Gergely）和郝清新（Hamar Imre）编辑撰写的简历中很好地描述了这位翻译家的工作成就："出版了大量翻译作品，其中有影响的包括《水浒传》《西游记》《西游补》，他的翻译保持了原著的风格，使中国古典小说的译本成为匈牙利文学的一部分。其翻译的作品细致入微，表现鲜活，充满智慧和典雅。陈国对中国和匈牙利的语言及文化了解甚深，字里行间透出令人仰慕的素养和解析。"除了翻译工作外，陈国还发表了很多中国小说文学的研究论文，成绩斐然。他还翻译了中国作家的散文和诗词作品，推动了《中国古典诗人选集》I–II 卷匈牙利语译本的出版。

③ 杜克义 Tőkei Ferenc（1930–2000），二十世纪匈牙利最杰出和最具成果的汉学家之一，在将中国古典文学名著翻译为匈牙利语的工作中做出了重要贡献。杜克义翻译出版了三卷本的中国古代哲学经典作品，其中包括《论语》《道德经》《大学》《中庸》等，还译有中国古代经典（如墨子、孟子、荀子、庄子、韩非子等）中的重要章节版本。除中国古典哲学作品外，他还翻译了蒲松龄的作品以及众多中国古代的戏剧、诗词和其他文学体裁的作品。杜克义积累了很多的中国文学作品的翻译素材，使得优秀的匈牙利诗人们以此为依据进行细化翻译，今天匈牙利读者能够读到《诗经》和《乐府诗选》中的大部分内容都归功于杜克义的工作。2005–2009 年之间，杜克义的全部作品集成九卷本再次出版。

④ 沃洛什·山多尔 Weöres Sándor（1913–1989），匈牙利作家、诗人、翻译家、审美家、文学理论家，其妻卡罗利·奥米 Károlyi Amy 也为诗人。沃洛什在年轻时就对东方特别是中国文学产生浓厚兴趣，《道德经》对他产生了很大影响，这部中国道教经典最受欢迎的匈牙利语译本就出自他的笔下，此外他还译有《庄子》。沃洛什对中国文学在匈牙利的传播做出了重要贡献，他与妻子共翻译了三百多首中国名家诗歌，其中他个人译出二百五十四首。在他的翻译过程中，多位优秀的匈牙利汉学家（如杜克义）提供了初译资料。

雷什·久洛①、沃什·伊什特万②、纳吉·拉斯洛③等，他们运用基本的素材和自己独立的翻译将大量优美的"中国作品"奉献给了匈牙利读者。（关于这一方面的内容我已在较前的报告中谈到。）

最后，我还想谈一个与这一课题相关的问题，即世界经典文学在匈牙利重译的情况。过去的十多年间，很多经典作家（如但丁Dante、莎士比亚Shakespeare）和现代作家（如加缪Camus、塞林格Salinger）的作品出了新的版本，这些都不是修订或是改编的，而是完全重新的翻译，甚至匈牙利文学经典中的作品名称也发生了改变。尽管如此，如过去所翻译的莎士比亚的作品也是具有相当高的水准的，甚至已经深深融入匈牙利人的意识之中，翻译者要重新进行翻译，也需要很大的魄力。新翻译的作品也是非常棒的！这种现象需要专门进行研究和评论。作为结语，我想表达的是，说了这么多，那么又回到了最初的问题，完美和终极的文学翻译将会是怎么样的呢？

---

① 伊雷什·久洛 Illyés Gyula（1902–1983），匈牙利作家、诗人、剧作家、翻译家、报纸编辑、匈牙利科学院通讯院士，曾三度获得科苏特奖。
② 沃什·伊什特万 Vas István（1910–1991），匈牙利作家、诗人、翻译家，曾获得科苏特奖。
③ 纳吉·拉斯洛 Nagy László（1925–1978），匈牙利诗人、翻译家，曾获得科苏特奖。

在全球化的书橱下写作

雷平阳

雷平阳，1966年生于云南省昭通市，现居昆明，诗人，散文家。作品有《云南黄昏的秩序》《雷平阳诗选》《我的云南血统》《云南记》《出云南记》《基诺山》《山水课》《乌蒙山记》等十余部。曾获人民文学奖、诗刊年度大奖、十月文学奖、华语文学传媒大奖诗歌奖、中国诗歌学会屈原诗歌奖金奖和鲁迅文学奖等众多奖项。

不止一个大学教授告诉我，对西方文学的研究与翻译，中国的文学翻译家和研究者们已经做得非常充分。因为中国政府及教育机构，设置了大量的课题和项目基金，凡是在西方世界具有一定影响力的作家作品，只要中国的翻译家和研究者们将其作为翻译和研究对象，并作为翻译和研究课题，就有可能通过课题审批、获得基金支持，进而很快地翻译成汉语文学作品。一些具有重大影响力和文学成就的作家作品，甚至很可能会有若干中国的课题组对其进行翻译和研究。我一点也不怀疑这种说法。作为一个生活在中国边疆地区的诗人，我亦感受到了中国对西方世界文学翻译的洪峰巨浪，一个星期不去书店，你可能有与某个欧洲和美洲作家的新作擦肩而过的遗憾，一个月或者半年时间不去书店，你就有可能错过一位杰出而又陌生的伟大作家。他们出自欧洲、美洲，也有可能出自非洲、澳洲、日本、印度和西亚。辽阔而又神秘的世界文学，对于中国读者和中国作家来说，由于翻译工作的卓有成效和及时性，一个个用英语、法语、斯拉夫语和其他任何一种语言写作的作家与诗人，他们正在变成另一种意义上的汉语作家和诗人。除了汉语，我不懂其他语言，我不知道，中国以外的优秀作家，还有多少受到汉语的严重遮蔽？还有多少伟大的灵魂在中国之外的土地上徘徊？

我可以毫不谦虚地说，我有着很多个巨大的书橱，里面供奉着中国古往今来伟大的文学作品，当然也供奉着无数我敬仰的全世界范围内杰出的文学灵魂。书房就是我的寺庙，它是众神狂欢和叹息的地方，也是我独自修行的场所。翻译壁垒的破除，信息沟通的快速与便捷，使一个四分五裂的语言世界正在以不可思议的方式变成一座图书馆，变成一个书生的书房。不管这个书生生活在什么地方，中心城市或者天边的小镇，只要他愿意，这个语言的世界就会跑步前来向他报到，并把所有神圣或优秀的文学作品摆在他的面前。这是一个人手一个世界的时代，阅读者和写作者，谁都很难扮演被遗弃的孤魂野鬼的角色。不过，对一些有思想力和文学理想的写作者来说，这样的文学现状，也很难说全是好事情。在孤陋寡闻的时代，他可以根据自己的审美经验，通过自己的写作，成为中国的契诃夫，中国的博尔赫斯，中国的卡夫卡，乃至中国的米沃什，中国的萨拉蒙。但是，这条路现在走不通了，他必须先到悬崖上去，或者坐在自己的隐修室里，认真地想一想，在文学世界一览无余之时，自己是否能够成就自己？自己应该怎样才能给世界带来一点新的文学元素？令人高兴的是，在我的视野中，新世纪以来，中国文学特别是汉语诗歌写作，随着区域性或者说地方性写作潮流的趋势化和广泛化，一种真正诞生于中国土地上的汉语新诗，正带着强大的生命力和汉语本身的神奇魅力，生机勃勃地崛起。众所周知，汉语新诗其形式拿借于西方现代诗并已经行进了百年时光，但众多因素的影响，其成就难以称伟大。特别是新时期以来，随着中国改革开放，更多西方现代诗歌得以在中国翻译出版，汉语新诗不仅没有找到自己的灵与肉，反而更加陷入了模制与观念套用的迷局之中。所谓的汉语诗歌写作，在我看来，就是一种魂不守舍的翻译体诗歌的大行其道。在此背景之下，一批更年轻的"外省诗人"，他们既继承了中国古代伟大的诗歌传统，又汲取了西方现当代文学思想与美学的滋养，并在不同的地理区域或多元化的文化背景下，展开了全新的汉语诗歌写作，将个体经验融汇到不同的区域文明之中，让诗歌美学既超越于俗世与时代，又能呈现出一种在野的、粗粝的、厚重而又鲜活的诗歌质地，真正地展示出了汉语之于现代诗歌的光辉与魅力。在这些诗歌之中，神灵不仅仅只是耶稣，还有天空和大地，还有菩萨和杜甫，还有山川之间行走的人类和马匹；在这些诗歌之中，天堂里的语言，不仅仅只是英语和汉语，还有藏语、傣语和彝语，天堂也不仅仅存在于教堂顶上的天空之中，它还存在于地平线的后面，存在于村庄中的寺庙里；在这些诗歌之中，日常性的书写有了神性和人性，有了彼岸，有了来生，有了温暖和阳光，有了一批有血有肉的汉字。这些诗歌，它们来自全球化书橱下的书写，更来自我们脚下这片汉字铺成的土地。他们接"地气"，更接"天气"，有来自天空之上神秘的召唤。我认为，这样的写作，让汉语诗歌具有了更迷人的未来。

　　然而，我想说的是，近十年来，在对外翻译和国外汉学家对中国诗歌的翻译方面，我们所说的中国当下区域性诗歌写作所取得的优异成果，仍然受到了严重的忽视。就我个人而言，我写作的目的决不是为了被翻译，而且也从来没有为此进行过任何努力，我只是一个汉语诗歌的写作者，我的任务只是写作，不是做一个诗歌推销员。但置身于今天这样一个座谈会，我还是希望在座的汉学家们，多关注一下中国区域性写作的优秀诗人及其作品。据我所知，现在翻译出去的中国汉语新诗，大多数都集中于部分精通英语或其他语种的诗歌写作者，他们拥有了与"世界"交流的话语权，而且他们的写作也与西方的现代诗写作步调一致，有通道，也便于翻译。但我觉得，这不是翻译唯一的权利和既定的边界，翻译的伟大使命，或许是将一些更优秀、更具活力与价值，也更陌生的作品，变成另一种语言。上个月，在甘南草原举办的当代汉语诗歌论坛上，一位评论家告诉我，因为他在去年的中国诗歌年度总结中重点推荐了我的诗歌，一位美国汉学家就给他写了一封很长的信，说我是享受国务院特殊津贴的专家，是体制内的作家，不应该推荐。这其实更是一种错误的认识，现在翻译到国外去的很多作品的主人，都是中国大学里的教师，他们所能享受到的国家津贴或说课题资金，远远多于作家协会体制内的作家和诗人。只要对作家协会体制具有一定常识的人，都知道这个体制内的作家和诗人，他们所能得到的额外资金支持几乎为零。文学属于我们今天每一秒的时间，更属于未来不可计算的没有尽头的时间。在不同的语言存在的情况下，文学翻译担负着统一语言王国的上帝般的使命。我们不能错过任何有意义的书写，更不能因某种错位的观念，而忽视一些殉道者积极的、艰辛的努力。我有幸能读到世界上无数伟大作家的作品，也愿其他国家的读者，能尽可能读到更多的真正优异的汉语文学作品。

谢谢大家！

跨越不可译性的可能路径

李东华

李东华，1971 年生，山东高密人，儿童文学作家。毕业于北京大学中文系。现任《人民文学》副主编，中国作协儿童文学委员会委员。出版有长篇小说《薇拉的天空》等作品二十余部。曾多次获冰心儿童图书奖，2006 年获第 10 届庄重文文学奖，2010 年长篇童话《猪笨笨的幸福时光》获第八届全国优秀儿童文学奖，长篇小说《少年的荣耀》获中宣部第十三届"五个一工程奖""2014 中国好书奖"、陈伯吹国际儿童文学奖、上海好童书奖等。

"嘤其鸣矣，求其友声。"中国最早的诗歌典籍《诗经》就已发出了渴望彼此心灵相交的呼喊。这样的呼喊古老而新鲜，不绝如缕地响彻在人类历史的长河之上，正是这种强烈而持久的来自灵魂深处的诉求，促使来自不同文化的人们通过"翻译"打开语言的藩篱，心与心跨越千山万水走到了一起。翻译家们作为人类精神的使者，他们总是先于自身所处文化中的其他人，向着另一种陌生的文化进发，因为文化的不同而产生的无法命名的艰难与作为翻译家不能不命名的天职交织在一起形成的悖论与踌躇，是翻译家们所面临的近乎宿命般的孤独处境，但从另一种角度来看，异质文化中不可译的部分对于自身所处文化来说也许正是可以带来新鲜的思想与意义的部分，从不可译到可译的山重水复疑无路柳岸花明又一村的困境与突围，也是最彰显翻译家风格与智慧的部分。

金岳霖先生在《知识论》中提出："翻译大致说来有两种，一种是意译，另一种是译味，这里所谓译味，是把句子所有的各种情感上的意味，用不同种的语言文字表示出来，而所谓译意，就是把字句的意念上的意义，用不同种的语言文字表示出来。""味"或"滋味"在中国古典诗论中是辨析一首诗是否具有审美价值的根本尺度，所以司空图说："辨于味，而后可以言诗。"通过翻译的引渡而不使原作失其味，应该是翻译的至高境界了。我所供职的《人民文学》外文版十个语种的翻译团队全部由各语种所在国的熟悉和热爱中国文化的翻译家组成，也正是为了使那些产生于中国所特有的历史环境、风俗习惯、时代经验的文字，其所携带的丰富的文化密码和微妙的神韵，通过翻译的桥梁，转化为另一种语言文字时，依旧具有蓬勃的活力和文学所特有的不可言说的味道。而要达到这样的一种高度，除了在翻译过程中在技术层面上要动用很多技巧之外，在翻译之前的精心准备和翻译之后的耐心打磨，也是跨越文化的不可译性的行之有效的策略。

以日本拓殖大学教授立松升一翻译长篇散文《娘》为例。《娘》是由中国作家彭学明创作于前几年的一部长篇散文，以一个儿子的反思的视角书写一个湘西土家族女性充满磨难困苦而又坚韧善良的一生，出版之后在读者中引起了热烈的回应与反响。《娘》里有大量的湘西的民风民情的描写，使用了很多湘西方言，其浓郁的地域特色正是这部作品的魅力所在，同时，也是它的翻译的难度所在。立松升一先生在翻译之前特地去湘西实地做田园调查，与作者及乡亲们面对面地请教和交流。比如《娘》一书里写到娘为了挽救与丈夫的婚姻，把湘西一种叫地牯牛的小虫子做成粘粘药，给丈夫放情蛊的故事。作者彭学明陪着立松升一到湘西农村房屋的犄角边找到叫地牯牛的小虫子，然后做成粘粘药，演示了一遍，现场给他解释什么是粘粘药和湘西放蛊;《娘》一书里写到爹和娘相识时的恋爱习俗——赶边边场,彭学明就陪着立松升一到湘西农村赶集,切身感受湘西农村男女是怎样赶边边场,怎样通过对山歌等形式自由恋爱结婚的;《娘》一书里还描绘了许多山间野果和湘西名吃,彭学明也一一陪着立松升一进行了辨认和品尝。通过辨认和品尝,立松升一发现有的野果是湘西独有的,有的野果是日本也有的。比如彭学明写到的湘西八月瓜,日本也有,不过不是叫八月瓜,而是叫木桶瓜。彭学明写到的湘西三月泡,日本也有,只是日本叫树莓;《娘》一书里写到湘西的腊肉和灯盏窝等名吃,彭学明不但请立松升一品尝,还实地给立松升一看了腊肉和灯盏窝的制作过程,加深了立松升一对湘西饮食的印象;至于大量的方言,立松升一更是多次给作者彭学明发电子邮件进行请教,立松升一根据湘西的方言,翻译成日本少数民族地区的方言……这样的实地调查,不但可以避免因为“不可知”而造成的“不可译”,同时,对一种陌生的文化,因为亲临现场更容易产生一种感同身受式的理解与热爱,这种带有情感温度的翻译,比起冷冰冰的文字与文字之间的机械的转换,除了译文的精确之外,也的确可以做到像金岳霖先生所说的把语言中的各种情感译出来,把湘西文化所特有的味道译出来。

　　前面说过,为了保证译文的地道,《人民文学》外文版所选用的都是母语译者,但同时也聘请了中文的相关语种的专家对译文进行译审。这主要还是因为由于历史文化背景不同难以避免误译、错译和漏译的可能,作家们因为对本国历史与现实的熟识经常顺手拈来不加解释地使用一些历史典故或新生词汇,这些都可能对译者的知识构成带来挑战,增大翻译的难度。而中文译审因为对中国历史、文化的熟知,往往能够帮助发现其中值得商榷的部分并提供建议。因此在汉译外的翻译完成之后,请相关的中文专家或编辑帮助审阅,也是探索从“不可译”到“可译”的方法之一。

　　有诗人认为"诗歌就是被翻译漏掉的部分"。这大约是对翻译的
"不可译性"的最悲观的估计，但反过来说，人类从来没有放弃打
通不同文化中不可通部分的努力，也正是这种从不放弃让一切不可
能都会变为可能。

当代汉语写作的扩展

李 洱

李洱，1966 年生于河南，现居北京，作家。被誉为中国先锋文学之后最重要的代表作家之一。现任中国现代文学馆研究部主任。作品有小说集《饶舌的哑巴》《遗忘》《夜游图书馆》等，长篇小说《花腔》《石榴树上结樱桃》等。《花腔》入围第六届茅盾文学奖，2010 年被评为三十年（1979—2009 年）中国十佳长篇小说。曾获第三和第四届大家文学奖荣誉奖、首届二十一世纪鼎钧文学奖、第十届庄重文文学奖。作品被译成德、意、法、英、韩、日等多种文字。

谈到汉语的变化，我不想去谈论汉语在新世纪出现了哪些新的词语，新的概念，新的用法，以及互联网技术的发展对汉语的影响。这种情况在别的语种中同样存在。汉语在这方面的变化，不会比英语更大，因为英语有更多的不同地区的、不同族别的人在使用。举例来说，在多个国际性的文学讨论上，我注意到美国人是听不懂印度英语的。我想谈的是另一个问题，这个问题在我看来更关键，它属于真正的变化和扩展。它不一定给翻译带来困难，但它一定给翻译对象的选择以及翻译作品的出版带来影响。

中国社会一个世纪以来巨大的历史变迁，巨大的乌托邦实践，给中国作家带来了无数的故事，成就了一代又一代作家。讲述这些波澜壮阔的历史，似乎是作家的使命。在这个历史过程中，个人消失了，它呈现的油画般的历史画面，光怪陆离的魔幻般的现实——这是魔幻现实主义小说在中国能够大行其道的根本缘由。

谁都能够注意到，西方的翻译家对中国小说的关注，主要集中此类小说：它充满着前现代般的生活图景，人物像畜生一样苟活着，有趣的是，这些畜生还有一个伟大的乌托邦梦想。前现代向现代和后现代的过渡，更是伴随着血腥。资本的每个毛孔里能渗透着罪恶。莎士比亚的那些跌宕起伏的故事，眼下似乎只有在中国还在轮番上演，令人目不暇接。故事，传奇性的故事，构成了这些小说的基本情节。

这都是事实：既是中国相当一部分作家写作的状况，也是翻译家、批评家、出版家热衷于此的现实。对批评家和翻译家来说，生活在别处。这些异质性的经验，刺激着他们的神经。最后，它也刺激着中国的文学出版包括西方的出版市场。

但是，中国还有另一种小说。相对而言，它更为重要。

这种小说，深刻地表现着中国人精神生活的复杂性，展示着他们内心的风暴。叙述人与其说是在讲述故事的发生过程，不如说是在探究故事的消失过程。叙述人与他试图描述的经验之间，构成了复杂的内省式的批判关系。他们所置身其中的传统，与莎士比亚、雨果、马尔克斯、拉什迪迥然不同。这个传统更多地与伏尔泰、哈韦尔、加缪、库切相近。

对汉语写作来说，这样一种写作，给汉语赋予了一种理性反省能力。它不是儒家所说的"吾日三省吾身"的那种简单的道德反省，而是在多种文化因素的对话中，使你的语言具有道德感。对汉语来说，作家的道德感，归根结底表现为对语言的责任感：它充满反省精神，它与现实与权利保持距离，包括与反对权利的权利保持距离。它复杂而精微，它使汉语越来越趋向准确，使汉语小说写作达到诗歌写作的水准。

在这方面，已故的史铁生达到了相当高的成就。但史铁生一死，人们几乎忘记了他在叙事上达到的成就。对现代汉语来说，史铁生达到的成就是前无古人的。这当然没什么。这很正常。唐代的批评家和读者，都认为杜甫是不入流的。杜甫是到了宋代，才成为一流诗人的。

稍微总结一下，我个人倾向于认为，在世界文学的范围内，可能存在着两种基本的文学潮流，一种是马尔克斯、拉什迪式的对日常经验进行传奇式表达的文学；一种是哈韦尔、索尔·贝娄、库切式的对日常经验进行分析式表达的文学。

在后一类作家身上，人类的一切经验都将再次得到评判，甚至连公认的自明的真理也将面临着重新的审视。他们从来不会简单地批判什么。在他们那里，批判者的权利也必须接受批判的检阅，从而真正展开一个对话的世界。

在我看来，对汉语来说，这才是真正的扩展，别的都是皮毛。

翻译和阅读

李 浩

李浩，1971年生于河北省海兴县，作家。现供职于河北省作家协会。发表小说、诗歌、文学评论等文字五百余篇。主要作品有小说集《谁生来是刺客》《侧面的镜子》《蓝试纸》《将军的部队》《父亲，镜子和树》《变形魔术师》《消失在镜子后面的妻子》，长篇小说《如归旅店》《镜子里的父亲》，评论集《阅读颂，虚构颂》，诗集《果壳里的国王》。曾获第四届鲁迅文学奖、第十一届庄重文文学奖、第三届蒲松龄文学奖、第九届《人民文学》奖、第九届《十月》文学奖、第一届孙犁文学奖、第一届建安文学奖、第七届《滇池》文学奖和第九、十一、十二届河北文艺振兴奖等。有作品被各类选刊选载，被译成英、法、德、日、韩等国文字。

作家王小波在一篇题为《我的师承》的文字中曾谈到，他的写作的师承，他对文字的感觉和理解，多是那些优秀的翻译家们给他的，他是从经典的翻译中领略和感受"美妙的汉语"的——对于我这样的写作者来说，也是，我的个人师承主要有两个来源：一是中国的古典诗词，另一则是翻译文本。是故，我对所有的文学、艺术和哲学的翻译家们充满了敬意，所有的。我觉得正是这些翻译家们，为我们建立了理解世界、理解美妙、理解他者存在和自我的有效通道。

作为一个只能使用母语写作的作家，谈论翻译的问题多少有班门弄斧之嫌，而且很容易露怯，更显得笨拙——但离开规定性太远又是不恰当的。那我，就从一个阅读者的感受中，谈论我对会议议题的一点很是片面的理解。

　　翻译的权利和边界。"信、达、雅"似乎是我们对翻译要求的一个基本共识，对原作的基本忠实是需要的，我个人觉得这一忠实应更多地建立在"精神"内核上而并非对个别词语的固执尊重上，在把一种语言变成另一种语言的过程中，我以为翻译应尽可能地保留原作中那种奥登所说的"属于个人缪斯的独特表情"，让我们能够真切感受到另一国度、另一语言中的那个写作者的体温，面容，呼吸，有意的偏执和体臭。当阿赫玛托娃、鲍里斯·帕斯捷尔纳克从俄语中译过来，当君特·格拉斯从德语中译过来，当意塔洛·卡尔维诺从意大利语中译过来，当威廉·福克纳从英语中译过来，我个人关注的是他们在汉语里的表现，在汉语里，他们是不是让我惊艳，让我感觉震颤，让我会心，让我能从众多的写作者中把他们的面目清晰地认出来。任何一个优秀作家都有他的独特"灵魂"，尽可能忠实、精心、完整地保留住他的独特"灵魂"，将它移植到另一语言体系里它依然是鲜活的，那就达到了要求，在这一前提下，我认为翻译家们尽可以施展和使用他的可能权利。在这一前提下，翻译家尽可以对原作进行修正、删减甚至小范围的"改写"——如果那样，更接近原作的灵魂和作家的腔调的话。阅读者，肯定更注重它在自己母语里的表现。

　　至今，我还记得第一次阅读玛格丽特·杜拉斯《抵挡太平洋的大坝》时的感受，它让我"发现"了藏匿于语感之后的琴弦，我觉得，整篇小说都是由一把大提琴来演奏的，这一发现让我受益匪浅，它影响到我，影响到我小说中"乐器"的使用，也正是因为它，我认定并强烈地认定小说的诗性品质是写作的一个高标准。我在君特·格拉斯的《铁皮鼓》中发现了一个庞大的乐队，我听到了诸多乐器的使用和它们之间统一、完整的交响，这也让我有巨大的受益，在我的长篇《镜子里的父亲》中我也有意让整支乐队参与演奏，那种浑浊的、黏滞的、丰厚的却又有着强烈音乐性的叙述让我着迷……在阅读胡安·鲁尔福、巴别尔、卡夫卡、布鲁诺·舒尔茨的时候，我会注意到他们各自的"腔调"，而这"腔调"也是文学中重要的魅力之一。在我这样的有些挑剔的阅读者看来，在翻译中，注意保留原作的"腔调"，也应是一个可能的"边界"。

我想，任何一种的语言都是"流变不居"的，它会一直在发展变化中，一直在不断丰富中，而且也在不断的"适应"之中，它和另外语言的相互交融、互通有无也是一种必然。当代汉语的变化和扩展给翻译带来的困难和挑战是存在的，而且会永远地存在下去——我以为这种挑战也是美妙的。诗人北岛在一次讲座中引用里尔克的一个漂亮的短语："古老的敌意"，谈及"对母语的敌意"，他以为，一个优秀的作家，不应只是掌握好母语，熟练准确地使用母语，更重要的，是他必须要为母语的丰富、扩展和更加美妙而做出自己的提供，他要在熟练准确的基础上让自己的母语产生出"陌生化"的效果来，进而影响他的民族，接受这一陌生和新的丰富。我想我们翻译家们也会乐见这一陌生的，虽然它因此也更加"困难重重"。由此，我也想到，中国的古汉语在翻译中也是"困难重重"的，有些文字对时下的中国人都是如此，我们甚至难以用确切的语言将他们译成现代汉语。

没有难度的写作是值得怀疑的，不能为时代、母语和自我的幽暗区域提供新发现的写作是值得怀疑的，事实上，没有一位作家愿意成为"渺小的后来者"，他们会在主题上进行拓展，在故事的结构和讲述方式上进行拓展，当然也会在语词上进行拓展，我个人，恰恰欣赏这一拓展。回到我最初的那段文字，回到王小波谈到的"我的师承"，就我个人的写作而言，翻译文本的影响是较为显著的，我愿意把从翻译文本中读到的"美妙汉语"丰富到我的写作中去，并且试图更有创造性地使用它们。其实不止我个人，在中国诸多的七零后作家中，我们都可以看到翻译文本的影响，或多或少。在这里，我想，各位翻译家们将中国时下的这种变化、陌生和崭新译为其他文字，也应会带出更多的美妙来，甚至会部分地影响另一种语言中的写作者。这种可贵的互通恰是翻译时应经意的点，我以为。

我也不止一次地听到人说，诗是不可译的，诗，恰恰是在翻译中被丢掉的东西——我对这句话有部分地认同，同时也有更多的反对。翻译当中，必然有所丢失，就是由汉语的诗改写成另外的文体这种丢失也是存在的，我想这是一个普遍的缺憾，我们再强调"忠实"也只能无限地接近减少损耗而绝不可能做到不受减损。但同时，如果是良好的翻译，在损耗着的过程中也会注入，甚至会有更为强烈、丰厚的光的注入。我在阅读君特·格拉斯、加·加西亚·马尔克斯、玛格丽特·尤瑟纳尔、萨尔曼·拉什迪、普拉斯等人的作品时，时常会感慨，感觉他们比我更会使用汉语——之所以有这样的"错觉"，是因为伟大的翻译不仅弥补了部分的损耗还更有效地进行了拓展和注入。我记下玛格丽特·尤瑟纳尔漂亮的短语："我逃向何处？你充满了世界，我只有到你的身上逃避你。"这句话让我反复回味，并在一首题为《月亮旁边的蓝色》的诗中用到了它；在卡尔维诺《分成两半的子爵》一文最后，他说："他把我剩在这个布满了责任和鬼火的世界上了。"这句话让我更是百感交集，我感慨"责任"和"鬼火"的奇妙搭配，这两个词在汉语中同样不可替代，任何一种置换都会让它有小小的偏离或减损。我迷恋《我弥留之际》的语感，它比我们惯常的汉语更有魅力，我坚信是翻译和作家共同"创造"了它；我迷恋布鲁诺·舒尔茨那种精致、美妙甚至有着小小刻意的句子，我读过他的两种翻译版本，尽管这两种版本有许多的不同处但都让我着迷，我觉得都好。美国诗人马克·斯特兰德，沈睿译过他的一首诗——《献给父亲的挽歌》，我以为它是口语诗的伟大典范，貌似平静、日常的句子里面包含着浑浊而有巨大吸力的涡流……这样的译本时常让我惊艳，感慨，迷恋，我相信，一定是好的翻译家和作者共同地"创造"，把其中可能的减损降到了最低。一方面，我猜度它的原作，在母语里面可能更好，更有炫目的光；一方面，我也猜度，这种美妙一定是作者和翻译者共同完成的，我现在能见的，就是这部作品的"最佳面目"。当然有时遗憾也是有的，譬如我非常喜欢小说的、随笔的豪尔赫·路易斯·博尔赫斯，而对诗歌中的博尔赫斯则"不够平衡"，味道淡得多，我想它很可能是在译的过程中损耗太多了。或许是个人的偏见，我觉得特别强调灵性、质感的文字可能在翻译的过程中损耗较少，也利于翻译家补充和拓展，而强调思考、逻辑和本土知识的文字，则损耗略多一些。

当然，如果一部作品，在翻译中几乎"完全不可译"，一经翻译它就损耗太多的话，那这部作品的价值也多少值得怀疑。好的作品，是经得起损耗的，在经历了种种损耗之后它依然是有光的，有魅力的，有意味和丰富性的，而且它也会极大地调动翻译家的"创造灵感"和积极性，让译成另一种文字的作品魅力无穷。在这里，我也愿意重复米兰·昆德拉的一句话，他说，如果一个作家写下的作品只能被本民族所理解而无法被其他民族所理解的话，那，"他是有罪的。因为他造成了这个民族的短视。"我，深以为然。

翻译中国：是该"反映现实"还是"对现实做出反应"？

——当代汉语的变化给我带来的挑战

［意大利］李 莎

李莎（Patrizia Liberati），意大利翻译家。毕业于伦敦大学中文系，中央戏剧学院戏剧戏曲学专业硕士。《路灯》意文版翻译总监，在意大利驻华使馆文化处任职。主要翻译作品有莫言的《檀香刑》《生死疲劳》《变》《蛙》《四十一炮》，阎连科的《为人民服务》，刘震云的《我叫刘跃进》，冯华的《北京一夜》，何家弘的《血色腰带》和南派三叔的《北京之梦》，孟京辉的话剧《无政府主义者的意外死亡》，以及铁凝、李敬泽、麦家、虹影、张牧野（天下霸唱）、李洱、宁肯、徐小斌、笛安、冯唐、万方等作家的作品。2009年因翻译《生死疲劳》获意大利普罗契达 – 艾尔莎·莫兰黛翻译奖，2013年出版的《蛙》意文版获意大利国家翻译奖。目前正在翻译贾平凹的《老生》。

　　大家普遍认为，从事翻译工作的人面临的主要是两种困难：解读和表达。实际上我最近发现，在翻译（translation）和文化转换（transculturation）之间做出最适当的选择就已经是巨大的困难了。

　　北京，1990 年。我刚学了四年汉语，毕业了就来找工作。当时我第一次遇见了"大哥大"。请允许我解释一下，我指的不是香港警匪片中老板之类的人物，而是我刚"下海"的大学同学用的移动电话。他们希望变成"国际倒爷"（即在从计划经济转向市场经济过程中，尤其是在价格双轨制时，利用计划内商品和计划外商品的价格差在市场上倒买倒卖有关商品进行牟利），在他们的对话当中经常出现"盖了帽儿了"这个词儿，是篮球场上所用的"盖帽儿"一语的意思吗？我不懂。

我愣了。这些人说的话类似火星文，绝对不是我辛辛苦苦地在伦敦大学所学的汉语。我觉得我必须努力跟上时代潮流，与时俱进。那个时候，跟我的中国朋友在一起，我们除了"甜蜜蜜"（说实话，在"卡拉OK"欣赏邓丽君的人已经有一点落伍了），就是"玩的就是心跳"（王朔小说标题，1989年），还觉得"外面的世界很精彩可是也很无奈"（齐秦《外面的世界》歌词，1987年），因为我们还是"一无所有"（崔健歌词，1989年）。

时间渐渐过去，我慢慢也学了新东西。九十年代初语言突然又翻天覆地了。有了因特网，网络语言给我提出了新的挑战。中国人开始体验无数新的表达形式。

语言是社会历史的一面镜子，汉语文学也跟国际接轨了。我们开始用了"人肉搜索"（最早起源于2006年3月天涯虚拟社区的cyber manhunt），经常玩的游戏也有"钉子户大战拆迁队"（有中国特色的《植物大战僵尸》模仿，于2010年爆红）。有了网络就有了网民，人们得到了更大的发言空间。舆论携带了不同的看法：出现了"愤青"。从有了社会就有了不满某些社会现状，这个是不可避免的现象。为了不让自己"被河蟹"，不使自己的声音由"五毛党"淹没了，网民们就想出来改变语言的各种方法。

二十一世纪"新概念汗语"

"汗语"（我没写错）是"网络汉言"的一种在青少年口中广为流传的"变异"语言。"汗语"故意写错别字和谐音追求娱乐效果，写日语汉字和方言记音字，用拼音开头或数字作为简称和隐晦称，根据某典故约定俗成，更多地用在非正式场合，比如网络论坛、朋友聊天。比如："喜欢"变成"稀饭"，这样讲很卡通，如"这样子"用"酱紫"，谐音并且快速。

你今天囧了没有？

通过查询《现代汉语词典》得知，"囧"的原型出自古汉字。在古汉字中的意思是光、明亮。据说"囧"这个字最先在台湾的 BBS 社群上开始流行，它以其楷书外观貌似失意的表情在互联网上迅速流行，表达悲伤、无奈、窘迫或极为尴尬的心情，常用来形容一个人变态猥琐。

说起囧的流行，必须要提到"Orz"。日本，Orz 是一种源自于日本的网络象形文字（或心情图示），并且 2004 年在日本、中国大陆与台湾地区俨然成为一种新兴的次文化。这种看似字母的组合并非念成一个英文单词，而是一种象形的符号，在日文中原本的意义是"失意体前屈"。代表一个人面向左方、俯跪在地，O 代表这个人的头、r 代表手以及身体，z 代表的是脚。中国台湾的网民受到"Orz"的启发，用"囧"替换掉了"O"，使得日文中的失意体前屈的头部具有了更加写意的表情，写作"囧 rz"。后来引申为正面的对人"拜服"、"钦佩"的意思。另外也有较反面的"拜托！"、"被你打败了！"、"真受不了你！"之类的用法。

不要吃翔

讲到了"囧"的"失意体前屈"的人生，我们就不能不提到"恶搞"（Kuso）现象。Kuso 在日文作"可恶"的意思，也是"粪"的发音。

也是英语"shit, crap, bullshit"的意思。起先是教游戏玩家如何把"烂Game 认真玩"的意思。按照"So bad is good"的原则，Kuso 文化一出现在网络上立马爆红。我感觉也有一点德国十九世纪末出现的"kitsch"，甚至比它还过分。

Kuso 就是次文化，比如说在网络留言中大量使用香港电影《食神》《少林足球》或香港武打漫画中的经典对话或语汇，或是在此根基上，创作一些颠倒是非的故事，例如《铁拳无敌孙中山》《少林棒球》等等。对于死忠"Kuso 族"而言，Kuso 的定义十分严格，即便是搞笑、幽默，对象或是取材范围也限定在中国香港漫画、日本ACGN（动画、漫画、游戏、小说）等，透过带有距离感的文字、语法，创造出一种特有的幽默。

在谈到次文化和幽默，我们也不要忘记大家都认识的那匹毛茸茸的、巨可爱的小羊驼的磨难。可是这里不是合适的场所，改日再聊吧。

一个"土豪"的故事

"土豪"这个词，关于它的词义从起源到 2013 年的演变就值得去研究探析了。《辞海》"土豪"条："旧时乡里的豪强、豪绅。后多指作恶多端的地主，如土豪劣绅。"对中国老一辈人来说，说起"土豪"，常常让人们想起 1947 年土改，想起"打土豪，分田地"的口号，想起电影《闪闪的红星》里那个最具代表性的"土豪"胡汉三。"土豪"沉寂数十年后，如今卷土重来，又回到大众视野，且在网络上蹿红，成为使用频率极高的一个词汇。有了土豪菜单、土豪楼盘、土豪婚礼、土豪时装、土豪手机。比如说：土豪金，泛指金色，或金色物品。2013 年 9 月 20 日，苹果发布手机产品 iPhone 5S、iPhone 5C。在 iPhone 5S 上，苹果打破了多年来 iPhone 只有经典的黑、白两色的传统，加入了香槟金色，之后该颜色在网络上被调侃为"土豪金"。"土豪金"一词又引申出带有戏谑倾向的含义，用以形容较为夸张的、以金色为主色调的、带有炫耀倾向的产品。

网络词"土豪"，与传统意义大相径庭，最初用于"吐槽"那些在网络游戏中无脑消费的人；引申到现实生活中，成为富而不贵的"暴发户"群体的代名词。现在"土豪"一词最简单的解释就是"土气的富豪"，用来形容花钱无脑的人和极爱炫富的族群，含有贬义，具有讽刺意味。

跟你们说个笑话吧。上课时候，老师问同学说："我有十斤黄金和十斤棉花，你来说一说哪个重。"同学一听，"扑通"一声跪下了，抱着老师大腿说："土豪！土豪我们做个朋友吧！"

我们都是在为选择（翻译）什么语言而头疼

2011 年作家余华发表的《十个词汇里的中国》（台湾麦田出版社）包括人民、领袖、革命、阅读、写作、鲁迅、草根、差距、忽悠、山寨。如果你认为已经知道这几个词的深层含义，那么就该另眼相看吧。

《咬文嚼字》介绍 2015 年十大流行语。通过十大流行语的激烈竞争，不够文明的"然并卵"、来源不清的"重要的事情说三遍"、隐含歧视因素的"城会玩"等都被淘汰了。一些流行度较高的语词因种种原因未能入选，经过全国语言文字专家推荐并反复评议，如按照"流行、创新、文明"三大原则，最终评选出的年度十大流行语，分别是"获得感"（sense of gain）、"互联网 +"（创新 2.0 下的互联网发展新形态、新业态）、"颜值"（人物颜容英俊或靓丽的数值，lit. value of a person's face）、"宝宝"、"创客"（努力把各种创意转变为现实的人，lit. maker）、"脑洞大开"（脑补，动漫语言）、"任性"（用来表达两种意思：一是听任本能的意愿；二是，对性需要的肯定）、"剁手党"（溺于网络购物的人群，compulsive buyer）、"网红"（internet star）、"主要看气质"（王心凌新专辑《敢要敢不要》中的一套吃汉堡专辑造型）。其中，获得感、互联网+、创客为政经领域产生的新词，其余七条均为网络流行语，反映出网络语在社会语言生活中的强势。

网络作为一种全新媒介，正逐渐形成自身独到的语言模式。最近几年徐徐出现了超新词汇："屌丝"（loser）、"恐龙"（ugly girl 跟辣妹相反）、"剩女"（leftover woman）、"宅男"（nerd）、"绿茶婊"（green tea bitch 假装清纯的单身女性的称呼）、"直男癌"（对自以为是，自作多情的男性，并略带大男子主义的人的一种调侃）、"小公举（小公主）"（拥有一颗少女心，有一些少女做派的男性）、"小鲜肉"（指年轻、帅气的新生代男偶像）、"尿点"（看电影的情节不值得憋尿在那里一直观看，无尿点正好含义是相反的）。"裸"字也有了新理解（裸婚、裸辞、裸官）。

网络流行语，平均只有几十天的寿命。"雷"字被网络最新的娱乐流行语"霹雳"所取代；一度爆红的"关我鸟事，我是出来打酱油的"（表达了对时事不关心、不评论的态度）很快被"俯卧撑"（出自俯卧撑事件）所代替。"很好很强大"马上发展到"很黄很暴力"。

我们也学会了新网络迷因（internet meme），类似"心灵鸡汤"（充满知识与感情的话语，疗效直逼"打鸡血"）、"友谊的船"（friend-ship）说翻就翻、"吓死宝宝""贱人就是矫情"（bitch is pretentious 来自《甄嬛传》电视剧）、"一夜站"（one night stand）、"狗带"（go die 去死）等等。

网友用这种异化的生活用语进行交流，在网络这个环境中交流会有一种参与感和被认同感，同时也能感受到这种语言所带来的娱乐感。因此网络语言也属于我们社会文化的一种表达形式。

在巴别塔脚下，不必怕：有第七骑兵团来救我们

新中国历史上发行量最大的小型双语工具书《新英汉小词典》（上海译文出版社）今日（2016 年 6 月 27 日，人民日报新闻）推出第四版。增添新词四千余条，包括 cyber manhunt（人肉搜索）、cyber police（网络警察）、selfie（自拍）等生动勾勒时代气息的科技、文化用词及网络流行语，树立了当下语言流变的风向标。

虽然可以争论文学翻译不可能被机器翻译所代替，可是在集体分享操作里，多才多艺的翻译家们也可以得到很多帮助。比如说：机器翻译有时可以帮助你过第一关，即初步理解词汇含义。在这个问题上有很多工具可以被使用，都是属于"群众外包"（crowdsourcing）的系统类型，如 Wordreference、Duolingo、Citzalia 等等。过了第一关以后，翻译家们也可以参考工具，类似百度百科、Wikipedia、Citizendium、Scholarpedia 或者 knol（谷歌为与 Wikipedia 竞争而创造的百科全书网站）。

那么，有人会问："为什么不参考大英百科全书（*Encyclopedia Britannica*）类似的可靠资料呢？"答：专家有研究分析，认为目前的 Wikipedia 与 E.B. 有同样的可靠性。眼前的世界主张的是"群众的智慧"，按照詹姆斯·索罗维基在《群体的智慧》一书中所讲的："Why the many are smarter than the few."（多数人为何聪明于少数人）。因为很多人在一起，他们来共同商讨问题，只要他们是丰富的，是不一样的，那么在一起讨论问题都是全面的，并且这个是一种很民主的过程，保证得到的结果不是一派或一群人的主张，是大家的想法。

电影电视字幕翻译也有了帮助。一个很有趣的现象之一就是

"粉丝字幕组"（fansubbing）和"粉丝翻译"（fantranslating）：为了给全球粉丝提供字幕翻译，很多人义务性地进行电视连续剧或书籍的翻译。

总而言之，翻译家们在社会、习俗、语言时时刻刻都在改变的世界里，也可以得到来自四面八方的帮助和工具。我们能看到隧道末端之光了！

翻译的权利和边界：小语种
翻译家的琐碎感想

李素（Zuzana Li），捷克翻译家。帕拉茨基大学英美文学和中国文学双硕士学位，北京大学中文系现代文学专业博士，曾在捷克帕拉茨基大学、查理大学中文系任教。主要翻译作品有张爱玲的《金锁记》《倾城之恋》《茉莉香片》《封锁》《色·戒》，姜戎的《狼图腾》，余华的《十八岁出门远行》，苏童的《妻妾成群》《红粉》《仪式的完成》，刘震云的《我不是潘金莲》，白雪林的《蓝幽幽的峡谷》，苏伟贞的《以上情节》，黄春明的《鱼》，高行健的《逃亡》，阎连科的《四书》（被捷克文学批评界选为2013年三本最佳译著之一）《炸裂志》等。2012年在布拉格维索纳（Verzone）出版社开创专门出版中国现当代作家作品的新图书系列并担任总编，目前已出版了八位作家的小说。2015年与捷克著名诗人泰伯特合作翻译彝族诗人吉狄马加诗歌选集《火焰与词语》。2016年获中华图书特殊贡献奖青年成就奖。

　　在不同语言的翻译家中，汉学家翻译家身份比较特别。和其他世界大语种的翻译家同行相比，极少国人懂得我们所懂得的外语。比如说英语，即使在相当封闭的捷克境内，尤其是中青年人，都起码学过一点，都认为自己多多少少懂得些英语。但谁敢说，他／她会讲汉语？连学过几年的大学生或爱好者也不一定敢这么说。更有谁敢说自己能读懂中文的文学作品呢？从这种角度来看，汉学家翻译家虽然孤独，但相对来说比较有权威，同样也相当自由，尤其是在小国内没有多少人能对他／她的翻译实践做出评判。只要读者喜欢他／她的译文，普通文学批评界无从判断翻译对和错，原作传达得适当正确还是歪曲了原作的风格或意图。但是，就像世上没有绝对的自由和无限的权利，各位翻译家一定会同意，翻译中文也有很多潜在的限制，它们到底在哪里？翻译家尽其可能发挥自己的潜力吗？自觉或潜意识地面对哪些障碍？围绕大疑问的或大或小的问题一时都说不尽，很可能一辈子都说不完。今天只不过想和大家分享一下自己的一些琐碎的感想而已。

语言和叙述的理性和非理性

翻译很大部分取决于阅读。阅读文本，真正地读进去，欣赏原文，无疑是好翻译的第一道门槛。但是，翻译家坐下来动笔，和作家一样，天天面对的还是一个汉字接一个汉字的句子，一个句子接一个句子的段落，字字句句，句句段段，才会慢慢形成小说整体。和作家不一样的是，翻译家面前有了已经成形的蓝本，而他的任务是用不同语言抄袭蓝本。翻译家有权利按照自己的选择和判断处理原文，但蓝本总会放在他／她的眼前作为轨道，带他／她向前走，偏离轨道就得回去重新走一遍那难度比较大或危险的阶段。我说的轨道，主要指的是语义、词义。文章总有其逻辑，不管是什么样的逻辑，不可能没有逻辑。首先要明白语言的含义，作家在说什么？他描述一棵树在风中飘动。来了一个女孩子。女孩向这棵树说了些什么。她说什么了。但这些只是基础。

仅仅翻译字面的意思是一条死路。我们不但需要读出来作家的语气，还要读出来小说里女孩的语气。还要明白对那棵树的描述和女孩的讲话与大背景的关系。是真是假？是真诚还是反讽？有些作家的轨道比较清晰，比如刘震云：刘震云的写作依靠语言，玩语言游戏，所以语言上很坚实。越轨几乎是不可能的，尤其是好的司机，只要看清路况就可以很顺畅地走下去。走刘震云所设计塑造的路是一个非常痛快的旅行，既好玩、睿智、滑稽、严肃又有安全感。翻译家可以放松地向前走，靠作家原文的表达边走边自己玩耍。我把刘震云看作是一个理性写作的作家。但中文也有其非理性的一面，而且非理性的表达方法相当丰富。自然，也有些作家喜欢利用中文的丰富比喻，特殊的节奏，这样的文章的轨道就比较模糊。比如阎连科，我把他看作是非理性写作的作家，最重要的含义好像不在语言里，而在表述的背后。如果以纯理性的方式去应对阎连科的文字，捷克语就会出现很莫名其妙的句子，异国读者就不一定能够接受。但不管哪一种写作方式，原文的表述是翻译家最严重的限制，在我看来也应该是唯一的限制。如果把文学作品比喻成绘画，翻译家的责任就是在尊重绘画的整体效果和面目的基础上，顺着作家素描的基本的线条，把作品绘画得有声有色。这是翻译家的责任和权利，也是翻译家的任务。

神实主义

但是有些情况，原文不是小语种翻译家唯一的边线。阎连科几年前不仅写出了他是怎么《发现小说》，也发现了"神实主义"。在《发现小说》中发现，神实主义在过去的一些小说中已有所表现，也发现"神实主义"很符合他的写作需求，所以在上海文艺出版社于 2013 年出版的《炸裂志》封面上就可以看到"一部神实主义力作"八个大字。什么是神实主义？阎连科这样描述：神实主义文学是中国特有的现实催生的一种新的写作——用最独到的文学之法，展示看不见的真实，凸显被掩盖的真实，描绘"不存在"的真实；让文学的脚步走在灵魂与精神（而不是生活）的路上，去追寻那些在幽深之处引爆现实与生活的核能。2013 年捷克出版了阎连科《四书》的捷文版，我在后记给捷克读者解释神实主义的概念时，试图翻译这个几乎不可译的单词，按照汉语的逻辑把"神"分开来，用拉丁文"sacer"（有神）的词根塑造了新词。捷克语的新词后来在捷克媒体上使用，不管是文学刊物上的文章，还是阎连科在布拉格获得卡夫卡文学奖的报告里都用了这个单词。三年以后，也就是今年，在捷克出版了《炸裂志》的捷文版，又涉及"神实主义"的译法。这时我发现，近两年在法语和英语，也就是世界比较普遍用的语言当中，翻译家用的是不同的译法，是根据"myth"（神话）的词根塑造的单词。怎么办？捷克语是小语种，大国语种不可能参考捷克语的译法，第一是看不懂捷克语资料，根本不知道有这种译法；其二，知道了也不一定会看重。世界大语言权威远远超越小语种的影响力。捷克媒体则经常参考英文的资料，网络上或传统媒体上都用的是"神话现实主义"，那么，我还坚持原有的译法，还是屈服、服从、按照权威的语言改？这种专用词，在今天的全球化网络时代里，是不是最好还是使用同一译法？

无权者的权利

小语种翻译家可能会羡慕大语种翻译家的权利和影响力。但是小语种也有小语种的好处，读者群虽然小、翻译费也随之低，也没有大文学奖能够帮助作家成为富翁或大名人，但是毕竟有相当大的翻译自由。翻译得越多，我越敢肯定：翻译家需要摆脱自己脑力的约束，脱开学术的镣铐，需要大方地放开，需要让阅读的快感全面流进翻译里，这样他 / 她的工作才真正有意义。

不知道大家还记不记得，自己刚刚开始学习汉语的感受？我自己回想几个阶段：首先是特别努力地去征服对象的语言，分析，给自己塑造理解的框架，然后往里加内容，分类，收藏。这个阶段是比较快乐的，不断让人觉得天天都有所发现，自己学会了很多新东西，感觉相当满意。谁想到，"上山后等着的是失落感"。天长日久，越学越乱，单词和语法理解了，但表述含义经常流失。只有到了灰心、挫败感、彻底放弃成功的企图、不再挣扎的时候，眼前的语言才突然开始显示出自己的秘密。翻译或许也如此。

汉译西视域下的文学翻译

[墨西哥] 莉娅娜

莉娅娜（Liljana Arsovska），墨西哥翻译家。本科毕业于北京语言大学，研究生毕业于墨西哥学院。现任墨西哥学院亚非研究中心教授及研究员。翻译了刘震云的《我不是潘金莲》《一句顶一万句》《我叫刘跃进》《塔铺》，王蒙的《坚硬的稀粥》《阿米的故事》，晓航的《师兄的透镜》，王十月的《国家订单》，莫言的《白狗秋千架》，老舍的《茶馆》，陈染的《破开》，乔叶的《取暖》，毕淑敏的《天衣无缝》，张爱玲的《倾城之恋》，卫慧的《上海宝贝》，刘庆邦的《城市生活》，史铁生的《命若琴弦》，姜黎敏的《赌石》等。个人专著《汉语适用语法》等。2014 年获中华图书特殊贡献奖。

不同语言之间的翻译存在着三种层次的困难：词汇、语法和文化。当然，西班牙语与英语、法语或者葡萄牙语之间的翻译所涉及的困难要小一些，因为这些语言属于同一个宗教、社会和文化圈。汉语与西班牙语之间的翻译无论从内容到形式（文学风格）都有极高的难度。要达到严复提出的"信、达、雅"，或钱钟书提出的"化境"，译者除了要很好地掌握两种语言，还需要对两种文化有深刻的认识。

关于可译性的争论就跟翻译本身一样古老，但是人类总有沟通和了解外来文化的需求，这种需求推动了翻译的发展。

　　几个世纪以来，中国著作的翻译一直由欧洲的强国进行，他们在经济、政治和文化上奉行欧洲至上主义和欧洲中心论，他们的传教士和文人们艰苦地把中国的文化带到欧洲，在这个过程里，他们认为知识从欧洲始，并在欧洲终，因此凡非欧洲的理论或者思想必然应该在西方的文化里找到对应的内容，因此"道""阴阳""五行""仁"这些纯中国的词汇便有了众多的翻译与解释。直到最近，西方才恍然大悟，意识到"道""阴阳"在印欧语言里没有对应的词汇，于是他们把这两个单词用拼音的形式收录进了字典，但是"五行""仁"以及很多其他词汇没有这样的幸运。

　　回到可译性这个问题上来，我认为考虑到翻译的实用性，可译性在理论上的探讨没有很大意义，因为不管某种概念或思想再怎么不可译，我们还是得翻译。或许我们如何翻译是一个更加值得探讨的问题。因此我们进入下一个问题的讨论：归化和异化。

　　为了更好地表达我的观点，我想提一下我最近翻译的刘震云的小说，我非常享受的一次翻译体验。最近我翻译了《我不是潘金莲》《我叫刘跃进》以及《一句顶一万句》。

　　我想着重分析一下我前面提到的翻译的三种困难：词汇、语法与文化。

　　中文汉字的多义性，这也是中文的内在特点之一，可以由上下文确定其含义。这也是与西班牙语不一样的地方。与其说在翻译单词，不如说我在传递意思，在西班牙语的翻译中，我一直设法传递作者的意图，以期达到"信""达"，并且与此同时表现作者独一无二的文学风格"雅"。最后为了达到"化境"，在翻译完全文之后，我还会通读一下，并做出修改，以使句子更为通顺，风格更为统一。

　　最难的是文化差异问题。食品、服装、成语、谚语、感叹词、河南土话，还有比喻等。

　　我个人不是很喜欢在文学作品里面加注，因为文学有两个基本功能，提供精神享受，扩大一个人的知识面。因此，在归化和异化这个问题上，我总是权衡这句话更多的是符合上述哪个功能。这样我才决定是否把"烧饼"翻译成"tortillas tatemadas"，还是加注。对于具有丰厚历史与文化沉淀的成语而言，有时候我也会纠结，到底是把"草木皆兵"翻译成西班牙语对应的"ver peligro por doquier, ver moros en la costa"，还是拗口地在西班牙语翻译中保留原文表达。

在翻译《我不是潘金莲》的时候，我想到文化差异或许可以分为：形式差异和内容差异。我们来看一下为什么。

我翻译完以后，把作品拿给几位朋友看，他们一致表示很喜欢，认为人物塑造得很成功，她的力量、勇气给人留下深刻印象，他们认为西班牙语的翻译非常流畅，读起来很舒服。但是奇怪的是所有人都用这样或那样的方式提出了同一个问题：一个农村妇女的离婚怎么可以影响到中华人民共和国从上至下的组织机构？

于是我意识到一个以前从未想到的事实：与中文打了三十年交道，我已经对所谓的中国特有的文化特色见而不怪了，或者干脆就视而不见了。因此我决定从一个不懂汉语和中国文化的外国人的视角重读一遍翻译，虽然这对我来说很难，这需要我从一个全新的角度去审视所有的单词、句子和段落。

就是这样，我发现了文化差异不仅在形式上也在内容上。

这里是对作品的简述：

李雪莲是一个已婚乡村妇女，育有一子，第二次怀孕后，说服了丈夫假离婚，等孩子上了户口以后再复婚。因为中国从1978年至2015年执行严格的计划生育政策，李雪莲为了不让丈夫丢掉工作，也不支付巨额罚款，想出了这么一个主意。计划是完美的，李雪莲憧憬着一个完美家庭，一子一女，然而，离婚三个月之后，丈夫和一个年轻的发廊妹结婚了，因为发廊妹也怀孕了。从此之后，李雪莲走上了漫漫上访路。从镇里告到县里、市里，甚至申冤到北京的全国人民代表大会，不但没能把假的说成假的，还把法院庭长、院长、县长乃至市长一举拖下马。一个农村妇女撼动了从上到下一干官员，就是为了给自己千疮百孔的人生讨一个说法。

为什么我的朋友们提出了同一个问题？为什么他们认为这是一件不可思议的事情，一场小小的离婚造成了这么大影响以及这么令人不可预料的结果？

在西方，公共事务与私人事务之间有严格的界限，离婚是一个私人事务。到民政局办理离婚手续，如果在子女抚养问题上有争议，可以借助律师。但是私人的就是私人的，不可能干涉到公权。那么，在中国事情是怎么样的呢？

因此，我决定写一个序，下面是部分内容：

几千年以来，家庭始终是中国社会的核心元素。在一个中国传统家庭里，家庭成员是好几辈的男人女人们，他们之间的关系受到孔子和儒家文化的严格限定，基本的层级关系由性别和年龄决定。在一个中上阶层的家族中，家庭成员除了具有血缘关系的人以外，还包括佣人。在金字塔的顶端，是年长的男人，他掌握着家族所有男男女女的生死以及家族与外界的联系。而他的夫人，"大太太"则负责家庭内部所有事务，她是所有人的"母亲"。在这样的结构里生发出所有的人员关系，从生到死。每个人的名字在这样的关系网里并不重要，重要的是他在这个层级分明的体系里占据的位置，很多时候这个位置与其辈分有关，比如：大哥、二哥、五哥、三姐、七嫂、三姑、十二舅、三姐的五堂兄、二叔、二姐的老公等等。这些称谓，与西方人乃至今天的中国人如此遥远，很多时候会给西方的读者造成很大的困扰，为什么不叫他们的名字：Liljana, Pedro, Roberto, Juan, María...

因为 Liljana, Pedro, Juan, María 根本不代表什么，也不能规范人际关系。在一个传统家族里，称谓代表了这个家族成员之间的关系。如果是男性成员，这代表了结婚的顺序、在餐桌上的位置、在家族中的发言权。如果是女性，也是同样道理。大姐需要遵从母亲和所有男性成员，但是对比她小的女性成员则有优先权。她可以对妹妹们、侄女们，以及女佣们发号施令，她也可以在家中制造矛盾来对付异己，帮衬自己人。

在中国传统社会，每个人或多或少地支配别人也同时被更高层支配。官员支配其家人，同时被皇帝支配。皇帝支配老百姓，但同时受制于天命。诰命夫人们受制于她们的丈夫和婆婆，但是支配着女儿们、儿媳们、孙女们和女佣们。这样的轮盘生生世世，是一代又一代中国人的宿命。

命运在一代又一代的中国人身上轮转，好运和厄运都传给了儿子们、孙子们、徒弟们，直至永远。在这样一个近乎完美的轮盘中，每个人都是某人的儿子、某人的父亲、某人的舅舅、某人的丈夫、某人的雇工，如果是士大夫阶级的，可以拥有自己的名字，就像《红楼梦》中的"宝玉"，女人们则是某人的女儿、某人的母亲、某人的妻子、某人的阿姨、某人的主人或者某人的仆人，有时候可以有名字，比如"林黛玉"，有时候就仅仅是六妹、七妹的佣人，陈氏，或者"那个人"，连个名字也没有。

虽然在我们看来，这样的家族体制貌似残忍和反人性，但是这样的大家族却保证了其成员的基本生活。在和平时期，这些家族成员有吃有穿，有房子住，有工作做，到了年纪就可以结婚。他们不需要早上醒来的时候担心吃什么，穿什么，做什么工作，甚至不需要担心什么时候，跟谁，怎么结婚。一切都已经安排好了。有时候，在很久以前，一切都已经安排好了。个体就像一根链条上的一个节点一样，只要完成与其性别、年龄、社会地位相当的预制任务就可以了。

如果我们的李雪莲生在那个时候，生在十九世纪前，就可以有所有上天赐给她的孩子，想要几个就几个，如果她的丈夫胆敢染指发廊妹（这是不可能的，因为那时候剃头的都是男人），他的母亲，父亲，所有的家族成员，他的熟人，邻居都会站出来指责他，谴责他，让他做出正确的选择。

如果李雪莲出生在十九世纪末，或者二十世纪前半叶，她就会深陷乱世，在巨大的社会动荡中苟延残喘。她的父母或许会把她卖掉，给哥哥们换吃的，或许在国外接受了教育，成为一个坚定的"解放者"，呼唤女权，反对包办婚姻。

但是李雪莲生长在中华人民共和国，共产党和毛主席建立的新中国，一个信奉马克思主义、列宁主义和毛泽东思想的国家。中国的革命者与日本人以及所有西方列强作战，夺回了被他们占有的国土，他们给了老百姓一个国家，一种失去的民族自豪感。

在这样的国家里，传统被抛弃了，儒家被抛弃了。在一个信奉马克思主义的国家，共产党执政，国家是社会主义国家。现代的政治体系被建立（国务院及各种部委），也建立了经济体系（计划经济）、社会体系（学校、大学、剧院、体育场）。出于经济和政治的考量，大家庭被抛弃了，以前基于大家庭错综复杂的人际关系渐渐被新的社会结构所取代。

在这样的社会里，个人变成了只有父母的"孤儿"，很快，这样的角色也被党和国家所取代。

中文里，家庭和家族这两个单词都有"家"这个字，国家也是家，在这样的家里，父亲是党，他负责伟大中国的发展方向，而母亲的角色则由国家担当，她确保所有人的住房、工作、教育以及大大小小的生活琐事。在新中国，每个人都有名字，妇女的地位也极大地提高。五十、六十、七十年代的中国，除了天灾，在大部分时候，人们有吃有喝，有衣穿，有工作，有收入，没有人暴富，也没有人赤贫。对马克思主义深信不疑的毛泽东，正坚定地把中国从社会主义国家建设成共产主义国家。

1976 年毛逝世，接着又发生了一系列政治事件，人们的意识形态发生变化。1978 年，十一届三中全会，邓小平提出了"改革开放"。一个新的时代开始了。

伴随着改革开放，是严格的计划生育政策。如果有人违反了计划生育——这个严酷得有点不近人情的政策，意味着承受巨大的惩罚，失去工作，失去晋级，不被分配住房，支付巨额罚款，如果超生的孩子没有户口，则意味着没有教育，没有工作，没有住房，因为在法律上不存在这个人。西方人面对这个问题，总是抱有模棱两可甚至虚伪的态度，一方面，公开感谢中国政府挽救地球于人口爆炸；另一方面，批评中国政府践踏人权，践踏妇女的生育权，强迫妇女流产等等。这种双重道德标准难道不是人性的本质吗？

我们的李雪莲恰恰生在那样的中国。遭到丈夫背叛以后，可以向谁申诉？她的生身父母不知去向，她唯一的父母是党和国家。于是，她踏上了漫漫维权路。她先找了县上的法官，法官告诉她离婚协议真实有效，她的诉求不予理睬。

法官说在现代社会，她丈夫在离婚后可以找别人，但是她不信。决定再往上申诉。没有人支持她，她就一级一级告到了北京，告到了全国人民代表大会，中国最高的权力机关。

一路上，她见了法官、审判长、市长、私人秘书、秘书长各色人等，没有人支持她。她只想跟前夫再婚，然后跟他离婚，从而从被骗和被抛弃的愤怒中解脱出来。是的，很多官员找她前夫谈话，试图劝说他，但是劝说什么呢？离开已经有了孩子的发廊妹吗？跟李雪莲再婚？然后再离婚？

最后偷偷摸摸进了人民大会堂的她被士兵和便衣扭送至公安局，但是一个高官看见了这一幕，并且开始调查。本着"为人民服务"的精神，这位高官参加了李雪莲所在省的会议，虽然对真实情况一知半解，还是发表了一篇足以让在场百余位官员心惊胆战的演讲。

就这样，李雪莲跌跌撞撞地让很多官员丢了乌纱帽。这位高官的话很清楚，党和国家的首要职责用一句话说就是，为人民服务。传统家庭的分崩离析导致了政府官员承担了家长的角色，但是他们自己也是"孤儿"，也期盼着组织的"保护"。

李雪莲的故事，以及很多新闻媒体报道的，或是文学作品描写的事件之后，中国开始"依法治国"。

中国依然在路上。在不到一百年的时间里，中国打破了延续了两千多年传统的家族制，建立了新的国家和新的制度。但是，重新教育人民，建立新的习俗，这些都需要时间。实际上传统并不会就此消亡。直到今天，依然可以看到旧的传统，旧的复杂的人际关系，各个层级的公私不分，命运的轮盘依然在人们身上演绎。

本文旨在探讨中国当代文学作品西译时的文化差异问题。《我不是潘金莲》的文化差异集中体现在词汇、语法、语言表达、比喻、隐喻中。给西方读者造成的最大困惑是：为什么在今天的时代在世界的某个地方依然会发生这样的事情？为了回答这样的问题，脚注已经显得太无力了。这样巨大的文化差异需要一个"序"来使读者了解文学作品产生时，其所在的经济、政治、文化环境。

对他者的"记忆"进行翻译这件事

——初谈"翻译的权利和边界"的问题

[日] 栗山千香子

栗山千香子(Kuriyama Chikako),日本翻译家。日本一桥大学社会学博士。现为日本中央大学教授,日本《中国现代文学》总编,日本中国现代文学翻译会代表。主要翻译作品有史铁生的散文、小说等二十余部,迟子建的《清水洗尘》,徐坤的《屁主》,蒋韵的《心爱的树》,北岛的《在废墟上》,述平的《有话好好说》。诗歌有翟永明的《十四首素歌》《上书房,下书房》,王小妮的《荷塘鬼月色》,西川的《书籍》,于坚的《尚义街六号》等。

翻译,特别是对文学作品进行翻译的话,对作品进行深度解读是不可或缺的。而另一方面,既然翻译是一项经过了翻译者解读之后才开始着手的作业,那么,原作文本与翻译文本之间产生偏差的现象是无论如何都不可避免的。必须深入地钻到文本当中去,可是同时又必须明辨出一条不能再往里介入一步的底线来——在这样深一脚浅一脚的摸索与纠结中探索出最精准的表达方式,这正是一个翻译者的职责和使命,可这恐怕也是一个永无止境的探索过程,无论努力探讨到哪一步都不可能达到完美无瑕的境地吧。特别是原作文本涉及"记忆"这个问题时,难度自然会进一步加深。这是因为在作者与"记忆"和文本之间,有时甚至存在着就连作者本人也无法完全把握住的复杂的关系,因此,翻译者不可跨越的那条底线也会相应地变得更加模糊不清、难以辨别。

史铁生的《记忆与印象》是一部回顾了和他的一生有着密切关联的人或场所的作品。正如大多数优秀的文学回忆录所常常呈现的那样，比起依凭记忆所获得的信息的准确程度来，作者似乎把心绪更倾注于如何捕捉住、打捞起那些忽然浮现在记忆中的人或事物的内部所隐含的感觉或情味；恰如伸出双手摸索着拉起一条条肉眼看不见的丝线，或者竖起耳朵倾听那些根本无法收听到的电波一样，一边深刻冷静地自问着自己这个客观存在究竟来自何方、又是如何形成的，一边努力着去触摸那些从记忆深处鸣响起来的生命之音。

　　这女人，我管她叫"二姥姥"。不知怎么，我一直想写写她。

　　可是，真要写了，才发现，关于二姥姥我其实知道的很少。她不过在我的童年中一闪而过。我甚至不知道她的名字，母亲在世时我应该问过，但早已忘记。母亲去世后，那个名字就永远地熄灭了；那个名字之下的历史，那个名字之下的愿望，都已消散得无影无踪，如同从不存在。……

　　我甚至记不得她跟我说过什么，记不得她的声音。她是无声的，黑白的，像一道影子。她穿一件素色旗袍，从幽暗中走出来，迈过一道斜阳，走近我，然后摸摸我的头，理一理我的头发，纤细的手指在我的发间穿插，轻轻地颤抖。仅此而已，其余都已经模糊。直到现在，直到我真要写她了，其实我还不清楚为什么要写她，以及写她的什么。……

　　她住在北京的哪儿我也记不得了，印象里是个简陋的小院，简陋但是清静，什么地方有棵石榴树，飘落着鲜红的花瓣，她住在院子拐角处的一间小屋。唯近傍晚，阳光才艰难地转进那间小屋，投下一道浅淡的斜阳。她就从那斜阳后面的幽暗中出来，迎着我们。母亲于是说："叫二姥姥，叫呀！"我叫："二姥姥。"她便走到我跟前，摸摸我的头。我看不到她的脸，但我知道她脸上是微笑，微笑后面是惶恐。那惶恐并不是因为我们的到来，从她手上冰凉而沉缓的颤抖中我明白，那惶恐是在更为深隐的地方，或是由于更为悠远的领域。那种颤抖，精致到不能用理智去分辨，唯凭孩子混沌的心可以洞察。

也许，就是这颤抖，让我记住她。也许，关于她，我能够写的也只有这颤抖。这颤抖是一种诉说，如同一个寓言可以伸展进所有幽深的地方，出其不意地令人震撼。这颤抖是一种最为辽阔的声音，譬如夜的流动，毫不停歇。这颤抖，随时间之流拓开着一个孩子混沌的心灵，连接起别人的故事，缠绕进丰富的历史，漫漶成种种可能的命运。恐怕就是这样。所以我记住她。

（《记忆与印象》——〈二姥姥〉）

作者明明一直想要写一下这个人，可是，一旦真要下笔时却发现自己对她几乎一无所知。不仅不知道她姓什么叫什么，而且也不记得自己见到她的时候都说过些什么话而她的声音又是什么样；甚至说不知道为什么要写写她，也不知道要写些什么。然而，即便如此，作者还是追寻着记忆，等待着那些朦朦胧胧的情景一片又一片地浮现出来：那个女人居住过的小院儿的景致、石榴树和鲜红的花瓣、洒进她那窄小的房间里的落日余晖、她抚摸自己的小脑袋瓜时手指微微的颤抖……作者甚至确信,彼时彼刻,她一定是面带笑容的;并且,那笑容的背后,是含着惶恐的。

作者躬身潜向自己内心深处时所搜寻到的一点点朦朦胧胧浮现出来的记忆的碎片以及渗透到每一枚碎片上的感觉或情味——对于这样的情景,作为一个他者,能够想象出来吗?指尖上些微的颤抖、照射进小屋子里的斜阳,甚至是连作者本人都没有看到的(尽管如此他却深信不疑)那抹仿佛来自某个深隐悠远之处的隐含着惶恐的微笑——对这一切,他者果真能够感受得到吗?我们暂且认为这是可能的吧——翻译者深入地钻进文本当中最大限度地靠近作者的记忆,结果就可以大体上捕捉到那样的情景吧。然而,那样的时候,会不会把作者从容地在记忆中往复穿行的时间,或者追寻着记忆并到达将那一切记述成文字这一复杂的过程抛置在某个地方呢?对于那些就连作者本人都无法说明的、轮廓模糊的事物,翻译者会不会无意中赋予其某种形状或者为其涂抹上某种色彩呢?实际上,本人翻译《记忆与印象》,就是这样一个一边反复自问一边走笔前行的作业过程。

不久前,我阅读了和田忠彦的著作《是声音,不是意思——我的翻译论》(平凡社,2004 年出版),对书中同样的问题意识感到了共鸣,也深受教益。多年来,和田忠彦翻译出版了安伯托·艾柯(Umberto Eco)、伊塔洛·卡尔维诺(Italo Calvino)、安东尼奥·塔布齐(Antonio Tabucchi)等名家的多部作品,是一位意大利文学研究学者和文学翻译家。

翻译这一行为既然是隔着文本,一边测定原作者和作为翻译者的自己之间的距离一边进行实践的一项作业,那么,即使文本所讲述的记忆是由原作者这个"他者"所做的回想,翻译者也要不得不通过完成和这个"他者"同样的行动，或者通过假扮成这个"他者"进行回想等行为来时时刻刻精确地测定自己与回忆对象之间的距离。或许也可以说，这其实是一项比自己亲身加入回想时更为复杂而棘手的测量作业。

这是因为，最低限度要在两种不同的语言体系中一边不断往返、一边靠近并深入"他者"的记忆，这一行为本身无时无刻不蕴含着把本该从那个"他者"记忆的风景中排除掉的动作或感情等给表现出来的危险性；并且，同时也蕴含着性质完全相反的另一种危险——把本该描绘在记忆的风景中的表达无意中给拂拭得一干二净。

在确知存在着上述两种危险的前提下而展开的对记忆的追溯，这只能是以翻译这种行为作为媒介所做出的假性回想动作。

（《是声音，不是意思——我的翻译论》——〈"缺席"的距离〉）

和田忠彦讲道：对"他者"的回想进行翻译这项作业就是翻译者通过完成和这个"他者"同样的行动（或者是假扮成这个"他者"）来精确地测定自己与回忆对象之间的距离的行为。并且进一步指出：由于这一行为蕴含着把本该从那个"他者"排除掉的东西给表现出来了，或者是把"他者"本该描绘出的东西给拂拭殆尽的危险性，因此，这或许是一项比自己亲身加入回想时更为复杂而棘手的测量作业。

明知艰难若此却痴心不改地继续进行翻译，这究竟是为什么呢？

这大概是因为听到某种声音传递到了自己的内心深处吧。或许说是"文本的声音"更为准确吧。

企望着把自己阅读中听到的声音、自己听清了听懂了的声音用日文再现出来，并且，如果可能的话，期待着会有读者倾听自己再现出来的声音，甚至还期待这位（这些位）读者能够再用其他某种声音将它再现出来——这样奢侈而狂妄的欲望，对我来说，似乎正是让我一次又一次重返翻译作业现场的原动力。

（《是声音，不是意思——我的翻译论》——〈不停地继续寻找声音〉）

和田忠彦的这个想法或许是和众多翻译者息息相通的吧。并且，从文本里发出的那些声音，恰恰正是作者本人从"记忆"深处捕捉到、打捞出的声音。关于那样的"声音"与"写作"这一行为，史铁生做了这样的描述——

我的躯体早已被固定在床上，固定在轮椅中，但我的心魂常在黑夜出行，脱离开残废的躯壳，脱离白昼的魔法，脱离实际，在尘嚣稍息的夜的世界里游逛，听所有的梦者诉说，看所有放弃了尘世角色的游魂在夜的天空和旷野中揭开另一种戏剧。风，四处游走，串联起夜的消息，从沉睡的窗口到沉睡的窗口，去探望被白昼忽略了的心情。另一种世界，蓬蓬勃勃，夜的声音无比辽阔。是呀，那才是写作啊。

（《记忆与印象》——〈轻轻地走与轻轻地来〉）

聆听那些鸣响在与现实的喧嚣丝毫无缘的空间中的、各种生命的声音，若不谛听便可能转瞬即逝的那些声音——如果说把这些声音打捞起并编织进语言这一体系中的人就是作家的话，那么，认真地面对这样书写成的文本、聆听从文本的字里行间发出的声音，继而把它们再现成另外一种语言的人，大概就是翻译者吧。追寻着作者一边往返于记忆深处一边进行书写这一复杂的过程，倾听那一点一点浮现出来的、鸣响在记忆中的声音，小心翼翼地既不让那声音传递出的感觉或情味有丝毫的流逸，也不要为之涂抹上任何多余的色彩，同时在两种语言中无数次穿行往复——就这样，一边预感自己逶迤行进在一条或许无法到达完美境界的、永远的征途之上，一边祈望着自己就这样翻新再现出来的声音能传递到生活在另外一种语言空间中的人们当中，继而能对着他们的心灵深处轻声诉说，这，不正是对他者的"记忆"进行翻译这件事的全部吗?!

与中国文学携手同行

［荷兰］林 恪

林恪（Mark Leenhouts），荷兰翻译家，文学评论家。荷兰莱顿大学汉学博士，曾在荷兰莱顿大学、巴黎第七大学、天津南开大学、北京大学等院校留学。主要翻译作品有钱钟书的《围城》，韩少功的《马桥词典》《爸爸爸》《女女女》《鞋癖》，苏童的《米》《我的帝王生涯》，毕飞宇的《青衣》，白先勇的《孽子》，以及鲁迅、周作人、沈从文、史铁生、张承志、阎连科、朱文等作家的长、中、短篇小说和散文。著有《中国现当代文学史》（荷文）。2012 年获荷兰文学基金会翻译奖。正在与人合译曹雪芹的《红楼梦》。

翻译的权利和边界

"翻译的权利和边界"这个议题让我想到我这些年来和两个同事合译《红楼梦》的荷文版项目。翻译一本两百多年前的著作，语言与文化差别当然很大，所以权利和边界这个问题也不小。翻译《红楼梦》困难重重，可以举很多不同方面的例子，但我在这里想讲的是两个跟说书传统痕迹有关的问题。

在翻译《红楼梦》的时候，我们翻译组决定要尊重《红楼梦》中的一些传统叙事标记语，如每一回开头的"话说"和每一回末尾的"且听下回分解"。我们发现，杨宪益夫妇和霍克思的英文版都翻译了"且听下回分解"这套术语，但多半没有翻译"话说"。译者有权利这样做吗？这毕竟是传统小说的特色，难道不值得表达出来吗？原因可能是：很难翻译。西文没有相同的术语，只有一种"如在上回所说的"类似套话，但因为"话说"不完全是这个意思，而且经常并不指向前面的章节，所以用不上。但是，李治华夫妇在他们的法文版里还是用某种方式把"话说"翻译出来了，所以我们也好不容易找到了办法。虽然需要做一些小的改动和调整，但我们觉得译者有这个权利。因为难翻而从略不译，我们倒觉得是不可以的，翻译的边界就在这。

另一种说书传统的痕迹不一定是套话，但出现在句式里，是口头文学留下来的常用短句："[某某]听了，便说道。"还有："说着，滚下泪来。"在荷兰语，如果按字面翻译"听了"和"说着"，就需要用半句来表达，所以显得有点冗长拖沓。既然"听了"、"说着"这两个词，与"话说"不一样，在内容和风格上不会增加额外价值，我们就选择省略掉。所以，尽管在第一个例子里，我们反对省略，但在这里还是省略了。可见，换一种情况，权与限因语境而定。

当代汉语的变化和扩展给翻译带来的困难和挑战

英国作家蒂姆·帕克斯近年来在《纽约书评》的几篇文章中讲到了当前世界文坛的一种新现象："全球小说"。在他看来，目前的所谓"世界文学"小说越来越多是一种语言朴素、通俗易懂的小说。对他来说，这可能是英文作为世界通用语言的缘故。帕克斯说，有的当代德国、瑞士和荷兰作家的英文译本，在英美读者眼里看起来像是直接用英文写的，仿佛是为了能赢得更多的国际读者，作者在创作时心里就已经在做"自我翻译"了。此外，这些欧洲作家似乎在避免涉及太具体的本国文化或地理内容，这样便逐渐形成了一种世界通用的文学模式。至于亚洲作家，帕克斯举了村上春树和韩国作家韩江《素食主义者》的例子：他们的作品虽然有独特的文化背景，但凭借他们的语言风格，这些小说极具"社交力"，也可以说作品"可译"性极高，尽管不一定"容易翻"。

在中国也有这种现象吗？我最近翻了年轻作家孔亚雷的两篇短篇小说，因为我很喜欢他对（大都市里的）寂寞和疏离感的描写。孔亚雷的语言也很朴实，句子很短，成语少，隐喻不多。人物通常是住在大都市的年轻人，故事虽然发生在中国，但显然可以发生在任何一座大都市，因为对背景的描写不多，情节主要重视人物的内心世界。西方出版社对中国文学一般还有一种陌生感，但当我把这些小说译文投稿给荷兰文学杂志时，他们很快就表示喜欢并决定刊出。不过，编辑部还是请我写了个小序：虽说语言上好像没有什么障碍，但对故事的构思和氛围来讲，他们还是怀疑背后可能有一种东亚文化的审美因素需要我来做一点介绍。可见，他的小说在语言上算是非常"可译"，但很有特色。

在孔亚雷 2008 年长篇小说《不失者》的封面上，当时有"中国的村上春树"的荐语；孔亚雷自己也没有否定村上春树对他（早期）写作的影响。因为孔跟村上一样也是英文文学译者，他们的语言风格可能很自然地受到了国际文学的影响。我不相信蒂姆·帕克斯有时对"全球小说"的批评对他们适用：他们不是为了写国际畅销书而故意改变自己的写作风格来迎合英美译者。孔亚雷大概也赞成村上春树说的话："我的风格可能适合西方读者，但我的故事是我的，它们并没有西化。"

可译与不可译——语际书写的困惑

人们经常说韩少功的《马桥词典》是一部"不可译"的小说。该词典体小说的方言含量那么高，作者对汉语语文的分析和思考又那么多，这些都应该怎么翻译成外语呢，或者说，翻译成西方语系的语言时，怎么能保持小说的文学性，保持原文的清新韵味呢？

我开始的时候也有点害怕，但尝试翻了几个词条以后，慢慢发现这本小说其实是"可译"的。虽然方言总是很难翻译的，但《马桥词典》是一本很有个性的词典，也是一种非常散文化的小说。韩少功主要谈起他对某些词汇的惊讶和疑问，包括这些词汇在他心里唤起的记忆或联想。他还经常指出他对某个词的喜爱，比如马桥方言里的"散发"，是死的意思，他觉得普通话里的同义词比起"散发"来说，都简单而肤浅；或者"冤头"这个词，指的是一个人对爱情失望了，心里有怨恨的人，但"冤头"对他来说更微妙，因为它包含了爱与恨的含义。

作者在每一页都出现，毕竟是他个人的想法和解释组成了小说的主线。这样，译者有所依靠。至于那些方言词汇，作者也不像一个民族学家那样去收集并记载资料，而是像一个散文家选择那些能启发他去思考的词汇，选择那些引发哲学性思辨的词汇，就像"散发"与"冤头"让他思考爱情和时间的问题。有时候，我作为译者也只能创造一些荷兰语生词来，比如"同锅"这个词（类似同宗、同族、同胞的词），或者"晕街"（像晕车，但只在街市发生，也只在马桥人身上发生）。虽然这些自造词还算容易找到办法，但这些例子毕竟告诉我，在翻译的过程中可以依靠作者的理解方式，甚至可以说：与其费力去查各种方言词典，倒不如跟着作者的思路走。有一处，韩少功在书中写道："我找遍了手头的词典，包括江苏教育出版社1993年的《现代汉语方言大词典》，也没有找到我要说的字。"看到这句话，我也放下了特意买的那本《现代汉语方言大词典》：这句话给予译者相当大的自由。我可以按照作者的想法和想象去找马桥词汇的对应词。而且，既然韩少功已经时常给读者解释词汇，译者也可以顺便"偷偷"加入一些面向荷兰读者的额外解释，来解决一些特别难翻译的细节。换一句话说："可译与不可译"有时候不在于一个词或者一个概念难不难翻译。《马桥词典》的"可译"性取决于作者的风格，叙述者的独特观点，换句话说：在于作品的文学性。

与余华携手同行：权利、边界、挑战与困惑

［俄］**罗子毅**

罗子毅（Roman Shapiro），俄罗斯翻译家。莫斯科国立人文大学副教授，中文博士。曾是欧洲中国研究协会理事、欧洲中国语言学协会理事。翻译了贾平凹的《商州初录》，王安忆的《小东西》，余华的《许三观卖血记》《活着》《十个词汇里的中国》等。

本会举办者向我们提供了三个题目，我就围绕这三个题目介绍我翻译余华作品的经验。

人人皆知，中国文化与欧洲文化之间至今存在着很大的差别。其实中国人对西方文化了解得比较好，近一百五十年以来，西方文化一直在中国推广，汉语形成了丰富的代表西方文化概念的词汇，也形成了符合西方语言逻辑的语法结构和修辞技巧。西方文学的经典著作和现当代杰出作品几乎全部译成中文，因此翻译新作品的任务相当容易。对俄罗斯人来说，翻译中国文学的工作是更大的挑战。毫无疑问，俄罗斯的汉学家也积累了非常丰富的翻译经验。1714年东正教北京传道团（又称俄罗斯馆）建立以后，俄罗斯人不断研究和翻译中国文献，如《四书五经》、《资治通鉴》等。二十世纪苏中关系积极发展，苏联的汉学家翻译了鲁迅、老舍、茅盾等现代优秀作家的作品，对翻译和研究经典著作（如屈原、司马相如、陶渊明、

王维、李白、杜甫的诗歌，老子、庄子、司马迁的著作，唐传奇、宋话本、元明戏曲、四大名著等）做出了很大的贡献。但是中国文学虽然翻译得多，俄罗斯人读得并不多。俄罗斯读者不习惯中国古典文学的叙述逻辑和描写技巧，经常会觉得"叙述松散，结构濒于瓦解，描写单调"。现当代文学更靠近俄罗斯读者所习惯的西方文学模式。此外中国文学也受了相当大的俄罗斯和苏联文学的影响，可是中国文学作品反映俄罗斯人不了解的中国现实。当然近一二十年，俄罗斯人在对中国的了解上已经有了长足进步。中国发展很快，去过中国的俄罗斯人越来越多，来俄罗斯的中国人也越来越多，两种文化间的交流拓展加快。同时，中国进入全球化进程，中国人越来越多地了解包括俄罗斯文化在内的西方文化，中国文学和广义上的中国文化被越来越多的俄罗斯人所熟知。虽然如此，中国文学更多被看作是一种异国情调。从十八世纪起在欧洲使用具有中国风格的装饰品就很流行，比如屏风、扇子、花瓶等。当代西方世界，其中也包括俄罗斯，也往往认为中国是一个"谜一样的国度"，是"东方武术的国家"，这样的印象仍然很普遍。余华的《活着》和《许三观卖血记》介绍了中国普通老百姓的生活习惯，但是有一位俄罗斯文学评论家称这两部小说的人物"好像是火星人"。

　　我认为在这种情况之下文学翻译权利范围比较广（当然也不能越出边界，即曲解原文）。俄罗斯译者在翻译的过程中尽量不要用俄罗斯的字母对应中文做音译，而要给出更多解释，采取意译方式。对那些对中国文化了解甚少的俄罗斯读者来说，文化障碍很难逾越，在翻译中需要尽量减少这样的障碍，使译著更容易理解。这一做法在向俄罗斯引进欧洲著作的早期阶段曾经广泛使用。比如在翻译诸如姓氏等内容时，如果一个词汇具有能够代表人物形象特点的某种意味，那么通常需要寻找一些俄语读者明白的替代者。对于中文著作也可以采取这样的方式，同时也要在译作中保留一定的中国元素。

譬如，余华的《许三观卖血记》里有这一段：

> 许玉兰在五年时间里生下了三个儿子，许三观给他三
> 个儿子取名为许一乐，许二乐，许三乐。
>
> 有一天，在许三乐一岁三个月的时候，许玉兰揪住许
> 三观的耳朵问他：
>
> "我生孩子时，你是不是在外面哈哈大笑？"
>
> "我没有哈哈大笑。"许三观说，"我只是嘿嘿地笑，
> 没有笑出声音。"
>
> "啊呀，"许玉兰叫道，"所以你让三个儿子叫一乐，二
> 乐，三乐，我在产房里疼了一次，二次，三次；你在外面
> 乐了一次，二次，三次，是不是？"

怎么使外国读者理解这个对话？英文版使用音译：Yile、Erle、
Sanle，这样读者就不懂这三个名字和"哈哈大笑"之间的关系。法
文版使用意译：Premier Plaisir、Deuxième Plaisir、Troisième Plaisir。
这样对法国读者而言就清楚了，而且从法语语法角度来看，plaisir 是
阳性名词，能当异国男孩子的名字。这种译法还是有毛病：三个名
字都很长，也不像中国人的名字。俄语里有"乐"字意义的单词都
是中性或阴性的，而且比法语还要长，在小说里这三个名字用得很
多，就太啰唆了。俄文版中"一""二""三"这三个字都是意译的，
而"乐"字是音译的。"le"音比较像俄文"лыбиться"（咧嘴傻笑）、
"улыбаться"（微笑）等两个单词的词根。我翻译以上对话时，采
取了音译意译综合译法，之后只用"一""二""三"的译文，既向
俄罗斯读者介绍名字的意义，又达到简洁。

当代汉语的变化和扩展给翻译带来的困难和挑战也比较大。但
是当代汉语和俄语变化扩展途径往往相似：二十至二十一世纪两国

的历史有不少共同之处，如现代化、革命、社会主义建设、市场改
革，两国都正在接受全球化，即英美文化的影响。因此汉语的新词
经常有俄语的对应。当然有时翻译需要灵活性。譬如余华的《十个
词汇里的中国》当中的一个词汇是来自英语的"草根"（grass-roots）：
"（1995 年）草根的词义在汉语里十分单纯，仅仅是草的根须而已。
几年之后，草根广义地成为了非主流和非正统的弱势阶层的代名词，
然后迅速风行中国社会。"俄语中"草根"到现在为止仅仅是"草的
根须而已"的意思，俄罗斯人读到这是一种社会阶层的名称，会觉
得奇怪。但是俄语的"根须"（корешок）也有"哥们儿"的意义，
我翻译时利用了这种同音异义现象。《十个词汇里的中国》还有两章
叫"山寨"、"忽悠"，我翻译时用了俄语类似的两个俚语单词。余华
解释说："山寨一词，在汉语里原先的意思是指筑有栅栏等防守工事
的山庄；此后引申为贫穷之地，穷人的居住之处，以及旧时绿林好
汉和强盗们占据的营寨，这个词汇也有着不被官方管辖的含义。"因
为俄语"山寨"（липа）的原意为"椴树"，我译文中用了"木头栅栏"
词组，结合了本义与转义，同时保留了作者的解释逻辑。由此可见，
虽然翻译工作中难免遇到语际书写的困惑，但是"不可译"这种现
象其实是不存在的，只要发挥创造精神就行。起码这是我的立场。

与中国文学携手同行

马小淘

　　马小淘，硕士毕业于中国传媒大学，文学编辑，作家。曾就读鲁迅文学院第七届中青年作家高级研讨班，首届鲁迅文学院青年作家英语培训班。获全国第三届新概念作文大赛一等奖，"《中国作家》鄂尔多斯文学奖·新人奖"，在场主义散文奖新锐奖，第四届西湖·中国新锐文学奖。有小说、散文在《人民文学》《收获》《十月》《中国作家》《美文》等杂志发表。十七岁出版随笔集《蓝色发带》。已出版长篇小说《飞走的是树，留下的是鸟》《慢慢爱》《琥珀爱》，小说集《章某某》《火星女孩的地球经历》《春夕》(繁体字版)，散文集《成长的烦恼》等多部作品。

一

　　许多年前，我读过王佐良教授的一篇译作：

　　读书足以怡情，足以傅彩，足以长才。其怡情也，最见于独处幽居之时；其傅彩也，最见于高谈阔论之中；其长才也，最见于处世判事之际。练达之士虽能分别处理细事或一一判别枝节，然纵观统筹、全局策划，则舍好学深思者莫属。读书费时过多易惰，文采藻饰太盛则矫，全凭条文断事乃学究故态。读书补天然之不足，经验又补读书之不足，盖天生才干犹如自然花草，读书然后知如何修剪移接；而书中所示，如不以经验范之，则又大而无当。有一技之长者鄙读书，无知者羡读书，唯明智之士用读书，然书并不以用处告人，用书之智不在书中，而在书外，全凭观察得之。读书时不可存心诘难作者，不可尽信书上所言，亦不可只为寻章摘句，而应推敲细思。书有可浅尝者，有可吞食者，少数则须咀嚼消化。换言之，有只需读其部分者，有只需大体涉猎者，少数则须全读，读时须全神贯注，孜孜不倦。书亦可请人代读，取其所作摘要，但只限题材较次或价值不高者，否则书经提炼犹如水经蒸馏、淡而无味矣。

我几乎没有想过这是一篇译作，它读起来那么中国。出于好奇，我找来了培根的原文，磕磕绊绊地看了，那种感觉几乎可以称之为恐怖。把一种语言转化成另一种语言，要忠实，还做到了本土化，这种难度几乎是无法形容的。

当然，我也看到过非常诡异的翻译，诸如一个版本的《朗读者》里有"除却汉娜不是云"这样的句子，也不知道译者是因为找不到其他更好的方式，还是卖弄，总之我读起来的感觉非常跳戏。

我觉得，翻译除了它艺术的一面，更有它严谨、科学的一面。因为语言、文化以及很多方面的差异，两种语言一定不是对称的，也就是说，并不是中文里的一个词对应着外文里的一个词。这无疑使翻译的难度大大增加，退一步说，假使语言是对称的，逐字翻译的句子也可能并不是作家的本意。单就语言来讲，常常一个词、一个句子，就传递出不同文化背景中的不同观念。这需要译者对原文理解透彻，不仅要有极高的外语要求，母语的素养也要高于常人，对文化、历史等涉及的方面也应非常广泛。翻译界有一句话，对外语的掌握水平决定翻译的下限，对母语的掌握程度决定翻译的上限。

我认为，在翻译中最重要的是接近原作者风格，令读译著的读者与原著的读者有着相同的感受。译者首先要有对原作者的尊重，好的翻译会忠实地传递作者的思想意图，保证原作的语言形式、风格特征得到保护，某种程度上说，译者要成为作者的捍卫者，尽最大努力还原作者的本意、风格甚至语言的韵律。

当然，严格的逐字逐句也可能损耗原作的内涵，译者一定需要融会贯通的再创造。余光中曾说：双声与双关，是译者的一双绝望。这些作家拐弯抹角隐匿在文字背后的深意，需要译者腾挪转换，用另外的语言展现出来。这种难度，增加着译者的责任。

我最喜欢的翻译，不是文学作品，而是一个化妆品品牌——Revlon。这是一个美国的彩妆品牌，它的中文译名叫作露华浓。这个曼妙的名字那么恰如其分，让人想起"云想衣裳花想容，春风拂槛露华浓"。同时它又关照着品牌的发音，可以说既是意译，又是直译，几乎是神来之笔。

二

中文因为每一个字都是一个有语意和语音的独立单元，而可以追求工整，对仗，平仄，可以写出"大漠孤烟直，长河落日圆"这样的神句。而印欧语系则不同，单词音节都是不同的，有一个音节，有两个音节，甚至更多。

比如说李商隐的诗："君问归期未有期，巴山夜雨涨秋池。何当共剪西窗烛，却话巴山夜雨时。"我觉得这几乎是无法翻译的，这看起来简简单单的四句，平仄、音律无法转化成另外的语言，文字背后的深意更是无法三言两语表达。准确就已经很难，风格更是难以翻译。同样，把"寻寻觅觅，冷冷清清，凄凄惨惨戚戚。乍暖还寒时候，最难将息"翻译成外文，又会是怎样的考验？

汉语和很多语言的属性不同，方块字和字母的差异，看起来就南辕北辙。显然，在语言结构、语言表现和语言习惯上大相径庭，同样意思的表达有时候出入很大，这给理解带来了较大的困难。可以想见，我们的古诗词以其他语言呈现给外国读者时，很大程度上已经成了另外的东西，它承载着译者的创造力和想象力，会有意外的惊喜，也无疑会顾此失彼。但是，很多事没有完美的方案。尽可能地保存原貌便是好的翻译。

我听说，英国字典近年收录了"土豪""大妈"这样的词，中国的词汇逐渐被世界所接受，作为世界上五分之一人口在使用的语言，它的发展必然牵动着世界语言的变化和扩展。诸如 long time no see，geilivable（给力）也已经渐渐走了出去。

而网络语言、字幕组的兴起更是加速了汉语的变化和发展。大咖，屌丝，绿茶婊，城会玩，何弃疗，有钱任性，累觉不爱，负分滚粗，贱人就是矫情，吓死宝宝了，主要看气质，我和我的小伙伴都惊呆了，哥吃的不是面是寂寞，重要的事情说三遍等等流行语层出不穷，不要说翻译，生活稍微闭塞一点的老年人都搞不懂其中的深意，无疑给译者增加着新的难度。而且这些词寿命非常短暂，有些只流行短暂的一阵子，不一定会成为语言或者文化中持久的东西。它在汉语中都稍纵即逝，对于翻译来说可能更加难以把握。而如何把这中间的荒诞、搞笑、无厘头传达出来，对于译者来说无疑非常重要。这就需要译者跳出文本，对中国的社会、文化有比较深入的了解，有了一些功夫在诗外的意思。只是要翻译一篇作品，牵一发而动全身，要了解很多背景知识。但同时我也觉得，这个难度可能并不像粗略估计的那么严峻，因为翻译的难度本身就包含了这些。一位愿意把中国文学译介到世界的译者，应该本身就是对中国文化有兴趣的，而且，我觉得，语言的变化和扩展再日新月异，文学都有它本身恒久不变的东西。细枝末节的变化，其实还是服从于内核的不变。我以为，翻译中最容易流失的，是对原文和作者理解的准确。语言的发展可能会造成一些细节的干扰，但是大方向的准确始终是翻译面对的最大难题。所以我觉得，难度和挑战固然会增加，但这其实也是各个时代都存在的问题，是翻译一直以来的难题之一。

三

语言中的细微差异，常常是整个文化背景的差异，牵一发而动全身。我个人觉得很多东西是无法翻译的，更准确地说，无法直译。但是也未必不能用其他的方式表达出来。或者说，我认为，不可译也得译，这件事的关键不是难度有多大，而是必须做。当我们认识到，一种语言无法点对点，丁是丁卯是卯地转化成另外的语言，我们只能接受现实。但我们需要阅读不同语言的文学，所以其实是可译也要译，不可译也要译。唯有翻译，才能让我们不受语言的限制，更自如地阅读更多的作品。

我二十岁之前没离开过中国，然而我不闭塞，是阅读让我接纳了世界的丰富饱满，没有顺理成章成为一个武断的人。我发觉纵使永在方寸之地亦可遥望无尽的远方，文字里突如其来的新鲜事远比生活来得酣畅淋漓。怀揣书籍，我可以轻巧地感知天下，成为永不落伍的井底之蛙。

我去世界各地度假，首先想起的是那里的作家。去捷克，布拉格各处都是卡夫卡的印记；去美国，那是福克纳和海明威的祖国，福克纳笔下的南方小镇和海明威笔下的大海，好像已经非常熟悉；去日本，在福冈街头找夏目漱石的故居，在河口湖，寻找太宰治住过的茶社。我阅读并喜欢很多异国作家，我认为，写作本身就是跨文化的，一个人的视野、阅历、对世界的认知，经由作品被传递出来，而文学作品具备超越种族、宗教、时空的力量。因为文学不是对琐碎故事的描述，它的终端是心灵。

作为一个年轻的中国写作者，我最钟爱的三位作家是塞林格、陀思妥耶夫斯基和三岛由纪夫。他们如今都已谢世，活着的时候也离我非常遥远，但是我轻易在他们的作品里找到了共鸣。我热爱他们，却不得不承认，从来没有看过原文。我的一切阅读都仰仗着翻译文本，经由翻译之手，这些作品不仅对自己本土的子民有哺育的作用，也会收获整个世界的崇敬。

最近我正在读裘帕拉希利的小说，她生在英国，长在美国，作为印度人的后裔，她的小说侵染着印度文化的细胞，涉及了很多移民及他们的后代面临新文化时的迷茫和困顿。仿佛两个世界的传译者，这种矛盾冲突让她的作品气质独特、动人心魄。作家落笔于地域文化的差异，却以拔高的视角超越了这种差异。我其实对印度文化没什么了解，但是我感受到作品中微妙的情感。这当然首先是裘帕拉希利的写作能力，更无法忽略的是翻译的准确和丰富。

但是多年来我一直有点怀疑的是，我感受到的那些外语作家的语言风格，是不是真的和原著的母语读者感受的一样。是不是有可能我体会到的，已经是译者加工的一种方式。同时，我也一直觉得，语言特点鲜明的作家可能在译介过程中比较吃亏。相较故事能力强的作家，他们的作品翻译难度更大，更难保持原貌。

我相信，翻译的过程难免损耗原作的一部分气息，这样的遗憾不可避免。但是它也会增加新的东西，优秀译者的智慧也会为作品增加神奇的光泽。

与编辑交流实例摘录

[美] 梅丹理

梅丹理（Denis Mair），美国翻译家，诗人。俄亥俄州立大学中文硕士。曾担任美国宾州大学东亚语文系讲师，现任北京中坤文化基金翻译顾问，台湾日月潭汉经书院研究员。主要翻译作品有冯友兰的《三松堂全集自序》，真华法师的《参学琐谭》，朱朱的《一幅画的诞生》。诗歌翻译作品有麦城的《麦城诗选》，严力的《造句的可能性》，伊沙的《伊沙诗选》，黄贝岭的《旧日子》，吉狄马加的《黑色狂欢曲》，骆英的《文革记忆》，参与翻译奚密、马悦然编的《台湾新诗选》，杨四平编的《当代中文诗歌选》等。个人英文诗集《Man Cut in Wood》于 2004 年由洛杉矶山谷诗社出版，中文诗集《木刻里的人》由纽约惠特曼出版社出版。

我得承认，我同编辑之间的你来我往，锐化了我对翻译工作的见解。我认识到，分歧之处总会有，我还认识到，分歧可以帮助一位译者从新的观点出发来看待事物。在我为自己的翻译策略辩护的同时，我也许会突然想到更好的译法。这种观点冲突可能令人有挫败感，但有时也能让观念活跃起来。

我曾经认为可译性是文本的固有属性，这一点可以通过那些对翻译问题敏感的母语使用者之间的共识来证明。而现在我认为，可译性仅仅是一个度的问题，而对它的考量经常是通过译者和编辑的不同观点而引发出来。如果我是一本书的原作者，可能我的个人风格不至于遭受这种程度的质疑。但鉴于我的译者身份，我不得不接受自己的风格要经过细致的梳理这个事实。举例说，我不应该使用"Highland Lass"（高地少女）当一首诗歌的题目，因为"lass"（少女）是英式英语，不是美式英语，而出版商的风格更青睐美式英语！（我曾通过引用美国名著《白鲸记》中对"lass"（少女）一词的使用来反驳这点。）

下面我举例列出一些和编辑们就某些段落进行的交流。

原文：吉狄马加，《我，雪豹……·#15》：我是另一种存在，常常看不见自己 / 除了在灰色的岩石上重返 / 最喜爱的还是，繁星点点的夜空 / 因为这无限的天际 / 像我美丽的身躯，幻化成的图案……

译文："I, Snow Leopard... Part 15"：I am a curious kind of being, often unable to see myself/Unless I get back among these dun-colored crags/ Most of all I like the night sky thick with stars/ Because the sky's boundless reaches/ Look like this lovely coat，these designs spun from the void...

编辑点评："...Because the sky's boundless reaches look like this lovely coat, these designs spun from the void." 此句的翻译并非直译。原文中提到的是雪豹的身躯，而不是它的毛皮。另外，"void"（虚无）一词在原文中所对应的是什么？

我的说明：短语"spin out of the void"或者"spin from the void"是"幻化而成"的一种说法。"spin"（纺织）指的是传统女性的一种家务劳动，将几乎是无形的纤维捻成有形的线。因而"spin from"，有着"manifest from"一词的延展意义。此处的"void"（虚无）也就是显现的来源。说某件东西是"spun out of the void"实际上就是说它从无中而来；以令人惊叹的方式显现出来。"幻化"的直译在这里是"miraculously transform into"（神奇地变成……），但是并不适用于此处。

我在这里选择"spinning"（纺织）这个比喻的原因之一就是考虑到它和"coat"（皮毛）一词的搭配。在雪豹的皮毛上是可以看到图案的。在这组诗歌的其他部分也有对雪豹皮毛上美丽图案的呈现。有时雪豹被描写得熠熠生辉，或者看似像在燃烧。这种描写可以让人有看到闪电击中白色皮毛的效果。其他部分描写美丽图案的地方，还例如第七章节的接近末尾处："是勇士佩戴上一颗颗通灵的贝壳" / "Telepathic cowries decking a warrior's sash." 贝壳与雪豹皮毛上的玫瑰形斑点被联想在一起。（根据吉狄马加的双重语义体系，它既属于雪豹身上的图案，又属于彝族人庆典时穿戴的盛装，彝族人自古相信衣服上的贝壳能授予穿戴者心灵感应的能力。）

我想重点说下此处的"皮毛"，因为这句诗也说到了"图案"，这就让我联想到它的毛皮。这些图案又与繁星相关联，是一种很巧妙的赞美那些美丽的斑点的方式。当然"身躯"一词指的不仅仅是皮毛，也指代雪豹总体上的外形之美，包括它比例匀称的面部特征，淡蓝色的眼睛，优雅的四肢等等。但是考虑到诗人想表达的是他们和美丽的繁星多么遥相呼应，我最终决定在此强调它皮毛上的图案。同样，诗中多次赞美了雪豹身体上其他部位的美，这些部位经常是在动态中捕捉到的。雪豹在夜里直视我们时，眼中那闪烁的、鬼魅般的蓝。四肢的美感通常都是在动作中表现，这可在其他诗行中予以欣赏。

我相信这首诗中的繁星让人自然地联想起雪豹的斑点，这与第十五章节诗歌中凝望星空的主题也是一致的。当雪豹凝视天空时是处在一个安静的时刻（而不是在运动之中）。同时，我们作为读者也同样在凝视雪豹。所以我把身躯诠释为（coat）皮毛，我是想尽量把这句诗中凝望星空的感觉带给英语读者。请原谅我玩命解释这些，但是我想分享一下自己对这句诗的特别的感触。

原文：吉狄马加《黑色狂想曲》：……我深深地爱着这片土地 /

不只因为那些如梦的古歌 / 在人们的心里是那样的悲凉 / 不只因为在这土地上 / 妈妈的抚摸是格外的慈祥 / 不只因为在这土地上 / 有着我们温暖的瓦板屋 // 千百年来为我们纺着线的 / 是那些坐在低矮的木门前 / 死去了的和至今还活着的祖母 / 不只因为在这土地上我们的古磨还在黄昏时分歌唱 / 那金黄的醉人的温馨 / 流进了每一个女人黝黑的乳房

译文：JidiMajia, "Rhapsody in Black"：...I deeply love the land around me/ Not only because of dreamy old songs/ That strike the heart with such sorrow/ Not only because of a mother's caress/ Carries an extra measure of kindness/ Not only because this land holds/ Our warm shake-roofed cottages/ For centuries our yarn has been spun/ By women who sit at low wooden doors/ <u>The dead ones and the grandmother still living</u>/ Not only because of the ancient millstone/ That still hums at dusk on this land/ Suffusing the air with rich amber scent/ Seeping into each woman's dark breasts

编辑点评："祖母"应该是复数"grandmothers"而不是单数"grandmother"吗？

我的说明：这是种诗歌措辞，也是我所说的"诗意化单式"的一个例子。我是在尽量鼓励读者想象出一个女人坐在门边的画面。通过看到一个女人的画面，你就可以从个例中看出普遍。在众多先辈和现仍在世、但行将加入先辈之列的祖母之间有一个对比（需要注意的是，在下面一句中，古磨这个单词 millstone 也用的是单数形式）。要想联想到很多女人坐在各自门前的画面不太容易，但是在这首诗中，一个女人的画面却能让我们想起很多女人！

原文：骆英，《文革记忆》："斗地主"（诗名）

译文：Luo Ying, Memories of the Cultural Revolution, "Harrying a Landlord"（poem title）

编辑点评：你频繁地使用"harry"一词，尽管这个词在当今社会不太常用。如果使用年轻读者更加熟悉的词语，如 assault，attack，torment，效果会不会更好？

我的说明："文革"时期的语言在当今汉语中也已过时。这里的词"斗"，是个有时代特征的词汇，直译是"struggle against"（与……斗争）。这个词带着一种农民斗争的自我正义感，而不会是一种施加残酷折磨的自我形象。这也正是我不想使用例如"torment"或"assault"或"persecute"这些词的原因。这些人对自己所做的事情有一种自诩是代表社会潮流、自带正义感的态度。而带自我正义感的人从不说他们是在"torment"（折磨）某人，第三人称的描述也是如此（因为公众是公开支持这种行为的）。很显然，这些人用自以为正义的方式做自己想做的事情。我们可以看出他们的"tormenting"（折磨）或"assaulting"（攻击）这些肢体动作是混杂了一种态度的，正是考虑到这个因素，我才选择了"harry"一词。这里我也想插一句，我并不拘泥于"文革"词汇的惯用英语译法，我自己有一些新的译法。

原文：骆英，《文革记忆》，"忠字舞"："……忠字舞从此成了我表达革命意志的心灵方式 / 每一次看见日出心中都会响起庄严的"东方红" / 在我指向远方时我总发现我紧紧握起了拳头 / 内心中总升起一个砸烂全世界的凶猛念头。"

译文：Luo Ying, Memories of the Cultural Revolution, "Drill Team Dance"："...The drill-team dance was a spiritual outlet for my revolutionary will/ At each sunrise, that grand melody arose in my heart—'The East Is Red'/ Gazing into the distance, I noticed that my fists were balled up tightly/ In my heart rose intentions fierce enough to smash the world."

编辑点评：应该将"smash"改为"destroy"（毁灭 / 破坏）。

我的说明：我觉得"destroy the world"（毁灭 / 破坏全世界）的语气在这不合乎文化大革命的修辞学。这里应该具有高度行动至上、激昂、敢动手的动作氛围。而"destroying"（毁灭 / 破坏）这个行为可以是原子弹，甚至是流星所造成的，但是这里的动词描述的是一个人的行为；他是享受破坏的这个行为动作的，而不仅仅是要看到毁灭这个结果。译为"smash the world apart" / "smash the world to pieces"如何？

编辑追评：可以换做压头韵的"smash the world to smithereens"。

我的追评：可以。注意，我在全文中都把"破四旧"翻译为"smash the four olds"，而每一处都被改成了"destroy the four olds"。鉴于上述原因，也请改回为"smash"。

原文：骆英，《文革记忆》，"红宝书"：……手捧起红宝书每天我们都会情不自禁热泪盈眶 / 主席的话语句句是真理字字闪金光一句顶一万句 / 因此红小兵们有了革命方向永不迷航心红眼亮 / 我们斗地主批牛鬼蛇神口诛笔伐毫不留情 / 我们让老校长坐飞机戴高帽挂白牌游街示众 / 在红宝书面前他双目紧闭脸色惨白……

译文：Luo Ying, Memories of the Cultural Revolution, "Little Red Book"：…With the Red Book in hand each day, our eyes would often brim with tears/ Each line by the Chairman was supreme truth, each word gave off gold light/ They charted our unerring course toward revolution, with a red glow in our hearts/ We harried landlords and critiqued monsters, inveighing without mercy/ We spread-eagled the principal's arms, paraded him with plaque and dunce cap/ Before the Red Book he turned pale and closed his eyes……

编辑点评：spread-eagling（伸展四肢）这个动作不应该既包括胳膊也包括腿吗？这里是否应该用"stretched out"？

我的说明："伸展某人的胳膊"的"文革"词汇是"airplaning"（"让他坐飞机"）。这个姿势通常需要弯腰，不一会儿就会难受。他们自创了一个动词，"airplaning"（"让 × 坐飞机"）。如果可以直接用"我们让他坐飞机……"（"we airplaned..."）的话其实是最能表明真实意思的，但是我并不期望编辑能接受这种说法。所以一开始我没有用"坐飞机"（"airplaned"），而是用了"伸展胳膊"（"spread-eagled"）。然而在我看来，带有时代特征的语言的部分魅力正是在于它的怪异。除此之外，译句中也指明了是胳膊，所以读者会明白并不包括腿。从这个理由说来，我认为用"伸展胳膊"是可以的。我刚刚查了下字典：spread-eagled 一层意思是滑冰的一个杂技动作，只伸展胳膊，双腿呈直线滑行。

编辑追评：天呐，我喜欢 airplaned"让他坐飞机"这个词。但是我不确定读者是否会马上理解，如果我们把这个词加上引号，稍微想一下就可以联想出来。另一种方法是，这个词第一次出现时译为"我们把老校长的胳膊抻起来，像机翼一样"，给读者联想埋下伏笔。虽然这句比较长，但是意思清楚、能引起共鸣。在此之后我们可以直接使用"让他坐飞机"一词，这样一来，意思应该会十分明了。

我的追评：我觉得把 airplaned"让他坐飞机"一词加引号使用挺好，不建议额外的加译。

原文：骆英，《文革记忆》，"迁赶黑五类"："……伊庆 11 岁被迁赶在山区的一个窑洞／那可是在山梁上风吹日晒关不了门／多年后她话语很少我们都管她叫山药蛋／她说那是因为在山上放羊从来见不着人……"

译文：LuoYing, Memories of the Cultural Revolution, "Sending Away No-Goodniks"："...Yi Qing was sent away to a cave house in the mountains/ It was on a ridge, without even a door to keep out wind and sun/ Many years later she does not like to talk, so we call her "Yam-Egg"/ I think it's from herding sheep in the mountains, never seeing people..."

编辑点评："Yam-Egg"（山药蛋）怎么用来指代"话语很少"的人呢？（在另一封邮件中，编辑建议我为这个外号加上脚注，说明这个词是不可译的双关语。）

我的说明：谢谢提出这个问题。我想保留这个昵称，但不想标注任何脚注。作为一名译者，我想让我的读者发现在其他语言中有很多奇特的、富有表现力的联想，都是来自于日常事务中。这些联想的路径可能和说英语的人的联想不同，而作为一名译者，我想把它作为一种直面相遇的经验呈现出来。毕竟，诗人是强大的沟通者，而他已经在诗句中为这个外号做出解释，所以我希望我们能接受他的解释。我刚从印度回来，那里偏爱从印度生活的角度书写的小说。而 Raja Rao 的 Kamapura 中则充斥着一种浓厚的印度生活的感觉，它描写了二十世纪三十年代国大党运动期间的一个印度村庄的生活——完全用村民的对白来叙述的，不加任何解释。

原文：骆英，《文革记忆》，""："七七级入学时我们是最后一批工农兵学员感到了不自在 / 上课的路上工人们推着车会说压死他们他们是些工农兵学员 / 尽管我们还在上课但报纸上却说我们是垮掉的或无用的一代 / 是的这个社会的文革在继续因为大家的斗争情绪一直很浓……"

译文：Luo Ying, Memories of the Cultural Revolution, "Special-Entry Students at Peking University" : ...Admitted in '77, we were the last batch under the Worker-Peasant-Soldier Plan; we hardly knew where we fit in/ Workers on campus would yell, Run them over : those are Worker-Peasant-Soldier students！ / At least we went to class, but newspapers said we were a lost, useless generation/ Yet <u>Cult-Revo</u> was still going on in society, because appetite for struggle was still keen..."

编辑点评：你问我是否对缩写形式"文革"前没有定冠词"the"，而在使用全称"文化大革命"前有定冠词"the"而感到奇怪，我得说我从没认真考虑过这点。我认为不用冠词是可以接受的，或许是因为我们在使用它时几乎是把它当作一个昵称或者一种情感词汇而使用的？

　　我的说明："文革"一词唤起的是一个冲突时期普遍使用略语的话语体系，像美国在第二次世界大战时一样，在社会上用很多首字母略语一样。首字母缩略词这种嵌入式话语，不用遵守句子中所有的语法关系。一个具有强烈东方特征的词，镶嵌在英文句子中时，或许会产生自己的磁场，使它像洋泾浜单词一样摆脱一部分的文法关系，以至于不需要用冠词。（译者加注：反正英文里用的冠词太多。如果能借由东方性的外来语来减少单词，也是好现象！），即使同句中的其他单词可能需要冠词。

　　以上是译者——编辑的沟通中的建议。根据经验我发现，如果我使用轻松的对话口吻，试图给出有趣的回应，那么我和编辑们的交流就会更加顺畅，少些沮丧。当然，凡此种种也不会令所有人觉得有趣。

当代汉语的变化和扩展给翻译带来的困难和挑战

〔埃及〕**穆赫森·法尔加尼**

穆赫森·法尔加尼（Mohsen Sayed Fergani），埃及翻译家。埃及艾因夏姆斯大学汉语语言学博士，曾在中国人民大学进修。艾因夏姆斯大学语言学院中文系教授，埃及文化最高委员会翻译委员会成员。主要翻译作品有《论语》《道德经》《战国策》《四书》《列子》《孙膑兵法》《诗经》，莫言的《牛》《梦境与杂种》《莫言小说选集》，马原的《冈底斯的诱惑》，残雪的《山上的小屋》《夜访》《太姑母》，榴红的《榴红幽默讽刺小说》，阿来的《尘埃落定》等。2013 年获中华图书特殊贡献奖。

随着中国国际影响力的不断增加，汉语逐渐成为一种"时尚"，以汉语为主的外语教学课堂在全球遍地开花。最近几年来，我们阿拉伯地区的好几个国家开放了不少汉语教学机构，而阿拉伯人学习汉语的目的各不相同。有的是想多学习一门语言今后做翻译；有的是想去中国留学；有的学员正在与中国公司做生意。但值得关注的是，目前汉语教材不包括有关中国社会的文化，没有全面地介绍一些与汉语交际密切相关的文化知识。而为了培训新一代的译者，特别是从事翻译文学作品的译员，首先要把"文化"一词的概念弄清楚。从古以来，学者对"文化"的定义有不同的看法，说法不一，有的认为文化是生活方式。人类学家 Edward Tylor 则认为所谓文化和文明就是包括知识、信仰、道德、法律、习俗以及包括作为社会成员的个人而获得其他任何能力、习惯在内的一种综合体。而语言本身是一种文化，它是文化的重要组成部分。所以语言反映一个民族的文化特征，它包含着该民族的历史和文化背景，蕴藏着该民族的生活方式、生活习惯和思维方式。

我们阿拉伯学者，要学好汉语，不能光凭教材里的课程内容局限于语言上的问题，不该偏重学习它的语音、词汇、语法和书写，更应该重视与中文密切相关的汉文化。笔者相信，要做好译员，就必须了解到汉语交际中的文化现象。而汉语交际中存在着种种障碍，像忌讳与委婉、中国人的隐私、尊老与忌老、汉语中的"中庸"思想及中国民俗、饮食和地名文化。另外呢，汉族有着丰富的，从古代流传下来的民俗，它在漫长的过程中具有了很强的生命力。民俗在人们日常交际和生活中是多么重要，它虽然不具有法律的性质，但是却往往具有类似于法律的作用。因此，作为阿拉伯学者（更不用说从事汉译阿的译员）都应该了解汉族人最起码的风俗、习惯，以便增加交际成功的可能性。

众所周知，语言是思维的工具，人类通过语言才可以进行思维。而且，当语言实现作为思维的工具的时候，还不断地把思维的内容再现在词汇和语法组成的话语中，因此我们阿拉伯学者应该更深地研究汉语词汇和语法，加上有关交际文化的材料，才能懂得一些有关中国思维类型，像"演绎思维"。中国人善于演绎思维方式，所以从古以来养成了"从实际出发"的独立思考的习惯。中国历史上，曾经出现"复古"的思潮，这种思潮的兴起，从思维的角度看，也是中国人受到"演绎思维"的影响。孔子是圣人，圣人的思想是经典，具有极大的权威性，后人很难越过，因此后世加以宣扬和学习，算是正常的事。基于这个理由，我希望对外汉语教学方针政策考虑把中国古典哲学和思想纳入专为我们阿拉伯学员编写的教材中。在经济全球化的今天，中国与世界的交往越来越广泛，越来越深入。

经济力量的增强和交往需求的增长，大大提升了外国人对使用汉语作为第二语言交际工具的愿望。中国政府为了满足越来越多的阿拉伯学者日益增长的学习汉语的强烈愿望和需求，在七个阿拉伯国家开办好几所孔子学院和孔子课堂，这些都成为阿拉伯各国汉语和中国文化爱好者学习汉语言文化、了解当代中国的重要场所，越来越受到当地社会各界的热烈欢迎。基本上，孔子学院主要职能包括"开展当代中国研究"和孔子学院章程第十一条所规定的"开展中外语言文化交流活动"。尽管目前在阿拉伯地区的孔子学院除了汉语教学，也开展一些文化活动，但是文化层次主要还局限于汉语教育，还远远不能体现中华核心价值文化，其职能有待进一步挖掘和提升。（有趣的是，阿拉伯人长期以来，对中国哲学的状况缺乏详细的了解。他们虽然知道中国有一位大思想家叫孔夫子，列于世界十大名人之林，但是他们对孔子的思想和其他中国思想家的了解很少。）

经过新中国的建设和三十多年的改革开放，中国走出了一条适合自己国情的成功的发展道路。中国的成功，引起世界各国，尤其是发展中国家了解中国和借鉴中国经验的极大兴趣。要真正深入了解中国离不开对汉语的学习，在此意义上，中国对外汉语教学工作可能要考虑到阿拉伯地区对学中文的特殊的目的和向往，目前值得关注的是汉语教材的阿拉伯语版本，都是通用性教材的阿拉伯语版，没有专门针对阿拉伯人设计出版的教材。

在经济全球化的今天，保持世界语言的多样性面临着严峻挑战，而为了形成良性互动的格局，为了更好地促进人类社会的全面繁荣以及推动人类文明的总体进步，一定要保持世界文明和文化多样性。在这个方面，传播汉语的作用是很重要的。现代汉语推广和扩展虽然面临着挑战，但从某种意义上，传播汉语的战略可能为世界的多极化形成良好的条件。

我上面之所以把重点放在现代汉语扩展以及有关对外汉语教学

的问题，是因为传播的基础是语言。冲破文化之间的隔膜，首先要破除语言上的障碍。

从另外一个角度来看，世界已经进入全球化时代，翻译更是成为当今人类社会各国、各民族间不可或缺的重要交际手段和交往途径。从某种意义上而言，中国的文化成果和优秀的文学作品可以借助于翻译向我们阿拉伯地区介绍。有鉴于此，笔者希望将来会培训更多的译者以便把中国文学作品尽可能完好无损地移注到阿语，使读者在读译文时也能够像读原作一样得到启悟、感动和美的享受。"翻译"一词，当然不局限于"文学翻译"，其实"非文学翻译"有好几种，或不一样的说法。但是，大多数的工具书和百科全书几乎都把翻译看作是文学翻译。

在笔者看来，中国文学作品译成阿语面临的最大的挑战表现在近几年来，吸纳民间语言的文学作品。对于这样的文学作品，作家要用老百姓的思维来思维。否则，他写出来的民间就是粉刷过的民间，即伪民间。当然，也有些作家的叙事语言并非来自传统文学的直接影响，而是源于其对民间语言的自觉吸纳。

但是，如此的作品，无论如何，充满着古雅之气，语言是上古言传来的。这样的叙事语言经常出现在张承志、张炜、韩少功、莫言、李锐、阎连科、贾平凹等作家的笔下。最后，即使这样的叙述写法频繁出现在诸多属于"民间语言"的文学作品中，而且具有二十世纪九十年代以后中国作家语言实践的历史性意义，也不能否认他必定给我们阿拉伯从事汉译阿的译者造成非常大的难度。

可译与不可译——语际书写的困惑

——以《万里无云》的翻译经验为中心

［韩］裴桃任

裴桃任（Bae Do Im），韩国翻译家。仁川仁荷大学文学硕士，韩国外国语大学文学博士。现为韩国外国语大学、韩国放送通信大学讲师。主要翻译作品有北岛的诗集《午夜歌手》，郭文斌的《吉祥如意》，李锐的《张马丁的第八天》《无风之树》《万里无云》等。

小说要怎样才能吸引一个读者、让读者了解、让读者喜欢？

"书名"的翻译

1. 要有吸引力：

有吸引力的书名，会引起读者的关注。读者首先要看书名。作为一个读者，你起码要看一眼书名吧，觉得不错，马上就要买书而阅读。因此取一个好书名是很重要的。

2. 要看出作者在文学创作方面的一些见解：

为了能够给自己的著作取一个别具风格、令人印象深刻的书名，多数作者都会绞尽脑汁，搜肠刮肚。而读者见书名如同见作者，从书名就能看出作者要写的东西。

3. 翻译者也要找一个能引起读者阅读欲望的书名：

"万里无云"至少具有两种含义。一种是晴天，形容天气晴朗，没有一丝污染。指一望无际的蓝天，没有一丝云彩。另一种是书名背后的意思。"云彩"又指"担忧"。天空没有一丝云彩，一定不下雨。天不下雨，老百姓不能种地。不能种地，就无法收获。不能收获，老百姓怎么办？怎么活？《万里无云》不是晴天的故事情节。

我想逐字翻译的书名让读者更容易理解。

"口语倾诉"的翻译

（1）"口语倾诉"的叙述：

在小说里每个章节开头的"我"让读者立刻看不懂"我"是"谁"。研究者认为那个"我"是作者的写作技巧之一。可是讨厌复杂的读者（或者，为了消遣而看小说的读者）难以理解，因而会看不下去了，甚至想作者写了个没什么意思的小说。

我跟着作者思路，做到直译，不说"我是什么人"。

（2）我：第一人称代词，自称，自己，亦指自己一方。

"我"（英语"I"）应该翻译为两个韩语，自称"나（na）"和谦语"저（zhe）"。

我把男的"我"翻译为"나（na）"，女的、孩子都翻译为"저（zhe）"。【有一位读者建议都用"나（na）"翻译。】

（3）说话时的语调、脸部表情及身体动作、姿势等往往都表达了一定的情绪：

作品中的每个"口语倾诉"的"我"都有一定的语调，表示一定的语气和情感。一般的情况下，男的口气和女的不同，大人的口气和孩子的也不一样。

《万里无云》人物列表

年龄	姓名	身份、情况	性格、口气	常用口语
六十多岁	赵万金	前村长 现瘸老汉	有权威的 有自豪感	我是有史以来的第一个共产党员。
			有真情	别人不心疼，老伴儿总得心疼吧。
	巧仙	哑巴，现瘫在炕上	－	－
五十多岁	张仲银	小学教师	有权威的 骄傲自满	我是来给你们传播文化知识的。我是人民教师。毛主席说…… 都没有文化，没有共同语言。
四十多岁	牛娃	杀猪的	有自豪感	我知道他们是等着要看我的绝活儿。
			有侮辱感	我他妈的出了五人坪自古以来最多的一份彩礼，可人家还是看不上我。
	赵荷花	牛娃家的	有失落感	我知道配不上人家。
	赵荞麦	现村长	有权威的 有自豪感	我一个村长说话就得算话，说话不算话那还叫什么村长呀。
	红盼	村长老婆	有自豪感	你还知道我给你生了儿子，你还知道我是二罚他妈呀你？
	高卫东	种庄稼的 卖羊肉的 现道士	有权威的	有他保佑就没有办不成的事情。
			有自豪感	我就知道我把他们狗日的全给镇住啦！ 我今天得给十里八乡的乡亲们把事情办得漂亮点。

续表

年龄	姓名	身份、情况	性格、口气	常用口语
三十多岁	陈满喜	牛娃的帮手	有点顽固	你个六岁的小子蛋子你能记住啥，你能知道啥呀你，啊？
	陈满成	马夫	有点傻气	家里有人，我拿上那东西干啥呀我。 你喝多少酒你也是我媳妇，你怕啥呀你？
	翠巧	满成家的	巧辩	我才不当白蛇呢。
			感到负疚	我知道我对不起你，来生来世我做牛做马报答你。
孩子	赵二罚	小学生，八岁赵荞麦的儿子	有时不免孩子气，有点任性	我们的歌这真好听呀，我们真高兴呀我们！ 当个老师可真好呀，当个老师一说话谁得听。 这些大人们真是麻烦人呀他们。
	毛妮儿	小学生，八岁赵荷花的女儿		这都是大人的事情，我哪知道这些大人的事情呀。二罚，你也不用瞎猜了你。

　　在韩国，丈夫一般用老大（大孩子）的名字喊妻子。无论妻子还是孩子，都是喊老大的名字。可妻子听得懂丈夫在叫谁。孩子也听得懂爸爸要找谁。没错。听到丈夫（爸爸）找人、叫人的话，妻子和孩子几乎都能辨析出语感上的微妙变化。这些话，听起来听得懂，写起来就很难的。我觉得李锐所写的"口语倾诉"的各个人物的口气、语调也是这样的。如果它不是小说，是剧本的话，用括号补充说明就可以。作为一个翻译者，我把每个人物"口语倾诉"里面隐藏的他（她）的情绪、感受、用意和思想都得找出来，然后用正确的韩语表达出来。谢谢！

汉字文化圈翻译家对中国文学的亲缘性：一个韩国翻译家看翻译的权利与边界、当代汉语的变化问题

[韩] 朴宰雨

朴宰雨 (Park Jae Woo)，韩国翻译家。毕业于韩国首尔大学中文系。现任韩国外国语大学中文系教授，中国社科院季刊《当代韩国》韩方主编，国际鲁迅研究会会长，韩国中国语言文化研究会会长，韩国文学翻译院理事等职。著作丰厚，翻译了毛泽东的《在延安文艺座谈会上的讲话》，茅盾的《腐蚀》，巴金的《爱情三部曲》，金仁顺的《彼此》，黄帆的《女校先生》，李浩的《一个国王和他的疆土》，陈昌平的《特务》，王家新与翟永明的诗歌，刘再复的评论文章，组织翻译了铁凝、莫言等作家的短篇小说集《吉祥如意》《中华作家八人诗选》《香港文学选集》三卷本等。近期翻译了阿乙的《阁楼》，阎连科的《该隐、亚伯和理性的人》等。

过去四十多年生活在中国文学里，可以说名副其实地与中国文学携手同行，其中三十年断断续续将中国作家的小说、诗歌、散文、文学评论、演讲等作品与学术著作翻译成韩文并出版。又有机会对中国某些原作与韩国翻译家的译本做了对比。以这些经验为中心，下面谈谈"翻译的权利与边界""当代汉语的变化和扩展给翻译带来的困难与挑战""可译与不可译——语际书写的困惑"等问题。不过，个人的经验有限，估计讨论得不全面，例子还很不够，请多批评指教。

先谈"翻译的权利与边界"问题。

据我理解，这个命题的意思，就是翻译家有翻译的权利，但这个权利有所限制。那么，这个"权利"与"边界"如何去理解？翻译家没有得到外国原作的版权，就可以说没有获得翻译的权利，这是法律上的常识问题。这里所要谈的层位，估计和这个有所不同吧。

我年轻时开始翻译中国现当代文学作品的时候，以为中文翻译家应该首先对中国文学作品的文本进行全面的、准确的了解，然后用本国的语言充实地、流利地翻译出来，也给本国读者提供用本国语言阅读外国原作的体验。这可以说是基础性的、朴素的翻译观，但是笔者经过翻译中国文学作品几十年的经验，到现在也基本上还坚持这样的翻译态度。

这种态度，好像比较消极，好像不那么享有翻译的权利，而是忠实于翻译的义务，也保守地考虑翻译的边界吧。我为什么采取这样的态度，本次研讨会的主题，促使我反思为什么一直以这么谨慎的态度进行翻译。后来就想到这样的情况：这估计源于我从小对"汉文"耳濡目染的理由吧，对中国文学根本就有亲缘性的缘故吧。

一般来讲，世界的古典文学大概以东方的"汉文"、"梵文"与西方的"拉丁文"为基础而发展。从求同的角度看，中、韩、日、越等东亚古典文学的共同分母就可以说是"汉文"，这点与现代西方诸国以及南亚、中东、非洲诸国迥然不同。"汉文"后来在中国发展成为"现代汉语"，成为中国的国家语言，韩国、日本、越南后来各自创造并发展了本国的语言如韩文、日文、越南文等表音文字。不过，韩国、日本、越南的传统文化和"汉文"的亲缘性本来很大，现在也受到很大的影响。尤其是日本从小学开始教 1006 个"教育汉字"，在初高中时要学习 939 个"常用汉字"，而且日本语词汇里能表现为汉字的词汇的占有率估计相当高。韩国也在初高中教汉字（教育部规定让学生学习汉字，初中 900 字，高中 900 字，共 1800 字），相当一些范畴里通用汉字，而且韩国语词汇里能表现为汉字的词汇的占有率大概是百分之六十五左右。而越南虽然公式上废除汉字标记，但是越南语词汇里能表现为汉字的词汇也相当多。

在此仅限于韩国语文而言，对中文的亲缘性这么大，所以韩国翻译家对中国传统文化的了解程度本身是相当高的。无论现当代汉语如何造成新词新语，如何在语法上有变化，现当代汉语怎样扩展下去，都是站在传统语言基础上的改革与变化、拓展而已，在文化与语言上绝对有广泛的有根本性的因袭因素。所以从韩国翻译家对中国现当代文学作品的了解而言，可以说跟西方翻译家有迥然不同的文化语言基础，好像相当占便宜。当然这不一定能保障每位翻译家在翻译方面实际上的优秀成果。跟上面提到的一样，从求同的角度看，韩、日与中国在文化上的根基差异不是很大。当然 1949 年以后当代的情况由于社会经济与政治语境上的不同，看来有相当多的不同，不过这些大都表现在表层上的，在本质上相同或者类似的因素居多。

至于翻译的权利与边界问题，依我看来，也由于这些原因，翻译相当顺其自然，好像不需要特别发挥"翻译的权利"，好像顺其自然地消化其"权利的限制"。翻译的权利首先站在"忠实于作品文本的解释与翻译"这个原则上可以成立的。那么，在这个原则上发挥到什么样的程度？能创造性地加以解释，也创造性地重新翻译，这估计对韩国翻译家一般来说，是没有这种习惯的。从某种角度看，这估计是翻译学上的"中译韩"与"韩译中"领域的发展较晚的原因之一吧。

"翻译的权利与边界"的问题，顺便可以从"题目的变更""情节的调动或者删除""为符合或者避讳于当地社会政治文脉故意对某些细节修改或者增添"几个维度谈吧。

"题目的变更"问题。一般情况下，大都显露出直译倾向。但是以前没有牵涉到版权的情况下，翻译家为了更符合本国读者的要求，有的时候出于出版市场上的考虑（主要由于出版社的要求），曾经大胆地随便更改。如杨沫的《青春之歌》译成《满开吧，野花》；钱小惠的《邓中夏传》译成《我的灵魂埋在大陆里》；王朔的《一半是火焰，一半是海水》译成《社会主义式犯罪很高兴》；张炜的《古船》译成《黎明之河等待早晨》；柯岩的《寻找回来的世界》译成《天津的孩子们》等等。进入二十一世纪之后获得作者版权后翻译出版的也有很多更改的情况，这估计已经经过作家的同意而翻译的吧。如苏童的《碧奴》译成《泪珠》；曹文轩的《山羊不吃天堂草》译成《十七岁明子》；韩东的《小城好汉之英特迈往》译成《恶种们》，季羡林的《阅世心语》译成《什么都在过去》。其具体翻译类型与背景、特点等可以进一步讨论。不过，由于篇幅的原因，在此从略。

　　"情节的调动或者删除"问题。韩国翻译家一般很慎重，但是有的时候由于出版社的要求或者翻译家的自我需要就做大幅度删改，或者调换。韩国出版社"高丽苑"1986年把香港金庸的武侠小说"射雕三部曲（《射雕英雄传》《神雕侠侣》《倚天屠龙记》）"以《英雄门》第一、第二、第三部之名，翻译成韩文出版，全书比起原著来把情节大幅度调换，也删掉三分之一的分量。结果，虽然没有对原本的忠实性可言，但是符合韩国读者的阅读口味与节奏，非常畅销，有人说"畅销几百万部，成为书店街的话题"（剑弓人）。还有1987年韩国出版社止扬社出版杨沫的《青春之歌》的时候，也为了符合当时学生民主化运动圈的需要，大幅度地删改并加以润色，也非常地成功。如果作家事先知道这样大幅度调换与删改的情况，估计不会同意的。不过，后来授权出版的金庸"射雕三部曲"的韩译版，虽然忠实于原文比以前多得很，但是读者减少得不计其数。

　　"为符合或者避讳于当地社会政治文脉故意对某些细节修改或者增添"问题。现在韩国翻译界里估计很少有这样的情况，但是过去为了符合某一时段的煽动群众的目的，也往往有过这样的情况。如1988年一位翻译家把周钧韬的《美与生活》编译成《美学随笔》，每篇章结尾中往往增添自己对当时韩国学生与韩国工人的号召，这就是一个典型例子吧。如果原作者事先知道，不知能不能得到同意。

再谈"当代汉语的变化和扩展给翻译带来的困难和挑战"问题。

当代中国，政治与社会环境的变化超过以前的想象力，在几个历史阶段中曲折与变化尤甚，一般分为建国十七年、"文革"十年、改革开放以后的新时期、2008年奥运之后等几个阶段。大幅度的社会变化与曲折复杂的历史过程，在语言里也反映得很广很深。

铁凝的短篇小说《逃跑》里描写的一个剧团的集体生活中反映了继承传统时代的因素，但是明显呈现出社会主义集体生活的面貌，那就是"政府号令下的""城市居民储存大白菜的时代"。这个新的语境里出现很多新词新语。"爱国菜""单元门口""搬菜运动""借调出国""喊同志们""领导""报销""大卡——热量""分菜码"等等不胜枚举。这些新词新语如果了解中国当代各个阶段的社会情况与政治运动以及文化细节，不难理解。迟子建的短篇小说《白马月光》主要描写一个汉族抗日英雄出身的汉子和鄂伦春族姑娘结婚前后的生活，里面的"英模事迹报告团""地方政府将他安排在武装部当政委""上不了舞台，只能在文工团当道具师""安玉顺又被授予一枚三级八一勋章"等句子，如果能了解当时的社会政治情况，就不难理解了。张洁的散文《我的第一本书》里描写的"摆脱了虚伪的婚姻关系的妇女""那些靠裙带关系混饭吃的人"等句子可以说是当代汉语的扩展，但是理解起来实在不难。当代汉语"变化与扩展"牵涉到的领域估计比上面所提的几个例子要复杂得多。应该牵涉到词语与句式的根本性变化。

不过，更有意义的是以新的意识反映新的思潮的某些文章。依笔者的经验，文学评论之类文章与思想家型文人的杂文、演说等文章，有时候较难理解。王家新的诗歌评论《"……从这里，到这里"——关于中国当代诗歌的一篇札记》里的不少文章，如"它不仅把火车运行时车厢内那种物理的寂静转化为一种隐喻""这种困境，正如诗人廖伟棠在一篇文章中说：'失眠的诗歌如何做梦？'""也许更重要的是，我也不会允许自己因为与现实的纠葛而妨碍了对存在的敞开"等。不过，这些文章如果从前后文脉的角度彻底去了解，也可以去翻译。当然，有时我们对陈昌平的《特务》里所表现的"文革"时的特殊社会政治情况下人们的生活有时候很难理解，因此"街道又来任务，要搞一台文艺演出""给特务上老虎凳"等句子，初次看又较为难翻译了。

还有值得指出来的一点，就是有些文章如刘再复的演讲《多元社会中的"群""己"权利界限》之类，根据严复把穆勒的《论自由》译成《群己权界论》这一事实，展开讨论"多元社会中的自我与他者的问题"，虽然属于议论散文，但是和西方哲学理论配合在一起探讨，理解起来难度高，翻译起来也难度较高，这就算是当代汉语的扩展带来的困惑之一吧。

"译事难"

［蒙古］**其米德策耶**

其米德策耶（Menerel Chimedtseye），蒙古翻译家。毕业于蒙古国立大学中文系，曾在北京语言与文化大学进修，语言文学博士。曾在蒙古国家新闻广播与电视委员会任职，现任蒙古国立大学外国语言文化学院教授，蒙古国立大学孔子学院蒙方院长，蒙古中国友好协会秘书长。翻译了《中文典籍译丛》中的《论语》《孙子兵法》《大学》《中庸》，翻译了《中国现当代女作家优秀短篇小说精选》中冰心的《远来的和尚……》，张洁的《最后高度》，铁凝的《永远有多远》《哦，香雪》《火锅子》。曾获国家翻译最高奖"金羽毛"奖，世界孔子学院先进个人奖等。2015 年获中华图书特殊贡献奖。2016 年获蒙古国"功勋文化活动家"荣誉勋章。

尊敬的中国作家协会主席铁凝女士
尊敬的汉学家、翻译家
女士们、先生们：

　　非常荣幸能参加第四次汉学家文学翻译国际研讨会，两年前，我很幸运有机会参加第三次研讨会，老友重逢，十分高兴。首先向中国作家协会表示衷心的感谢。

　　翻译不仅是一门独立的科学，而且是一种不同语言间转换的语言艺术，更是一种文化的语言交际活动。从文化研究角度来讲，翻译是译者将原语文化信息转换成译语文化信息，因此，在语言翻译中必须考虑如何处理原语文化与译语文化差异。正如中国著名学者王佐良先生指出的那样，"翻译里最困难的是什么？就是两种文化的不同。在一种文化里有一种不言而喻的东西，在另一种文化里却要费很大力气加以解释。"

两年以前，在研讨会上，我提到过"多元文化的翻译"问题。文化已成为翻译中不可或缺的话题，不同民族之间的交往过程中，除了语言障碍之外，深层的原因则是不同民族的文化差异。语言差异是文化差异的投影，它反映出不同民族的深层文化底蕴。因此，学者们纷纷指出，一个优秀的翻译家不仅能跨越语言障碍，而且能逾越文化鸿沟。从这个意义上讲，语言的翻译也就是文化的翻译。由于两种不同文化的差异，常常有意无意造成许多误译。总习惯以自己本国文化价值观去理解对象国文化价值观，忽视二者之间的差异，这是造成误译的一个主要原因。

我作为一位汉学家、翻译家对中国文学、传统文化很感兴趣，我和中国有缘，与中国结缘已经三十多年了。我经常思考的是如何传播和宣传中国文学和传统文化。我在蒙古国以"中文典籍译丛"的形式翻译出版了《论语》《大学》《中庸》《孙子兵法》等中华传世名著经典的蒙文译本。2014 年，我又翻译出版了《中国现当代女作家优秀短篇小说精选》，其中包括中国著名作家冰心、张洁和铁凝的优秀短篇小说。中国作家协会主席、著名作家铁凝女士为身为一位普通汉学家、翻译家的我的这本书写了序，借此机会，向她表示衷心的谢意。

2016 年，由我领衔的蒙古国翻译团队翻译出版了《习近平谈治国理政》一书，该书的蒙语译本是第十二个外语译本。

这两年我在有关方面的大力支持下，在蒙古国创办了《蒙古国汉学研究》《翻译学》等杂志，都是由我担任主编。《蒙古国汉学研究》是蒙古国唯一一本专门研究中国的蒙文杂志，研究内容包括中国古代及现当代语言、文学、文化、政治、经济等方面，为研究中国的学者、专家、翻译家提供了一个交流的平台。

2015 年，我获得了"第九届中华图书特殊贡献奖"。这是中国政府为表彰在介绍、翻译和出版中国图书、促进中外文化交流等方面做出突出贡献的出版家、翻译家和作家而设立的国家级奖项。对我来说，这个奖励不仅是一个很大的鼓励，更是一股强大的动力。我以后要再接再厉，争取在汉学研究和文学翻译领域里取得更大的成就。

中国文学是世界文学的重要组成部分，是人类文明的瑰宝之一。如果说蒙古国汉学研究和中国文学翻译浩如烟海，我们所完成的工作不过是沧海一粟。

要成为一个优秀的翻译者，确实是很难的。大家都知道，西方人的思维方式和东方人的大相径庭。无论东方和西方，还是不同民族之间的思维方式都不一样。这种思维方式和文化差异在文学作品中表现得尤为突出。自己做了几十年的翻译，翻译中常常遇到的是"译事难"。在翻译过程中，经常遇到历史典故、隐语、土语、宗教等多方面的疑难问题。

1741 年，蒙古翻译者编印了蒙译必备的《智慧之鉴》，在该书序言中明确规定了翻译原则，这就是：忠实、流畅、艺术美。1898年，严复提出了"译事三难：信、达、雅"。时至今日，翻译者仍然以此作为翻译的主要原则和标准。忠实指的是忠于原作的内容、信息和风格；流畅指的是在再现原文的内容、信息、风格时，译文要通顺易懂、行文流畅、符合目的语的语言表达规范；艺术美是指译文既能再现原文的艺术魅力，又要适应读者的审美标准。任何一个文学翻译，要达到忠实、流畅、具有艺术美，并非易事。要是能达到，才能创造出具有高质量、高水平的译作，成为精神和风格符合原文的上乘译作。

据我的理解，目前越来越多的读者希望读到原汁原味的外国文学作品，希望从中了解包括外国语言、文化在内的原作中蕴含的方方面面。所以译作中应当尽量保留原作中的语言特色、文化底蕴等。

从"译事难"原则的角度上，我仅举几个例子：讲一讲如何准确转达出原文文化底蕴的问题。中国有一句话："宰相肚里能撑船"，蒙古也有一句话："男子汉的胸膛跑得下骏马"。蒙古国没有海洋，是一个内陆国家，大草原之国。蒙古人爱骏马。这两句词语都包含着不同民族的独特文化因素。如果译者忽视文化底蕴，以"男子汉的胸膛跑得下骏马"，来译"宰相肚里能撑船"，这意味着以蒙古文化替换中国文化。

再举一个例子：我以上说过蒙古译者已经翻译了《习近平谈治国理政》一书，中国的蒙语译者也翻译出版了这本书。这本书中的一个非常重要内容就是"中国梦"。我们蒙古国译者对"中国梦"的理解是"梦想"的梦（Хятадын мөрөөдөл），中国蒙语译者的理解很可能是"做梦"的梦（Хятадын зүүд），可以说，蒙古国汉语译者的是意译，中国的蒙语译者的是直译。这个例子表明，翻译不仅仅是一种语言活动，而且是一种文化活动。也可以说，这是一个"译事难"在语言上表现的例子。

中国著名蒙语翻译哈森女士（她先后用中文翻译出版蒙古好几位著名诗人的诗歌）曾经写道，"翻译——两种文字的转换过程中，我反复接受着来自诗歌、来自两种文字，乃至两种文化的冲击和洗礼。那些词语，多么美好，多么奥妙无穷啊。但是偏偏在另一种语言里找不到它的对应。当一个适当的表述词不能出现在第一个感觉里时，我会找来无数相近的词，筛选、推敲。此时，会发现，竟然没有一个词是完全符合原文的。因为，不同民族的文化和思维，都不在一个符号体系。每当那时，我绝望。绝望中，怪自己不该走'诗不可译的不归路'。……我还将会继续行走在这条'诗不可译，还要译'的艰难道路上。"

我作为一位翻译，十分赞赏她的奋发向上的意志。

谢谢大家！

同一条道路

乔 叶

乔叶，河南省修武县人。河南省文学院专业作家，河南省作协副主席。作品有散文集《天使路过》，小说《最慢的是活着》《认罪书》等多部。曾获庄重文文学奖、华语文学传媒大奖、《北京文学》奖、《人民文学》奖、中国原创小说年度大奖、首届锦绣文学奖等多个文学奖项。2010年中篇小说《最慢的是活着》获首届郁达夫小说奖以及第五届鲁迅文学奖。

首先，我要向在座和不在座的各位汉学家们致以我个人的敬意。作为母语写作者，我们都知道仅是通常意义上学习和使用中文就已经有了多么大的难度，更遑论在高标准的文学翻译领域。从事这项工作，不仅是一种能力，更是一种勇气。

这么多年来，因为外语水平几乎为零，所以我不知道自己的作品被译成另一种语言后是什么面貌，只能对翻译我作品的汉学家们赋予基本的也是由衷的信任。也因为外语水平几乎为零，所以我也不知道那些被翻译过来的优秀外国文学作品的最初模样，只能对那些将它们译介过来的翻译者们表示诚挚的感谢——事实上，作为一个阅读者，我在这方面想说的更多。

优秀的外国文学作品一直是我所汲取的重要的写作营养源之一。这么多年来，我读到的那些印象深刻的外国文学经典佳作，比如李健吾译的福楼拜，草婴译的托尔斯泰，吴正仪译的卡尔维诺，杨绛译的塞万提斯，朱生豪译的莎士比亚，郑云译的库切……都是拜翻译所赐。如果没有他们，我得说，我就不知道什么是世界文学。王小波曾在随笔《我的师承》中如此谈到翻译："假如中国现代文学尚有可取之处，它的根源就在那些已故的翻译家身上。我们年轻时都知道，想要读好文字就要去读译著，因为最好的作者在搞翻译。这是我们的不传之秘。"不传之秘当然是他的调侃。事实上，这种美好的秘密早已以文字为水，以口碑为舟，在读写者之间到处流传——对于以文字为生的我们而言，美好的译笔是我们所有人的师承。

　　曾听到过一种说法，说翻译是对原著的临摹，每个人有每个人的临摹方式，对此我真是不能苟同。风景可以临摹，但翻译怎么可以是临摹呢？我一直觉得，一个好译者，也必须且一定是个好作家。面对原著，作为译者，他必须得钻进作者内部，钻进他们的灵魂深处。他融入血液去体会，深入肌理去体验，探入骨髓去体察，然后再用自己的译笔竭尽所能去"信、达、雅"地表达。所谓翻译，就是这样一件事。这怎么是临摹呢？如此轻浮的比喻对翻译而言，是一种粗暴。

　　其实，在为这个会议做功课之初，我心里很没有底。外语水平几乎为零的人，有资格谈翻译么？我这么问自己，汗都下来了。后来我在网上闲逛，看到著名作家毕飞宇老师的论点，才踏实下来。毕飞宇先生是南京大学的教授，他给他的学生讲文学课时说："你们也许会偷着笑，笑我一点外语都不懂，还来谈翻译，哪里来的资格？我告诉你，我有。我是汉语的读者，这就是我的资格。——看一篇译文翻译得好不好，在某些特定的地方真的不需要外语。"

　　然后他举了两个例子。其中一个是奈保尔的小说《米格尔大街》的第六篇《布莱克·沃兹沃斯》，里面有一句话来描述一个乞丐，其中一个译本是：

　　下午两点，一个盲人由一个男孩引路，来讨他的那
份钱。

另一个译本是：

　　下午两点，一个盲人由一个男孩引路，来取走他的那
一份钱。

　　这两句话的根本区别就在于最末句的两个动词，一个是讨，一
个是取。毋庸多言，两个动词的区别，使得翻译者的境界高下立判。

　　另一个是《朗读者》的译本。在小说的第四章，女主人公汉娜
正在厨房里换袜子。毕老师说，换袜子的姿势我们都知道，通常是
一条腿站着。有一位译者也许是功夫小说看多了，他是这样翻译的：
"她金鸡独立似的用一条腿平衡自己"，毕老师说：为什么要"金鸡
独立"呢？老实说，一看到"金鸡独立"这四个字我就闹心。无论
原作有没有把女主人公比喻成"一只鸡"，"金鸡独立"都不可取。
它伤害了小说内部的韵致，它甚至伤害了那位女主人公的形象。

　　我认为毕老师的批评一点儿都不夸张，而依据这些细枝末节，
富有文学素养的读者们无论外语水平如何，只要把若干中文译本拿
来比对，就能够做出明智的选择。因为它们如同切片，清晰地暴露
着翻译者的文学品格和审美层次。也是从这个角度上讲，尽管原著
者潜伏在作品深处，翻译者又潜伏在原著者深处，但其实他们都无
处可藏。

　　都说文学在这个时代很边缘，那么文学翻译自然就更是边缘的
边缘。于是身处边缘的我一直对更边缘的翻译者们也抱有强烈的好
奇心：在这个时代，身为一名文学翻译者，他们到底是怎么看待翻译

的？翻译对于他们，到底意味着什么？一个偶然的机会，我读到了黄灿然给一个青年翻译家的信。他在信里说："其他领域都有神童或早熟的天才，翻译领域里没有。一个译者三十五岁能出版一部自己后来不汗颜的翻译作品，已算是个幸运儿。"他说翻译是一种综合能力。如果想要提高："大量阅读英语文章和著作，这是最关键的：既是你避免仅仅成为热情的译者的重要一步，也是你将来可能成为优秀的译者的重要一步。读英语作品就像移民，你必须越出你原来的舒适区。你在英语读物的世界中，最初是人地生疏，无所适从，也不知所谓，无比自卑，无比沮丧。但你会适应并奋发图强——不过如同移民，你别寄望很快适应，可能需要三五年，十年八年。不要紧，那地方最终会成为你的新舒适区。"在梳理身为翻译的心路历程时，他谈到了面对错误时的沮丧和羞耻，谈到了面对障碍时的恐惧甚至崩溃，当然也谈到了业外人难以明了的乐趣和幸福。

　　他谈的是英译中，但我想，这些本质的过程对于任何语言的翻译者都是一样的，当然也包括汉学家们。他的话使我觉得：文学翻译的密码无穷无尽无边无涯，某种意义上，翻译者像解密者。他们这些解密者，对内，是浪潮汹涌的自我怀疑、接踵而来的挫败感以及千姿百态的煎熬和折磨，对外，是孜孜不倦的更新、皓首穷经的学习和越来越多的付出以及在物质层面上来说与付出极其不成正比的收获。负载着这一切，他们很像英雄。当然，他们从不把自己当成英雄。而正因为此，他们才更像英雄，可爱可敬的英雄。

　　由黄灿然的这些感受，我也想到了这次会议的其中一个议题：当代汉语的变化和扩展给翻译带来的困难和挑战。我想，这其中有两层意思需要琢磨。

　　一是变化和扩展。变化和扩展每个时代都有，尤其是在当下，简直可说是每年每月每天都有，如江河大浪。每天在母语中浸泡，我对母语的波动保持着一种职业化的敏感，但是我想，不是所有的变化扩展都有被关注的价值，尤其是文学上的价值。这个很需要警惕。比如说从"不明白但觉得很厉害"到"不明觉厉"，这样的缩写，还有"长知识"化音为"涨姿势"，"知道"化音成一个字"造"，我都觉得很无聊。但"脑洞大开"和"且行且珍惜"之类我觉得就相对有趣一些。我想，作为作家，我们在关注母语变化扩展的同时，应该也要淡定一些，从容一些，沉静一些，不要动不动就大惊小怪，也不要动不动就把流通率最高的当下词汇融进自己的作品里。我们有责任对这些变化扩展进行严格的质量拣选。而这一点，也是汉学家们能够在后期进行优质翻译的一个必要前提。

二是困难和挑战。精神领域的事情不可能没有困难，困难意味着挑战，困难也意味着宝藏，写作如此，翻译也是如此。但是，要开掘我们的宝藏却没有更好的办法，只能慢慢来。时光飞渡，我们的事情却是慢的属性。如同普洱茶，就是光阴沉淀的美味，年岁越久，逆着时间来追随它的人就越多。我想，我们的文学创作如此，我们的文学翻译也是如此。我曾写过一篇小说，名叫《最慢的是活着》。常常有读者让我为这本书签名，对一般的读者，我喜欢签"最快的是时间，最慢的是活着"。如果是写作同行，我喜欢签"慢慢活，慢慢写"。今天，在这里，我想说的仍然是：慢慢活，慢慢写。所谓的写，既包括写作者，也包括翻译者。虽然先后有序，但写作者和翻译者走的原本就是同一条道路。我们这条路，注定撵不上潮流。那就让我们落在潮流后面，潜心打造我们的宝贝。

以此和大家共勉。

谢谢。

如何面对和翻译当代中国小说

邱华栋

邱华栋，1969年生于新疆昌吉市，作家。曾任《中华工商时报》文化版副主编、《青年文学》杂志主编、《人民文学》杂志副主编，现任中国作协鲁迅文学院副院长。作品有长篇小说《夜晚的诺言》《白昼的躁动》《正午的供词》《花儿与黎明》《教授的黄昏》《单筒望远镜》《骑飞鱼的人》《贾奈达之城》《时间的囚徒》《长生》等十多部，系列短篇小说《社区人》《时装人》《我在那年夏天的事》，中篇小说集、电影和建筑评论集、散文随笔集、游记、诗集等九十多种。曾获第十届庄重文文学奖、《上海文学》小说奖、《山花》小说奖、北京老舍长篇小说奖提名奖、中国作家出版集团优秀编辑奖、茅盾文学奖责任编辑奖状、《小说月报》百花奖优秀编辑奖、萧红小说奖优秀责任编辑奖、郁达夫小说奖优秀编辑奖等十多次。多部作品被翻译成日、韩、英、德、意、法、越等多种文字。

翻译家是将一种语言文学通过另外一种语言文学进行转换的过程。这一过程极具创造力，几乎是再造了一个作品，因此，好的翻译家就是一种类型的作家。这是具有创造性的工作。我们不可能忽视翻译家的功劳。

小说还能存在下去的最大的魅力，就在于想象力，而想象力则是基于现实的无尽的遐想、想象、幻想、梦想，乃至东想西想，前思后想，胡思乱想和无边空想。想象力是文学存在的根本理由。翻译家首先要翻译的，就是确认一个作家的想象力的边界。

　　比如，伟大作家，从但丁、李白、塞万提斯到曹雪芹、卡夫卡、卡尔维诺、博尔赫斯、莫言，都以一己之想象，创造了一个伟大的、为人类所能共享的文学世界，在这种意义上说，非虚构文体（我以为包括纪实文学、报告文学、深度报道、传记、日记、历史研究、调查报告、新闻特写等各类文体）是替代不了伟大作家的想象力文学的，也就是说，虚构，插上了想象力的翅膀，永远都比非虚构飞得高，飞得漂亮。这不是等量齐观的事情，而是有个高下的分别。

　　当然了，这不过是我的一家之言。实际上，人类生活的丰富性和快捷，多变和纷扰，使得非虚构文学还会不断发展，也会蔚为大观。翻译家喜欢不喜欢翻译非虚构文学？我觉得可能是不喜欢的。因为虚构文学更有想象力。

　　一个翻译家朋友问我，现在的中国当代小说，到底是一个什么样的情况？是不是也很边缘化了？现在，有网络媒体，有博客、微博、微信，谁还看小说啊？即使是一些搞影视的，直接买具有IP价值的网络文学去了，谁看纯文学啊？似乎纯粹的文学，越来越虚弱无力了是不是？翻译家应该翻译什么样的文学作品？另外，小说凭借纸张来传播，这种纸媒的命运是不是越来越不妙了？代之出现的，会不会是小说传播的电子化？

　　我想，关于小说传播的电子化网络化问题，这肯定是一个趋势。不过，我觉得，纸媒介将和电子与网络文本长期共存下去。

　　很简单，这两种媒体怕水，怕火，电子媒体更是还需要电源，也就更脆弱，虽然容量大，但我们有时候需要的不仅仅是容量。

　　而关于当代中国小说的状态，我的回答是，现在，中国当代文学整体上来说，回到了它应该在的地方。当代中国文学不仅没有虚弱无力，相反呈现了接近真正繁荣的时期。今天的当代文学，呈现了非常丰富的多元景观，各种各样的美学圈相交、相切甚至是相离，这都是文学本来就应该具有的面貌，而且，我们的一些作家，通过自己这三十年的写作探索，已经和几个大的语种的文学，比如法语、西班牙语、英语、德语文学的水平拉近了距离，中国当代一些优秀的作家，即使是在全世界范围来看的话，其创作的水平，也丝毫不亚于同年龄的其他国家的作家。

由于出版的商业化，今天一些著作畅销的作家，发行量很大的文学作品，每年都有，而读者也并没有减少，所以，何谈文学的虚弱？

现在的中国作家也很分化和多元，有少量作协系统的专业作家（专业作家据说不到一百个），也有自由撰稿人，有为影视剧写作的写作者，也有靠写随笔、策划案、专栏为生的作家，大家都在一个环境下生存。但是，这只是文学的外部景观。真正的文学首先都是指向心灵的，是一个时代的心灵景象的描绘。一个杰出的作家，在他所处的时代里，时代和大众对他的接受总是要慢一些。商业化也不见得会伤害一个作家。我还了解到，狄更斯当年写小说，为了赚钱，可以同时写三四部作品给不同的报纸连载，他的作品不是照样成了经典？有时候，是读者造就作家的。所以，翻译家还是要有所选择。

我觉得，从鲁迅到莫言这百年的现代汉语文学的发展，这些优秀的作家，写作的背景都是农村和农业社会，而未来能够成为汉语文学增长点的，毫无疑问是以城市为背景的文学。下一个可以代表中国文学发展阶段和水平的，必将是以城市为背景的，写出了现代中国人精神处境的作家，就像是美国作家索尔·贝娄或者约翰·厄普代克那样的作家，比我们年轻的作家有望获得更大的成功。因此，希望翻译家多多注意更年轻的中国作家。

今天复杂的社会生活已经包围了我们，而且，中国的社会呈现出一种前农业社会、农业社会、工业社会和后现代社会并置的局面，也给作家提供了丰富的写作资源。所以，作家还是大有可为的。翻译家应该感觉到中国文学作品的多层次和多角度。

　　我觉得在现在这个多媒体的时代里，小说的传播手段可以更多。今后的作家，会尝试更多的文学传播的手段，比如杂志刊登、出版纸介书籍、网络发表、报纸连载、改编影视、电子出版，甚至可以制作衍生成游戏软件，这样，一部文学作品的流通范围就会更广了，所以，对小说来讲，今天多媒体的互动和撒播，是一个非常有利的生存条件。

　　小说会死吗？答案是否定的，因为我们还在使用着语言，而文学就是语言的艺术。语言讲述各个国家和民族各种各样的原型故事，保持一个民族的特性、心灵世界、生活景观和想象力，除非语言死了，小说的末日就到了。那样，一个种族也就灭亡了。对于翻译家来说，中国当代文学呈现的，正是一个巨大变化的时代里的景象，现在，正是翻译家关注、介入和持续地进行中国当代文学翻译好时候。

与中国文学携手同行

［美］**石峻山**

石峻山（Josh Stenberg），美国翻译家，作家。毕业于哈佛大学东亚语言与文化系，英属哥伦比亚大学硕士，南京大学文学院戏剧戏曲博士学位。现任英属哥伦比亚大学博士后研究员，研究方向为中国传统戏曲、海外华人文学与戏剧、翻译学。翻译的作品有苏童的《离婚指南》《刺青时代》《园艺》等二十篇中短篇小说，叶兆言的《花影》，黄梵、韩少功、洁尘、晓苏、朱山坡、张执浩等作家的短篇小说和诗歌，以及《桃花扇》《牡丹亭》《红楼梦》等二十多个剧目。2013 年主编《伊琳娜的礼帽：中国最佳新短篇小说》。英文短篇小说多次在加拿大、中国香港、美国、巴西、波兰等地发表，被译为葡萄牙语、波兰语。诗歌多次发表在北美诗刊。

翻译的权利和边界

谈及翻译工作过程中的权利问题，我们需要关注翻译工作者这个群体。在欧美国家，除非是发表关于翻译这项工作的文章或书籍，否则，若是仅仅作为译者，他们越来越难以在学术研究机构里立足。我注意到，西方的文学作品翻译者们处于一个不稳定的职业状态，时常为自己的低工作地位、低报酬和翻译作品的有限传播而感到沮丧。在以英语为工作语言的学术界，留给翻译工作者的空间似乎正在变窄。翻译这项工作变得越来越普遍。除了高校的汉学家，更多的人参与到其中来。同时，它也朝着难以自我把控和低质量校审的趋势发展。尽管关于翻译工作者现状的主流态度不得不展现出乐观的一面，但我们还是应该考虑到翻译工作权利方面的局限性。首先，作为一个职业，翻译几乎是不存在的。在欧美国家，很少有教授中英翻译的课程项目。一些汉译英文学作品的译作都未放上译者的姓名。

对于所有相关人来说，翻译工作的局限性很大程度上是经济方面的。中国各部门对翻译工作的支持日益加大，这主要体现在当代文学作品翻译数量的显著上升。但其有结构上的具体限制。资金申请不够透明或集中管理。翻译和作者都需要了解更多的有关项目资金支持的信息；文学杂志在国外的发行范围和发行量也应该更广泛些。此外，对翻译文本的编辑支持也很关键。目前，对译文进行语言和风格方面校审的工作很少。

在目标语言方面，中英文学翻译的部分局限包括西方对类型小说的偏爱、诗歌和非虚构散文的市场冷清，以及保守的出版策略，这只利于继续翻译可数的几位作者的作品。大的图书发行商关注的是类型小说，或者那些似乎预示着可观的读者市场的书籍；而小的图书发行商对于英语读者大众来说几乎是不起眼的。在中国研究中，文化和文学比重的持续减少也限制了翻译工作本可以带来的影响力。另外，资金提供方对翻译边缘和少数群体声音的不情愿同样也限制了中国文学在海外应有的影响力。

当代汉语的变化和扩展给翻译带来的困难和挑战

在我看来，当代汉语的变化和扩展并不是翻译工作者所面临的最大挑战。任何一种尚在被使用的语言都是无声、个体化和具有区域属性的。在汉语中出现的一些新变化往往也同样在其他语言中不断会出现。这使得翻译这项工作具有切题性和时效性的特点。此外，中国现在是一个活跃和开放的社会。翻译那些作者尚在世的文本意味着即使不是从作者本人处，你也可以从那些同你有相同或类似语言表达习惯的同行那里获得一些信息或帮助。同翻译古代文学相比，当代汉语的变化和扩展在翻译现当代文学作品中是微不足道的。但是，我们依然值得谈一谈语言的多样性，以此来强调在中英翻译中探索更多有不同地方特色的文学作品和翻译体验的必要性。来自少数民族地区或具有鲜明语言/文化特色的汉族地区的文学作品，只有极少的一部分被译成了英文。更多的区域性努力（比如翻译关注特定地区或广东、福建、广西、四川等省区的选集）将会有助于平衡中国文学的大格局。西方世界对中国和中国文化的认识仍然依靠来自有关北京和上海的翻译作品——但这两座城市并不能代表整个中国。然而，译者在选择翻译作品时的偏好却恰恰进一步强化了北京——上海这条大城市轴线。

可译与不可译——语际书写的困惑

翻译的目标是明确和被广泛认同的。这一假定的事实成为了讨论"可译"这一问题的出发点。但事情果真如此吗？对于那些不从事翻译工作，或关注"可译"问题的人来说，翻译通常指：用尽可能"忠实"的方法，把一个事物从源语言转换成目标语言。但凡是从事翻译的人都知道，"忠实性"一直都是有争议的；此外，翻译成目标语言后的文本的可读性和信息传递性也是一个问题；并且，各语言是相互不呼应的。这些认识是翻译学的基础，而并非不少外行人想当然认为的那样，即：翻译不就是把这个语言说的道理用另一种语言表达出来吗？有什么值得研究的呢？

我个人并不确定，困惑就是翻译工作中的一个主要特点。反过来说，或许消除翻译过程中产生的困惑是一个有意思的话题。不可

译并不是一种麻烦，而是谦逊的认可，即，任何语言（和读者）的
文化体系使得读者们对一个（翻译）作品的反应可以互不相同。以
一首中文诗为例，一位读其译文的加拿大读者（任何一位加拿大人
都不能代表整个加拿大读者群）的感受和一位读原文的中国读者（任
何一位中国人也不能代表整个中国读者群）的感受可以不完全相呼
应。一个人如何可以谈及相呼应的感受呢？鉴于读者之间的相互
呼应总是趋于接近状态，因此，不可译并不是一个特别值得关注的
问题。英汉表达体系无法相互兼容，所以任何坚持精确翻译的人都
不会是一位好的，或者至少不是一位合格的译者。在英语（或其他
欧洲语言）和中文之间，没有寻求精确的环境条件。换言之，可译
性的问题，或翻译中出现的错误，这些可以通过为译者创造更多的
同场交流的机会和开展工作坊来得到改善，让分别以中英文作为母
语，且从事中英翻译的人并肩工作，尤其是在诗歌翻译方面。这无
疑是翻译许多文本，尤其是诗歌最好的翻译模式。但它经常受资金
限制而无法得到实践。除了几个个案，比如 Vermont Studio Centre's
Henry Luce Foundation Chinese Poetry & Translation Fellowships， 我
尚未碰到提供这种持续合作的项目。在云南或贵州这样的地方（最
好是在偏远地区）建立一个类似的翻译合作项目，尤其是如果顺带
提供资金支持，将会有益于各文化间的交流。

中国文学翻译和中国"经典"文学翻译：读者口味及市场要求——意大利文学市场

［意大利］**史芬娜**

史芬娜（Stefania Stafutti），意大利翻译家。那不勒斯东方大学博士后，曾任意大利都灵大学中国语言与文学专业教授，意大利都灵市孔子学院院长，意大利当代中国高级研究中心主任，主要研究方向为中国现当代文学。已出版一系列关于二十世纪初以来中国语言文学的研究著作和译著。主要翻译作品有蒋子龙的《炉光》，任晓雯的《阳台上》，张悦然的《竖琴·白骨精》等。参与合译短篇小说集《上海组曲》中穆时英的《白金的女体塑像》，施蛰存的《梅雨之夕》，叶灵凤的《第七号女性》。

二十世纪五十年代到七十年代，中国文学作品开始逐渐被翻译成意大利语，但大部分还是通过其他语言翻译的。首先被翻译的是中国古典名著，如《红楼梦》《水浒传》等。在现当代文学方面，鲁迅的作品是比较有代表性的，而且其中一部分是从中文直接翻译到意大利语的。

1968年，有一部非常重要的作品《中国古诗》出版。这本书不是直接从中文翻译到意大利语的，但意大利著名作家、诺贝尔文学奖获得者蒙塔莱专门为这部作品写了序言。

总的来说，在二十世纪五十至七十年代，中国文学作品并不为意大利人所熟知。这一时期最有代表性的作品，要属罗萨娜·比洛内主编的这本书，概括性地介绍了这一时期中国的主要作家及其代表作品。

二十世纪八十年代起，意大利专注于研究中国的学者数量不断增加，意大利民众对中国的兴趣也越来越大。因此，从中文直接翻译成意大利语的中国文学作品也开始增多。这一现象不仅体现在中国古典文学作品的翻译上，也同样涉及当代文学作品领域。一批中国新电影的成功，对中国文学在意大利的传播起到了非常重要的推动作用。意大利学者对中国文学中表现出来的"时代性"也非常敏感。因此，这一时期翻译作品中出现了不少展现八十年代初中国社会变革的作品，即"四个现代化"阶段。那个时代的意大利汉学家和学者大部分是把中国翻译成意大利语的文学作品当作一种了解中国社会的工具。他们基本上不集中在文学本身的美学质量。

从九十年代起，意大利翻译家和学者在翻译中国文学上的态度有比较大的变化。他们更注意到文学作品本身的美学质量。这种新的态度产生的结果分几种：比如说特别是进入二十一世纪后，一个在中国已经几乎被遗忘的文学流派，重新引起了欧洲和意大利学者们的极大关注，这就是"新感觉派"，也被称为"上海派"。我想，"上海派"文学在翻译家领域受欢迎的一个原因是因为这个文学流派完全离开了政治的领域。总的来说，二十世纪三十年代的上海文学作家主要的特点是"为了文学而写文学"。

最近二十年来，从中文直接翻译到意大利语的中国文学作品比较多，一大批意大利年轻的翻译家和多家出版社开始集中在中国文学。

意大利语版的《路灯》(*Pathlight*)，意大利的名字叫作*CARATTERI*，是第一本专门介绍中国文学的意大利语杂志，从 2014 年起每年出版一期，由人民文学杂志社出版。这本杂志不仅是意大利读者了解中国新文学的窗口，也是大学老师们的一个教学工具，同时也是意大利年轻一代翻译家崭露头角的舞台和中国作家的展示平台。最近，在该刊第二期发表的一篇张悦然的短篇小说引起了意大利出版社的兴趣，并将翻译出版她的作品《十爱》和《誓鸟》。

在意大利，专业性的小型出版社发挥着重要作用。在线发行帮助他们获得了一批忠实的读者，主要包括以下类型：

——专家（汉学家、中文老师们等）

——文学爱好者

——亚洲和中国文学爱好者

——学习中文的学生（这是不容忽视的一个读者群体，目前在欧洲国家中，意大利学习中文的学生数量是最多的）

在意大利，这些专业性的小型出版社的市场虽然不是很大，但是还是比较稳定的。目前，经济专家把所谓的创新企业也当作一种离不开市场的企业。

那么，文学作品该如何迎合市场呢？比如在上世纪九十年代的时候，有这么一种情况：作品的选择取决于美国（英文）市场。那些在美国市场上获得成功的作家，就会被介绍到意大利。但这种策略并不是总能成功。因为欧洲读者的口味和美国人完全不同。其实，通过欧洲电影的发展，就能理解这一点。在意大利外文文学市场，特别是中文翻译成意大利文的文学市场，在我看来，经典文学的翻译，以及如何使他们成为中国文学翻译领域必不可少的部分，至今还是一个无法解决的问题。我在这里提到的经典文学，指的并不是那些极具文化代表性的古典文学作品。

一年前，我向一家意大利大出版社推荐了《骆驼祥子》，他们的回答令我十分担忧，他们是这样回答的："我们认为这本书不符合当今读者的口味。"

一部创作于上世纪三十年代的作品确实很难符合当今读者的口味。但是，如果文学作品所涉及的话题和情感是在全人类都能引起共鸣的，那么它就一定也会被当今的读者所理解。如果阅读仅仅局限于当代作品，是非常危险的。值得一提的是，对于《骆驼祥子》的文本，一些新版本已经做了不少现代化处理，比如国家大剧院版的同名歌剧。作为一部歌剧，内容肯定是会与文学版本有所区别的。这些新版本的出现，也有助于我们关注和理解文学作品中的内容。

翻译需要努力做到的是要将一种用现代方式"说话"的语言展现在当今读者面前。这是翻译所面临的唯一挑战。

谈到《骆驼祥子》，翻译的挑战从题目就开始了。目前世界上通用的译名是 *Rickshaw boy*，如果不能正确地翻译好这个题目，那么小说的第一句话就将难以理解，而这句话是整部作品的关键所在。

> 我们所要介绍的是祥子，不是骆驼，因为"骆驼"只是个外号；那么，我们就先说祥子，随手儿把骆驼和祥子那点关系说过去，也就算了。（是作家没有承认的翻译）

在我看来，应该用 *FortunatoCammello* 作为作品副标题，配合西方人熟知的题目 Il ragazzo del riscio（即"三轮车夫"一起使用）。而且这里的 Cammello（骆驼）正好也是一个意大利姓氏。紧接着，作者详细描述了祥子所属的社会阶层的特点。

> 北平的洋车夫有许多派：年轻力壮，腿脚灵利的，讲究赁漂亮的车，拉"整天儿"……

这段描述所体现出的价值观是能够引发全人类共鸣的：穷人的软弱同时也体现在他们的不团结上。对于他们来说，只要稍稍比其他人过得好一些就知足了。这段描述也是整个作品的逻辑所在，它明确地告诉我们：基于个体的社会救赎是不存在的。这一点即使放在当下，也一样是极具意义的。

只有通过好的翻译语言，才能让现代读者理解和领会这一含义。

北平的洋车夫有许多派：年轻力壮，腿脚灵利的，讲究赁漂亮的车，拉"整天儿"，爱什么时候出车与收车都有自由；拉出车来，在固定的"车口"或宅门一放，专等坐快车的主儿；弄好了，也许一下子弄个一块两块的；碰巧了，也许白耗一天，连"车份儿"也没着落，但也不在乎。这一派哥儿们的希望大概有两个：或是拉包车；或是自己买上辆车，有了自己的车，再去拉包月或散座就没大关系了，反正车是自己的。

比这一派岁数稍大的，或因身体的关系而跑得稍差点劲的，或因家庭的关系而不敢白耗一天的，大概就多数的拉八成新的车；人与车都有相当的漂亮，所以在要价儿的时候也还能保持住相当的尊严。这派的车夫，也许拉"整天"，也许拉"半天"。在后者的情形下，因为还有相当的精气神，所以无论冬天夏天总是"拉晚儿"。夜间，当然比白天需要更多的留神与本事；钱自然也多挣一些。

年纪在四十以上，二十以下的，恐怕就不易在前两派里有个地位了。他们的车破，又不敢"拉晚儿"，所以只能早早的出车，希望能从清晨转到午后三四点钟，拉出"车份儿"和自己的嚼谷。他们的车破，跑得慢，所以得多走路，少要钱。到瓜市，果市，菜市，去拉货物，都是他们；钱少，可是无须快跑呢。

在这里，二十岁以下的——有的从十一二岁就干这行儿——很少能到二十岁以后改变成漂亮的车夫的，因为在幼年受了伤，很难健壮起来。他们也许拉一辈子洋车，而一辈子连拉车也没出过风头。那四十以上的人，有的是已拉了十年八年的车，筋肉的衰损使他们甘居人后，他们渐渐知道早晚是一个跟头会死在马路上。他们的拉车姿势，讲价时的随机应变，走路的抄近绕远，都足以使他们想起过去的光荣，而用鼻翅儿扇着那些后起之辈。可是这点光荣丝毫不能减少将来的黑暗，他们自己也因此在擦着汗的时节常常微叹。不过，与他们比较另一些四十上下岁的车夫，他们还似乎没有苦到了家。这一些是以前绝没想到自己能与洋车发生关系，而到了生和死的界限已经不甚分明，才抄起车把来的。被撤差的巡警或校役，把本钱吃光的小贩，或是失业的工匠，到了卖无可卖，当无可当的时候，咬着牙，含着泪，上了这条到死亡之路。这些人，生命最鲜壮的时期已经卖掉，现在再把窝窝头变成的血汗滴在马路上。没有力气，没有经验，没有朋友，就是在同行的当中也得不到好气儿。他们拉最破的车，皮带不定一天泄多少次气；一边拉着人还得一边儿央求人家原谅，虽然十五个大铜子儿已经算是甜买卖。

此外，因环境与知识的特异，又使一部分车夫另成派别。生于西苑海甸的自然以走西山，燕京，清华，比较方便；同样，在安定门外的走清河，北苑；在永定门外的走南苑……这是跑长趟的，不愿拉零座；因为拉一趟便是一趟，不屑于三五个铜子的穷凑了。可是他们还不如东交民巷的车夫的气儿长，这些专拉洋买卖的讲究一气儿由东交民巷拉到玉泉山，颐和园或西山。

这段内容体现出两个主要特点：

——模仿车夫们的行话；

——语言受到"老北京方言"的影响。

在这里，翻译必须找到一种合乎逻辑的行话语言，而且要非常注意语言的准确性，必须要站得住脚。

　　在方言的翻译上，翻译的选择就非常个人化了。我本人选择使用意大利北方的方言对其进行处理，因为北京也是中国北方的城市，我本人也来自意大利北方。在我看来，这部作品的最难点在于它的叙事方式：伴随着主人公的悲剧不断发生，直至后来的沦落。这种叙事方式是欧洲十九世纪文学作品的主要特点，确实很难迎合当今读者的口味。

　　这是一种"教导性／教育性"的范例，为的是能感动当时的读者。但对于不那么天真的现代读者来讲，阅读一部用这样的叙事方式写的作品，显然是很辛苦的。在现实生活中，三轮车夫的生活和祥子的生活距离并不遥远。

可译与不可译

——关于翻译小说意境的一个问题

[保加利亚] **思 黛**

　　思黛（Stefan Rusinov Ivanov），保加利亚翻译家。毕业于索菲亚大学汉学专业，索菲亚大学翻译编辑专业硕士，华中师范大学中国现当代文学专业硕士。现任普罗夫迪夫大学中国文学讲师，索菲亚大学中国文化讲师。主要翻译作品有莫言的《檀香刑》《火烧花篮阁》，乌青的《有一天》，马建的《亮出你的舌苔或空空荡荡》，以及何立伟、阿城、苏童、马原、残雪、余华、卫慧、何小竹、赵汀阳等作家的作品。翻译了电影剧本《刺客聂隐娘》和《黄金时代》。准备翻译阿城的《棋王》《树王》《孩子王》和刘慈欣的《三体》三部曲。

一　意境——文学中"气氛"的意义

　　内容和形式是文学作品结构的一种经典二分法。尽管在后现代文学理论中这两个概念的意义已经很模糊，没有太大的理论作用，但是在翻译范围却还是可以帮我们思考一些重要问题。最简单地说，所谓内容是文学作品的故事情节，而形式是文学作品的语言。更具体说，除了故事情节本身以外，每部文学作品还有一个很重要的元素，也就是作者通过语言创造的气氛、意境、话语、世界观。这是两个关键问题的对立："写什么"和"如何写"。经常是后者带着作品的关键信息，是它能够创造一种现实，并把这种现实的意识形态传染给读者，也是它给读者带来很多当代学者关注的语言快感。这不仅取决于作者的叙述能力，而经常是语言本身表现自己少见的深层特殊能力。所谓语言快感是经常被忽略的一个文学效果，它不仅是从阅读获得的简单乐趣，而是文学能够引起的一种复杂心理活动，即主体的摇动。如果是日常语言建构一种话语，而生活在这个话语中的我们就产生对现实（包括我们自己）的一定的、固定的理解，那么有一些文学语言却具有摧毁这个现实的能力，或者至少让我们怀疑这个现实的固定性。具体来说，有的文学语言能够把人意识中的一些最基本的概念，如时间、性别、个性、自我等等，模糊化或者颠覆或者直接毁灭。这种文学效果是人类意识很有用的一个经验，是人类延续思想发展却不致死板僵化的一个重要工具。

二　翻译意境的可译与不可译

阅读外语文学作品的时候，这个现象是特别明显的，因为对一个人来说，外语自然地带着很多与自己的语言不同的地方，因此创造的话语自然地也很不一样。因为外来的话语是对本土话语，也就是说对自己固定的现实的一种闯入和攻击，所以我们在接触不同文化的时候，有一种很强烈的趋势，即同化外来的文化和自己的文化，或者用自己的话语解释外来的文化。这当然是一个悖论。

正是因为这种效果是语言本身的一些很特殊的、独一无二的特征，也可能是因为翻译学和翻译职业的一些缺陷，所以在翻译过程中译者经常轻易地或者不得不忽略意境这个重要因素。

在这个意义上，表面看翻译也是一个悖论。是拿一个文本用另外一门语言对它进行重写。而在这个重写的过程中经常会有很多失掉的细节。也正是因此译文经常受"根本不如原文"的批评。可惜，大部分情况下这些批评是有道理的。我看过一些我很喜欢的中国当代文学作品的英文翻译，比如阿城、莫言、残雪的小说，就觉得很乏味。其实，这些译文翻译得非常正确，没有任何意义上的错误，故事重写得很完整。但是故事在，阅读的乐趣为什么不在呢？在中国很受读者喜欢的作品为什么在外国受读者的冷漠态度？就是因为译者对意境的忽略。译文失去的那些东西就是因为在翻译过程中缺少对意境的考虑。其实这些特点是各种各样的，经常是很微妙的。杜鲁门·卡波特曾经说过，仅仅是一个逗号都能够破坏文学作品的气氛，也就影响读者的阅读经验。

其实在某个程度来说，失去一些信息是没有办法的，即使是一个人想理解另一个人，不管这两个人是不是用同一门语言，也是一个荒诞的悖论，但是这完全不意味着因此人类要放弃沟通，拒绝交流的意义。正好相反，在沟通中要更加细心，培养对最小细节的敏感。不仅考虑如何最自然地重写作品的故事（其实这点也已经够难了），还考虑如何保留文学的气氛。这种气氛不一定是能够被翻译的，但是一定是要被注意到的，被考虑到的。不然，沟通就无法完成其最基本的功能：达到理解。

三　阿城短篇小说《雪山》中的意境

"意境"这个概念平时都用在诗歌范围里，很少用在小说范围里。但是用在小说上这个概念也是很有意义的。80年代的时候在中国出现了很多注重意境的作家，特别是从古典文学吸取世界观的寻根作家，如何立伟、韩少功、阿城等等。

阿城有一篇很特别的小说，叫《雪山》，篇幅很短，故事一般，就是对一个人爬山的描述，表面上没有什么值得注意的，我第一次开始看的时候也觉得很平淡。但是这篇小说其实很微妙地、很精彩地体现中文的一些潜在的能力与诗意。下面是该小说的开头：

　　太阳一沉，下去了。众山都松了一口气。天依然亮，森林却暗了。路自然开始模糊，心于是提起来，贼贼地巡视着，却不能定下来在哪里宿。

　　急急忙忙，犹犹豫豫，又走了许久，路明明还可分辨，一抬头，天却黑了，杂杂路，灰不可辨，吃了一惊。

　　于是摸到一株大树下，用脚蹚一蹚，将包放下。把烟与火柴摸出来，各抽出一支，正待点，想一想，先收起来。俯身将草拢来，择干的聚一小团，又去寻大些的枝，集来罩在上面。再将火柴取出，试一试，划下去。硫火一蹿，急忙拢住，火却忽然一缩，屏住气望，终于静静地燃大。手映得透明，极恭敬地献给干草，草却随便地着了，又燃着枝，噼噼啪啪。顾不上高兴，急忙在影中四下望，抢些大枝，架在火上。

　　这篇小说很好地体现中国古典诗歌的一个很重要特点。虽然我看过很多中国古典诗歌的翻译和研究，但是我很少见过学者注意这个问题，即我们当代人非常注意的一些基本信息，如时间、性别、个性、自我，在很多古典诗歌那里，在阿城的这篇小说也是，完全缺席。如果要把这篇小说翻译成某种西方语言，那么就要问很多具体问题，如"这个故事是什么时候发生的：过去、现在、未来？""这个故事的叙述者是谁？是人还是自然？是第一人称还是第三人称？""故事的主人公是男的还是女的，是一个人还是几个人？"等等。在读原文的时候，根本不需要提这些问题，就还是可以很顺利地读完这部作品。即使非要问，那么最正确的答案就是："都是"。不用选一。这就是古典汉语的一个很重要特点，它能够把固定的概念模糊化，让词语接近事物本身的最基本特征。

　　我认识的语种中，没有一个能完美地传达该小说创造的这种意境。不过，如果只翻译故事，那么结果就是一个很平淡的一个人爬山的描述，说实话不翻译也无所谓。但是能接近这种意境的方法还是有的。如果考虑如何翻译意境，如何把这些语言特点保留下来，那么就能给读者那种语言快感，文学就实现了自己的重要作用，这样的翻译才有意义。所以再次强调，意境不一定是能够被翻译的，但是一定是要被考虑到的。

不必纠结可译与不可译

王十月

　　王十月，作家，画家，艺评人。《中国新野性》主编，中国作家协会全委会委员，广东省作协副主席。著有长中短篇小说、散文、艺术评论十二卷，四百余万字。作品获鲁迅文学奖、《人民文学》奖、《中国作家》鄂尔多斯文学奖、《小说选刊》年度中篇小说奖、百花文学奖、老舍散文奖、冰心散文奖、在场主义散文奖、广东省第八届和第九届鲁迅文艺奖、广东省五个一工程奖等数十项重要奖项。举办了个人美术作品展及参加众多国内外艺术展。入选"未来大家 TOP20"，获颁广东省五四青年奖章及广东省德艺双馨中青年作家艺术家称号。作品被翻译成俄、西、意等多种文字。

　　对于翻译，我考虑得不太多。作为阅读者和作为写作者，大约有不同的感受吧。

　　作为阅读者，我比较挑译者的文笔，至于其译得准确与否，我不懂外文，无从判断。一个经验，当我阅读译作时，如果有几种译本供选择，我会选比较适合自己阅读习惯的译本。这习惯，也许于另一个读者是不习惯的。比如《百年孤独》数种不同的译本，虽说译本提供的作品基本信息与面目大致相当，一些微小的区别，句式的安排不同，译文出来的感觉却相去甚远。以至于，在阅读这部经典时，我经历了几次读不下去的阅读挑战，直至遇到我喜好的译本，才一口气读下去。

有一种声音，说中国作家之所以走向世界难，是因为中国作家大多不懂外语，不能阅读原文。我不太同意这种说法。能精通多门语言自然好，但没有证据显示《红楼梦》的作者精通哪国外语，司马迁、李白、杜甫会多种语言。因此，这种论调是站不住脚的。其次，没有哪个作家能精通所有的语言，因此，在他的阅读中，必然要借助翻译。其三，术业有专攻，就算这个作家通晓多门语言，其精通程度，和专门从事某一门语言研究的译者而言，差距也是不言而喻的，所谓的读原著，事实上也是一个翻译过程，其精彩与准确度，很难说能超过专业的译者，谬误更多是难免的。与其读原著读得谬误百出，自然不如读译本。当然，精通多门语言的一个好处，是能读到尚未有译本的作品，这个益处，也不容置疑。

说到翻译的边界与权利，我自然觉得，翻译的第一要素是准确，忠实于原著。可以做一些减法，只要这减法，是有利于另一语言读者的阅读与审美。这是译者应有的权利。但加法，在我看来是不能容忍的。若做加法，则无异于译者的再创作。这应该是译者的边界。我是做编辑的，在编辑工作中，我们也常会为作品做减法，瘦身，减法做得好的作品，无损原作精神，会让原作更加精彩，但编辑工作，我不赞成做加法，加法加上去的东西，是属于编者的，无论你如何遵从了原作者的思想与文风，都是对原作粗暴的损伤。我想，翻译也同样适用这样的边界。

作为一名写作者，我有过少许与译者交流的经验。一次是我的作品《国家订单》译成俄语，我与译者在彼得堡大学有过交流。译者的中文很好，但她提到了翻译过程中的一些困难，比如，我作品中的主人公没有名字，只有"小老板"这样一个称呼，译者无法在俄语中找到与"小老板"相对应的词，她只能译成"小工商业主"，这样一来，就会显得很怪异。在我的小说语境中，"小老板"这个词，在"小工商业主"的身份界定之外，还有着特殊的意味，可以看作是一个昵称。译者找不到合适的译法，只能译成"小工商业主"，我不知道，俄语读者在读到时，是否会觉得生硬和怪异。于是我就想到，我们在阅读外国文学作品时，经常会读到一些怪异的句式和写法，应该也是翻译所造成的。问题是，时至今日，我们一些写作者，把这种翻译过程中的问题当成特色加以模仿，造成了所谓的翻译腔写作，使得我们的中文失去了许多颜色。另一次与译者交流，是意大利的一位研究者，将我的长篇小说《无碑》作为论文研究对象并翻译了这部作品，她在广州生活过许多年，普通话比我还流利，能说一口纯正的粤语，但她在翻译中还是遇到了难处，因此专门到中国和我约了见面。她遇到的最大的困难，是要将我写作中的过去时，全部转换为现在时，我小说中人物的对话，有许多是陈述语态，她要一一转换成现在进行时的对话。据她说在意大利语中，没有这样的时态。我给她看了我的另一部作品的西班牙语译文，这两种语言很接近，她告诉我，译者也是采用的这种译法。这样一来，读者读到的，肯定不是我作品的真实面目。但我想，这也是可以接受的。你作品中的人物、思想、生活质感，这些硬性的东西是干货，在翻译的过程中是不会丢失的，所失去的，只是作为汉语所独有的美感。高明的译者，会用另一种语言的美感来替代。相对准确地传达这种美感，我想这就足够了。

　　还是在俄罗斯时，一位译者说到中国当代文学翻译，提到了贾平凹的作品特别难译，比如其中夹杂的古汉语词汇、陕西方言，都给翻译造成了很大的障碍。但这些，却又恰恰是贾平凹作品的语言特色所在。

　　当下中国的写作者，似乎流行国际化的焦虑症。诚然，每个写作者，都希望自己的作品能走向世界，多一些读者读到。甚至有些写作者，在写作中走到了另一个极致，去中国化，作品的背景在西方的某个国度与城市，甚至人物名字也是西方的，语言句式也是翻译腔的，如果隐去作者名字，你完全以为是一部译作。我不知道，国外的读者读到这样的作品，是否会如作家所愿感到亲切。对这种努力，我保持敬意，我也不说越是民族的越是世界的，于我个人而言，我更在意作品是否准确地用中国人习惯的方式，写出了中国普通人的生存境遇与精神境遇。至于可译不可译，不必去纠结。同时我也相信，越是这样的作品，可译性是越强的。内容为王。你写出了什么样的人，什么样的人生，什么样的中国，这些是干货，是翻译过程中，最不容易流失的东西，也是我们读世界经典时，所读到的最重要的东西。我们读《战争与和平》，读《复活》，读到的不是俄语之美，而是托翁笔下的俄罗斯。我想，这个最重要。

翻译：一个研究和探索发现的过程

[埃及] **小金鱼**

小金鱼（Yara Ibrahim Abdelaziz Kotb），埃及翻译家。毕业于埃及艾因夏姆斯大学中文系，曾在山东师范大学留学。主要翻译作品有阿舍的《奔跑的骨头》，苏童的《1934的逃亡》，平原的《风往北吹》，陆文夫的《美食家》，毕淑敏的《世界上最缓慢的微笑》，莫言的《放鸭》，余华的《两个人的历史》，乔叶的《五分钟和二十年的爱情》，谈歌的《桥》，方辑、冷倩、周华诚、杨汉光、崔立、刘国芳等作家的作品，以及海子、冯至、北岛、芒克、舒婷、王小妮、多多、顾城等诗人的诗歌。

我今年能够参加此次的汉学家会议和各位文学大家相聚一堂，我感到无比的荣幸。

六年前，我来中国留学，那时候我没有想到我会成为一个翻译家，我只重视了解中国文化和提高我的汉语水平。但是在埃及艾因夏姆斯大学语言学院和山东师范大学的学习过程中，我就慢慢地开始读中国当代文学作品，山东师范大学的老师们也给我推荐一些作家的作品，例如：毕飞宇、苏童、格非、王安忆、池莉、余华等等。我从小就喜欢看书，特别是文学作品，但是看过济南的图书馆我发现翻译成阿拉伯语的中国当代文学作品很少，从此之后我就决定做翻译，让阿拉伯读者欣赏中国当代文学和更好地了解中国文化。

作为一个翻译工作者，让我把爱看书和对语言的激情作为一个职业，需要了解翻译的重要性和必要性。翻译工作能够使各国人民进行精神上的交流，丰富各国人民的生活，促进人们之间的了解。翻译也不是一种词对词、句对句的简单词语转换，而是一种文化活动，因为语言是进入和理解一个新文化的最快方式。正如一句话所说的"没有翻译就没有世界文学"，因为没有翻译我们就欣赏不到这般多样的作品。

根据我五年的翻译工作经历，我可以说文学翻译活动具有复杂而丰富的内涵，翻译做的工作从表面上看是翻译语言，其实翻译的是文化，而翻译文化就必须对两种文化都了解，文学翻译需要对两种文化背景透彻理解，译者要进入到当地语境中，必须非常了解语言和文化，要对当地风土人情、平常用语有所研究，否则很多专有名词、俗语和成语等等是无法准确翻译的。这可能是造成可译性与不可译性的重要原因之一。我翻译某作品之前，要首先读作家的生平经历、他的创作特点、人物评价，看他的讲话、电视采访等等，然后读作品两或三遍，这帮我更好理解作家写作的风格和他的作品的气氛。这正如翻译名家王佐良所说过的："翻译的最大困难是两种文化的不同。"因为不同的文化不可避免地会发生某种冲突和矛盾，给语言的翻译带来种种难以克服的困难。从而增加语际翻译的不可译度。那么这种不可译性可以随着文化交流的不断深入而终成为可译性。所以翻译工作者要有扎实的外语功底，最好有境外或者语种所在国的生活经验，要充分考虑文化差异，努力跨越文化鸿沟，要熟知译语语言习惯，因为一旦理解了外语原文，就很容易地用自己的母语准确、恰当地表达。如同已故的翻译名家草婴说过："文学是创造性的工作，文学翻译是再创造的工作，也是一种艺术工作。"

在《人民日报》的一篇文章《翻译应该"忠实于原文"还是"连译带改"》中，南京大学外国语学院教授许钧说："翻译作为一个充满选择的过程，都需要译者根据不同情况做出判断、进行选择。"但是选择是有边界的。比如说，译者是不能在翻译中体现自己风格的，因为译者的责任是传递原文的风格、原作者的风格，不能有太多自己的风格。不能在翻译之后很多东西就丢掉了，比如说，民族性、乡土性的语言特点，因为文学是一个国家文化的重要表现，如果丢掉这些表达文化的语言，读者怎么能欣赏和了解某个国家的文化和风俗习惯？著名作家程永新认为，"外界对很多中国作家的误读也往往源自翻译"，因为不同的民族在不同的历史背景及环境下建立了自己的文化体系，所以译者要尊重原文的民族文化个性，这是译者较好完成作品语言转换中不可忽视的一环。

　　另外的问题就是，由于语言随社会的发展而不断地变化，同一词语在不同的历史时期或不同的环境具有不同的含义。外国语言学及应用语言学博士马萧教授说，"文学作品并非是一个对每个时代的每个观察者都以同一面貌出现的自足客体，它也不是形而上学地展示其超时代本质的纪念碑。文学作品像一部乐谱，要求演奏者将其变成流动的音乐。只有阅读，才能使文本从死的物质材料中挣脱出来，而拥有现实的生命。"当代汉语的扩展和变化就不可避免对翻译产生影响，这种影响，既有成功，亦有失败。一个国家在与其他国家交流的过程中，其语言毫无疑问地要受到其他国语言的影响。当代汉语发展到今天，经历了纷繁复杂的演变过程。所以译者应熟谙原语的背景知识。"不同的问题在翻译时对语言有不同的要求，译者不可拘泥于原文形式，也不可全然抛弃原文形式，而应熟悉原文的语言特征，洞悉原作者的意图，才能使译文起到沟通文化，完成交流，促进理解的作用。"（《可译性与不可译性》——林田）。知识是通过阅读和研究才能得到的。阿舍的短篇小说集《奔跑的骨头》中有一篇短篇小说叫《珍珠》，是关于一个养珠的女人和她的姐姐的故事，我记得在翻译过程中，我读过关于珍珠养殖的资料，因为我对它一窍不通，所以翻译一些专有名词后，小说的一些情节就变得比较容易。这又发生在翻译陆文夫先生的《美食家》的过程中，因为这篇中篇小说有南方方言，有中国古代诗歌，有关于苏州的特殊的细节，有关于美食家这个专业的特点，所以我在翻译之前和翻译过程中做了全面的研究和阅读。这种情况又发生在翻译海子的《梵高组诗》时，我停止了翻译，去读欧文·斯通《梵高传——对生活的渴求》，然后继续翻译。在语际交流的过程中，文化背景的差异是客观存在的事实，任何译者都是无法回避的。总而言之，翻译家就必须是研究者，不仅如此，翻译家还必须同时是作家。像德语文学翻译家杨武能教授说过："文学翻译者还必须要有作家的文学修养和笔力，必须要有作家一样的对人生的体验，对艺术的敏感，必须具备较高的审美鉴赏力和形象思维能力，在最理想的情况下，他甚至也该有文学艺术家的禀赋、气质和灵感。"最后译者需要思考一下翻译什么？如何翻译？为谁翻译？他是否具备了自己的翻译观，他应对待翻译态度严谨、思想明确，注重名家名篇，重视译品质量。

随着中国作家莫言获得诺贝尔文学奖，中国当代文学进入国际视野，译介是必需的门槛，公众又开始聚焦于文学翻译领域，翻译的重要性受到空前关注。所以我觉得每个翻译家应该尽量给他国家的读者翻译很多优秀的中国当代作品，让他们欣赏这些作品，深深地了解中国文化，让全世界都知道在东方有值得翻译的文学。

最后，我要在这里再次表示最真诚的谢意，也希望尊敬的中国作家给我们创作出更多、更优秀的作品，祝福翻译工作者事业呈现出欣欣向荣的景象！

我的发言完了，谢谢大家！

把文学翻译推向新的境界

熊育群

熊育群，作家。出生于湖南岳阳屈原管理区，同济大学建筑工程系毕业，曾任《羊城晚报》文艺部副主任。现任广东省作家协会副主席、广东文学院院长、中国作家协会散文委员会委员、同济大学兼职教授、广东省作协散文创作委员会主任。1984年开始发表诗歌。获得第五届鲁迅文学奖、《中国作家》郭沫若散文奖、第十三届冰心文学奖、全国报纸副刊年赛一等奖、广东省第二届德艺双馨作家、第八届和第九届鲁迅文艺奖等。出版有诗集《三只眼睛》，长篇小说《连尔居》《己卯年雨雪》，散文集及长篇纪实作品《春天的十二条河流》《西藏的感动》《走不完的西藏》《罗马的时光游戏》《路上的祖先》《雪域神灵》，摄影散文集《探险西藏》，文艺对话录《把你点燃》等十八部作品。

　　翻译的重要性无需多说，它是来自母语之外的一切，是对应着母语覆盖范围外的更广大的世界。一个人的成长过程中没有接触过翻译文字是不可想象的，可以说，现代人的文化与人格养成很大一部分是通过翻译来实现的。翻译对个人是这样，对一个国家同样重要。中国的五四新文化运动，可以说就是一场翻译的运动，白话文的兴起，受到译文的巨大影响，西方文化通过翻译对中国的影响更加巨大，不只是催生了新质的文化，还改变了国家的政治经济面貌与命运。

　　翻译的历史与人类交流的历史一样久远，在丝绸之路上，敦煌就出现过从事翻译的人，政府专门设立了"译语舍人""衙前通引"的职务，掌管使节的接待与语言、文件的翻译。蕃汉、梵汉、回鹘汉、蒙汉等双语词典就是那个时期出现的。西晋时期，敦煌成了佛经翻译之地，敦煌人竺护法在此翻译了佛经二百一十部、三百九十四卷，他是佛教传入中国早期译经最多的翻译家。莫高窟的藏经洞发现了五万件文物，遗书内容有佛教、摩尼教、景教、道教和儒家典籍，还有天文、历法、历史、地理、民俗、宗族、函状、书信、诗文、辞曲、方言、音韵、游记、文范、杂写等。文字则有汉、吐蕃、回鹘、西夏、蒙古、粟特、突厥、于阗、梵、吐火罗、希伯来、佉卢。这些大量文献形成了当今一门显学——敦煌学。

汉语在欧洲出现始于十七世纪，早期西方汉学家莱布尼茨、安德尔斯·穆勒、克里斯蒂安·曼策尔，他们都是博学家，努力寻找着学习汉语的捷径，有的穷其一生，寻找汉语入门的简易途径。据查，耶稣会传教士卫匡国 1658 年在德国慕尼黑出版了第一部拉丁文的《中国古代史》。

中国翻译家翻译西方的文学著作，第一本当属小仲马的《巴黎茶花女遗事》，它是林纾 1898 年根据朋友的口译翻译的。林纾不懂法文，翻译与原著相差自然很远。到了翻译家伍光建翻译大仲马的《三剑客》，他就比较忠实于原著了，但删节仍然很多。傅雷的出现，使翻译达到了一个高峰，他在 1937 年翻译的罗曼·罗兰《约翰·克利斯朵夫》在中国知识界产生了广泛影响，罗曼·罗兰在中国的影响甚至超过了法国。

中国近代启蒙思想家、翻译家严复提出了翻译的"信、雅、达"三原则，也就是忠实、美好、通顺的原则。"信"就是译文要准确无误，要忠实于原文；"雅"是译文要自然优美，生动、形象，呈现原文的风格；"达"是译文要通顺畅达。翻译三原则不只是对外文翻译而言的，对古汉语今译也同样适用。"信、雅、达"三原则的提出，给中国的翻译工作树立了一个标杆，影响深远。

二十世纪五十年代的翻译追求忠实于原著。翻译家们对待翻译是严肃认真的。改革开放后中国迎来了翻译出版的高峰，甚至一些畅销书的译本差不多与原著同步翻译出版。但是，随着市场经济的深入，出现了缩写本、简写本，对原著的忠实程度大打折扣。由于文学翻译报酬极低，出版社为追求利润降低成本，开始求助于经验不足的大学生。大学生为了挣钱，匆促地翻译，不但不能忠实于原著，还错误百出。翻译于是面临了一个现实的困境。

今年5月下旬，在匈牙利召开的中东欧国家——中国文学论坛，有一个文学翻译论坛，与会者提出了当前国际社会翻译所面临的一些现实问题。参会者有匈牙利的拉茨·彼德、希尔玛伊·诺尔特·彼德、米哈伊·贝克、余泽民，波兰的伊莎贝拉，斯洛伐克的荣铁牛夫妇，拉脱维亚的尤泽·杨索娜，罗马尼亚的伊娃娜·德拉根，斯洛文尼亚作家协会的阿哥塔·希米奇，中国的吴欣蔚等人。大家发言时争抢话筒，想说的话很多。我主持时作了一个小结，因为提出的问题具有普遍性，我愿把归纳的意见与建议在此重申一下：一是由于中东欧国家小、语种多，希望成立一个中东欧——中国翻译家协会，使之成为一个国际性平台，翻译不要局限于纸媒，要利用好电子媒体；二是翻译人才青黄不接，希望大学与留学机构重视，鼓励年轻人从事翻译，并进行专门的培养；三是出版、翻译的资助至关重要，政府与各有关机构支持一些项目；四是翻译家的培训、与作家的交流、作品信息也很重要，需要打造文化的桥梁，探讨合作的模式，拉近大家的距离。

据我所知，匈牙利与罗马尼亚在北京设立了代表处，宣传他们的文化价值，强化他们文化与民族的认同感。罗马尼亚设有专门的文化院，从2006年开始设立项目，在二十五个国家出版了五百多种书籍，文化院承担了所有的翻译费用，建立了一整套评价标准与程序。波兰的文学家翻译家会议，有庞大的赞助者，会议免费，并提供奖项与奖学金项目。

中国现在主办这个汉学家国际研讨会议极具意义，非常及时，为翻译家与作家搭建起交流平台，探讨当前翻译面临的问题，提出三大现实议题，从世界文化特别是文学的交流发展，解决现实的问题与困难，这是一种有益的尝试与探索，必将产生积极的深远的影响。

我们知道，越好的作品个性越是鲜明，翻译家要在另一种完全不同的语言中表现出作家这种鲜明的个性与风格，必须有创造性的书写。因为两种语言的表达方式完全不同，每个民族的文化、思维、趣味、习惯、传统等等不同，要以本民族的审美与趣味去诠释另一个民族的，翻译家不仅仅是一个思维转换的过程，还是两种身份两种体验两种文化的交替与比较的过程，还必须有作家一样投入创作的状态。我们说艺术创作有形似与神似，用这个概念来比喻翻译，对应的便是直译与意译。不同语言创造的诗意空间是最难译的，它是只可意会不可言传的东西，特别是汉诗，其意境譬如禅境，与汉字联系紧密，可谓血肉相连。可以说，诗歌的翻译是一种再度创作。因此，翻译家的艺术造诣有时超越了作家。

一个好的翻译家还应该是个"杂家"，除了对语言、语法、词汇了解得非常透彻，对各行各业的知识也得有所了解。他不一定是经济学家，但是要了解经济学，不一定是法学家，但是要对法律了解，他不一定是民俗学家，但对生活习俗应该熟悉。这就是为什么好的翻译家十分稀缺的原因。

但是，作为翻译家这种创造性也不是无边的，译者首先要尊重原著的价值导向和精神风貌，就小说而言，还必须尊重原著的人物形象与命运，尊重基本的故事框架。这也就是翻译的权利和边界吧。至于全球化背景下文学的地域性民族性风格追求，如何翻译，在另一种完全不同的语言中表现，这是一个巨大的挑战。新的语境下出现的各国新的语言与表达，当所译文字的国家还没有类似的概念出现，这无疑是一个非常棘手的难题。这些年汉语的变化和扩展巨大，给翻译带来的困难和挑战也同样巨大。唯一可做的是加强沟通，深入实际，像今天这样大家坐到一起，共同探讨，特别是作家与翻译家的探讨，对一部文学著作的翻译有着不可替代的重要作用。翻译家希望与作家沟通，作家也期望跟翻译家做朋友，让我们携起手来，把文学的翻译推向一个新的境界。

　　谢谢大家！

文学与翻译的两个问题

徐则臣

徐则臣，1978 年生于江苏东海，毕业于北京大学中文系，作家。作品有《耶路撒冷》《午夜之门》《夜火车》《跑步穿过中关村》《居延》《到世界去》等。2009 年赴美国克瑞顿大学 (Creighton University) 做驻校作家。2010 年参加美国爱荷华大学国际写作计划（IWP）。曾获春天文学奖、庄重文文学奖、华语文学传媒大奖·年度小说家奖、冯牧文学奖等，被《南方人物周刊》评为"2015 年度中国青年领袖"。《如果大雪封门》获第六届鲁迅文学奖短篇小说奖。长篇小说《耶路撒冷》被评为"《亚洲周刊》2014 年度十大小说"第一名，获第五届老舍文学奖、首届腾讯书院文学奖。部分作品被翻译成德、英、日、韩、意、阿、荷、俄、西等多种语言。

作者、译者与读者

在一部作品的译介过程中，作者、译者以及读者，三者之间的关系究竟如何，多年来一直争论不休。谁都是一家之言。我只说说自己的看法。

从接受的角度，一部作品的最终生成肯定有赖于作者、译者和读者的共同参与。我极其尊重三者的权利，希望能够一碗水端平，谁都很重要，谁也都不容易，但这其中是否有主次问题？我以为还是有的。这要从文学的根子上去说。

　　文学是什么？文学是一个人、一个作家独特的面对世界的方式。我是这样看世界、看人生的，我对现实有想法，我以文学的方式表达出来。一个作家和他的作品存在的前提固然有其共性，但更重要的是差异性，是你能提供的对这个世界的个人化理解，这个视角、眼光是别人、别的作家不能替代的，你给人类打开了一扇只有你才能发现和打开的窗户，我们因此看到别样的风景。这是一个作家、一部作品的价值所在，也是你存在的意义。如果你提供的别人都能提供，你说的、写的跟别人没什么两样，我们凭什么看你的作品？

　　既然要保证作品的独特性，就要充分尊重原作，尽量保证这个作家和这部作品看世界的方式不走样。如果这是一个足够独特的作家、足够独特的作品，不管翻译成什么语言，他（它）依然有其存在的价值。而一旦在翻译的过程中过度甚至无底线地修改，翻译过去的就已经不是这个作家和作品了，也就从本质上背离了文学的要义。从这个意义上讲，我十分尊重译者的权利和工作，但我依然希望译者能够尽量尊重原作。这个尊重原作不仅仅是为了尊重作者，更重要的是尊重"文学"，尊重"文学"的差异性和独特性，尊重"文学"赖以存在的基础。

　　当然，一部作品通过一种全新的语言进入到另外一个文化和语境，也有一个入乡随俗的问题，这也是交流能够实现的前提。必要的意译、曲译和修正是允许的，但整体的意思、局部中最核心的意思不能变，否则就不是那个作家和那部作品了。这其中，译者基于本国语境及运用母语能力，在他分寸适宜的表达里，其实已经暗含了一个读者的视角，入谁的乡随谁的俗？不就是新的语言中和语境下的读者的乡和俗吗？

　　至于译者在翻译中、读者在阅读中出现的误读，那没有办法，误读是解读的题中应有之义，误读是解读的必然出现的一部分，只能在译者和读者尽量贴近作者之理解的前提下顺其自然。不管多高深的道理在误读中也是讲不清的。

那么，兜了半天圈子是不是说，三者之间就完全没有一个可供量化的标准？肯定没有，任何在三者间进行权利和责任量化的企图都是自找麻烦，这事儿本身就没法量化，分寸源于我们的内心和能力。但非要有一个标准，我冒着挨板砖的危险提供一个：作者与译者加读者的比重差不多是六四开吧。

文学译介的选择标准

如果你问国外的代理人、出版商和翻译家，选择一部文学作品翻译出版的标准是什么，可能所有人都会告诉你同一个答案：作品的质量。

具体到一个国家的文学，此标准可以作相应的细化：首要的是，艺术上当然要过硬，写得好；第二个，能够真实、有效地反映该国家、该民族、该文化的现实情况。放在本国文学里，这两条都不难理解，大家基本上能达成共识：写得好不好，一二三四五，文学的基本面摆在那里；能否真实、有效地把我们自己的问题表达清楚，稍微内行一点的，也都看得明白。但在对外输出时，某些指标还是经常出现莫名其妙的滑动。

一面抱怨中国文学的质量堪忧，艺术性欠缺，好作品太少，一面将甄选文学的标准定位在政治意识形态和其他的社会学层面：在国外的书店里，能见到的中国文学绝大多数都是西方预设中的一个社会主义国家的政治、苦难、民俗、陋习和民族问题。这些当然可以进入文学，这些当然也是中国现实和文学的一部分，当然也可以大书特书，但作为一个压倒性的选择标准，还是过于单一。在国外，我总听到有识之士在说，更希望看到一个真实的、复杂的中国。这个意愿很好，但在如此表达愿望的同时，采取的依然还是保守和僵化的"东方想象"。事实上，在选择译介的作品时，更多的时候也是拿着"第三世界想象""社会主义想象""东方文化想象"的游标卡尺在比量中国文学，以不变应万变。而对中国如此广大悠久的国家，其现实之复杂，文化之多元，变化之迅疾，远非一些关键词想象和写作所能界定和框范的。

有一年在英国见到一个汉学家，此人在中国生活多年，堪称中国通，生活和学术上的亲朋好友经常向他求教，对中国的一些问题如何看，希望他用三两句话简要地概括出来。他说他总是一口回绝，中国的问题实在太复杂，谁认为自己用几句话就能说明白，这人不是个傻子，就是个疯子。饶是一个如此理解了复杂中国的汉学家，在他翻译过的文学作品里，我看到的大部分也都是一个符号化的、概念化的中国。他说没办法，出版社只让翻译这些作品，他们认为读者更喜欢看到这些作品里呈现的那个中国。

又有一年，见到一个印度诗人，说起印度文学。我们经由文学的方式了解印度，基本上都是通过奈保尔和拉什迪的作品。该印度诗人对此极为不满，认为奈保尔、拉什迪作品中的印度并非一个真实的印度，至少不是相对客观全面的印度，很多都是建立在西方视角下的对印度的想象。真正写出了一个真实、复杂的印度的作家在印度国内，但因为语言等种种原因，他们没法像奈保尔、拉什迪那样，一出声就能被这个世界听见。这位印度诗人也用了"真实"和"复杂"这两个词。在她看来，概念化的、可以"被关键词化"的印度不是一个真实的印度。

但问题是，印度之外真需要一个真实的印度吗？就像中国之外真需要一个真实的中国吗？如果这个问题问出来，肯定众口一词：要的就是一个真实的中国。可是，目前的问题在于，真实的中国，真实的中国文化，更真实的中国和更真实的中国文化必然具有一定的复杂性，这个复杂性多半是那种符合西方的常规想象和符号化、关键词式的写作不能呈现的。甚或可以说，符合这种想象和符号化、关键词式的写作是在人为地简化中国、中国文化和文学的复杂性。

矛盾就这样出现了：以真实、艺术和复杂性为名，行的却是概念和简化之实。当然，我明白这其中市场的权杖多么有力，文学既然流通，就是商品，理当尊重市场的规矩，但中国文学"被迎合市场"的同时，却又饱受诟病，这些诟病恰恰来自真实、艺术和复杂性的欠缺。在译介选择中刻意避开的东西，成了中国文学进入世界之路的"原罪"，这是否是中国文学多年来享受的"特权"之一？

"雨"在中、英、阿语际中的一段诗歌之旅

薛庆国

薛庆国，1964 年生，北京外国语大学阿拉伯学院教授，博士生导师，扎耶德阿拉伯伊斯兰研究中心主任，中国阿拉伯文学研究会副会长，中国阿拉伯语教学研究会副会长。主要从事阿拉伯现代文学、文化的研究与翻译。著有《阿拉伯语修辞》《阿拉伯文学大花园》《中国文化在阿拉伯的传播》《阿拉伯语汉语互译：理论与实践》等。主要译著有《我的孤独是一座花园：阿多尼斯诗选》《意义天际的书写：阿多尼斯文选》《时光的皱纹》《我们身上爱的森林》《自传的回声》《纪伯伦全集》《纪伯伦爱情书简》《老子》《论语》等。曾在国内外学术刊物发表论文数十篇，经常在阿拉伯主流媒体撰文，发出中国学者的声音。

阿拉伯民族的故乡是阿拉伯半岛，这里广袤无垠，气候炎热，干旱少雨。对于生活在大漠中的阿拉伯人而言，雨是沙漠中一切生命之本，也是人们快乐、喜悦的源泉。

在伊斯兰教的至高经典《古兰经》中，也不乏对雨的赞美。如："真主从云中降下雨水，并借雨水使已死的大地复活。"（《蜜蜂章》，65 节），等等。

在古往今来的阿拉伯诗歌中，雨，也往往与喜庆、欢乐、浪漫、吉祥联系在一起。阿拉伯文学史上第一位诗歌大师乌姆鲁勒·盖斯在其著名的悬诗中，如此描写雨带来的气象万千的景象：

好大的一片云啊，我们齐把雨盼，

大雨倾盆，直泼在库泰法的地面，

······

清晨，泥沙俱下的洪水环绕着穆杰尔山，

使它像一架纺车的轮子，在不停飞转。

云彩在荒原卸下负担，瞬时葳蕤一片，

好似也门布商把五颜六色的衣料展览。①

　　阿拔斯王朝的大诗人、素有"诗人中的哲人，哲人中的诗人"
之誉的麦阿里，则把"云雨"作为福祉、恩惠的象征，写下了这样
传诵千古的名句：

即使恩准我进入天堂，

我也不愿将永生独享。

云雨若不能泽遍祖国，

就不必落在我的地上。

　　在现代，阿拉伯诗人大都继承了阿拉伯传统文化赋予雨的种种
美好含义，常常邀雨入诗。被称为"情诗圣手"的叙利亚诗人尼扎
尔·格巴尼写道：

雨水倾泻，如一首旷野的歌

你的雨

洒落在我的内心

---

① 本文中引用的几段阿拉伯古诗，引自仲跻昆教授所译《阿拉伯古代诗选》。

……

我的爱伴随雨声

摇身一变

变成一只月光下浮游的天鹅。

　　总之，阿拉伯古今诗歌中雨的意象，与其在阿拉伯文化中的形象基本吻合，它总是与生命、繁衍、幸福、快乐、浪漫联系在一起。起源于大漠黄沙中的阿拉伯诗歌，经由雨水的滋润，在粗犷、豪放的本色之外，也不乏细腻和柔情。即便是当代阿拉伯先锋诗人，也难免受到民族文化积淀中的集体潜意识支配，为笔下的雨赋予了美好、浪漫的感情色彩。

　　当然也有例外。在伊拉克当代杰出诗人赛亚卜的笔下，雨之意象的含义呈现了明显的变化。

　　巴德尔·夏·赛亚卜（Badr Shakir al-Sayyab，1926–1964），是当代阿拉伯新诗运动的先驱，被公认为当代最杰出的阿拉伯诗人之一。赛亚卜中学时代即开始写诗，1942年进入巴格达高等师范学院学习阿拉伯文学，后转入英语系学习。其间，他广泛涉猎阿拉伯古典文学和英美文学，深受济慈、雪莱等人影响。1947年，他发表《那是爱情吗？》一诗，这是阿拉伯诗歌史上最早出现的自由体新诗。在三十八年的短短一生中，他共出版《凋谢的花朵》《雨之歌》等十部诗集。雨，也是他诗中屡屡出现的意象，在《河流与死亡》中，他这样书写家乡的河流布韦卜：

啊，布韦卜，

我的像雨一样忧伤的河流。

……

你，到底是泪的森林，还是河流？

在这首诗中，他还以这样的笔触记录下对这忧伤世界的感受：

> 我感到血液、泪水像雨一样
> 在这忧伤的世界流淌，
> 我血管里死亡的铃声令呻吟颤抖。

在被人广为传诵的长诗《雨之歌》中，赛亚卜把对恋人的思念、对母亲的缅怀、对祖国的挚爱、对现实的愤懑、对未来的憧憬融为一炉。"雨"是这首诗的主题词，在诗中以不同方式出现三十多次，为全诗增添了具有浓厚抒情意味的仪式感。如：

> 你知道是哪一种忧愁把雨遣来？
> 为何当大雨倾注，连下水管也在泣哀？
> 孤苦的人如何在雨中倍感失落？
> 无休无止，如流淌的鲜血，如饥饿
> 如爱情，如儿童，如死亡——这便是雨！
>
> 在离别的夜晚，我们洒落多少泪水
> 因为害怕责骂，我们佯称那是雨水
> 雨，雨，雨……

显然，在阿拉伯文化和诗歌传统中一直与欢乐、吉祥结伴的雨的意象，在赛亚卜的诗中被彻底颠覆了；这里，雨被赋予忧伤、苦难、孤独、饥馑、死亡等新的象征意义，这既引人注目，又耐人寻味。为什么偏偏在赛亚卜的诗中，雨之意象寄托的情思，迥异于阿拉伯集体潜意识对雨生发的联想？或许，赛亚卜命运多舛、天性忧郁，容易"感时花溅泪"；然而，是否还有别的外在因素，促成诗人笔下雨的含义发生转变呢?

　　赛亚卜曾经撰文表白,西方诗歌,特别是英美现代诗歌曾对他产生过重要影响。1955 年,他出版过一本译作——《现代世界诗选》,收入二十位外国诗人的二十首诗作。其中一首诗,赛亚卜将其列在美国意象派诗人庞德的名下,阿拉伯文译作《河商妻信》。这本译诗选,曾多次重印,许多阿拉伯诗人得以借此一窥现代世界诗歌的新形式、新特点。重要的是,诗选中的《河商妻信》的确切来历,固然不为一般阿拉伯读者所知,但对于熟悉庞德或中西文学交流史的中国学人而言,这其中涉及一个他们颇为熟知的文学掌故。是的,这首《河商妻信》(The River Merchant's Wife : A Letter) 的原型,其实是李白的《长干行》,它和其他十八首中国古诗一起,经庞德翻译被收入诗集《华夏集》(Cathay),于 1915 年出版。

　　在中国诗歌外译的历史上,庞德的《华夏集》无疑是一部具有里程碑意义的名作。从严格意义而言,这不是一部真正的译作,因为庞德不懂中文,这部"译作"是他在热爱中国诗歌的美国人费诺罗萨(Ernest Fenollosa)的遗稿基础上加工而成的。庞德有强烈的世界文学意识,对于诗歌翻译尤为重视,认为翻译可以为诗歌语言提供借鉴,其魔力无穷,"恰如给鬼魂注入血液一样"。他对译诗理论也见解独特,并不强调对原文词句表面意义的忠实,而更重视原诗的节奏、意象、变化和情感。由于他不通中文,而费诺罗萨关于中国古诗的遗稿又相当粗糙,因此,他难以确切地传译中国诗的诸多细节,但这反而"给予他最大的自由去探索自由诗的结构"。更为重要的是,他借助这部"译作",实践了自己的意象派诗学理念,为中国古诗的"鬼魂",注入了现代意象派诗学的"血液"。因此,庞德的《华夏集》的历史性价值是双重的:一方面,这部具有"至上之美"的译作让中国诗歌流行于英语世界,艾略特甚至称庞德为"我们时代的中国诗歌的创作者";另一方面,这部英语译诗选又成了意象派诗歌的杰作，体现了现代意象派诗歌运动的重要成就。

既然赛亚卜从《华夏集》中择选出《河商妻信》（即《长干行》）译成阿拉伯文，收入《现代世界诗歌选》，那么几乎可以肯定，赛亚卜阅读过《华夏集》中的十九篇诗作。《华夏集》是否对他的创作产生了影响，我们不妨择取若干段落加以简要分析。

……

阳和变杀气，发卒骚中土。

三十六万人，哀哀泪如雨。

（李白，《古风·胡关饶风沙》）

英语译文：

A gracious spring, turned to blood-ravenous autumn,

A turmoil of wars-men, spread over the middle
kingdom,

Three hundred and sixty thousand,

And sorrow, sorrow like rain.

Sorrow to go, and sorrow, sorrow returning.

值得注意的是，庞德将原文"哀哀泪如雨"译作"And sorrow, sorrow like rain"，省去了"泪"字，将原文中的"哀"与"雨"直接建立起比喻关系，这一译法与其说是误译、漏译，不如说是出彩的妙译。哀何以像雨？"泪"的缺省，恰恰促成了诗句意义的开放，扩展了读者的想象空间。

再来看看赛亚卜的诗句："我的像雨一样忧伤的河流"，"你知道是哪一种忧愁把雨遣来？"也许就不难作出一个判断：赛亚卜将忧伤与雨直接建立联系，和经过庞德"误译"的中国古诗，是如出一辙的。

陶渊明的《停云》（其二）中也构建了一个"诗雨"空间：

停云霭霭，时雨濛濛。
八表同昏，平陆成江。

且看庞德的英译文：

The clouds have gathered, and gathered,
and the rain falls and falls,
Rain, rain, and the clouds have gathered,
The eight ply of the heavens are darkness,
The flat land is turned into river.

这段译文的主要特点，是其体现的鲜明节奏感和音乐性。原文"停云霭霭，时雨濛濛"本身具有一定乐感，译文不仅通过"gathered, and gathered"、"falls and falls"这样的反复咏叹予以再现，而且在原诗外增加了一行"Rain, rain, and the clouds have gathered"以强化乐感。译文读来，朗朗上口而充满乐感，颇为典型地诠释了庞德给诗歌下的定义："诗歌，是谱了音乐的词语的合成物或组织。"

节奏感和音乐性，也是赛亚卜诗作的重要特点，无独有偶，庞德译诗中"rain, rain"的重复，在赛亚卜的《雨之歌》中也得到再现，如：

我听到村庄在呻吟，出海的人们

用船帆，用木桨，

搏击海湾的暴风和惊雷，还在吟唱——

雨，雨，雨……

在离别的夜晚，我们洒落多少泪水

因为害怕责骂，我们佯称那是雨水

雨，雨，雨……

再来看看李白的《古风·胡关饶风沙》：

白骨横千霜，嵯峨蔽榛莽。

借问谁凌虐？天骄毒威武。

赫怒我圣皇，劳师事鼙鼓。

不知庞德有意或无意，将原文中的一个设问句译成三个设问句：

Bones white with a thousand frosts,

High heaps, covered with trees and grass;

Who brought this to pass?

Who was brought the flaming imperial anger?

Who has brought the army with drums and with kettle-
drums?

Barbarous kings.

三个设问句的使用，给译文增添了一种适度宣泄情感的意味。
这显然也是赛亚卜喜欢的诗歌套路，在他的诗中，反问句、设问句
也屡屡出现，他的诗风总体是忧郁的，通过设问、反问，他似乎在
情感上作低调的宣泄，对命运（以及决定命运的神灵）作含蓄的抗

争，如：

> 为何当大雨倾注，连下水管也在泣哀？
> 孤苦的人如何在雨中倍感失落？
>
> 难道不是你，赐我这份黑暗？
> 难道不是你，赏我这番神迹？
> 大地难道要感激天降的甘霖？
> 它难道会气愤，当雨云不再光临？

　　限于篇幅，本文不再继续列举赛亚卜诗作与经过庞德翻译的中国古诗的契合之处。这种种契合，说明赛亚卜与庞德译介的中国古诗颇有几分"心心相印"，虽然它尚不足以构成赛亚卜受到中国古诗影响的充分证据，但是，它也不妨碍我们作出假设：神州华夏的"愁雨"，经由庞德的播撒，降落在遥远的伊拉克大地，降落在诗人赛亚卜的笔下，完成了一段跨语际的诗歌之旅，令他发出这样的疑问：
　　"你知道是哪一种忧愁把雨遣来？"

与中国文学携手同行

［意大利］雪　莲

雪莲（Fiori Picco），意大利翻译家，作家，教师。毕业于意大利威尼斯东方大学中文系，曾在武汉华中师范大学、河北师范大学进修。主要翻译作品有铁凝的《无雨之城》，柔石小说集《为奴隶的母亲》，蒋光慈的《冲出云围的月亮》等。个人作品有《耿马往事》《弥渡奇缘》《我爱你——彩云之南》《达瓦的梦想》。《达瓦的梦想》获 2014 年罗马文化协会 Magnificent 文学奖，2010 年获意大利米兰雅克·普莱维尔（Jacques Prevert）国际文学奖，2016 年获意大利米兰国际优秀女性奖（Standout Woman Award）。正在创作个人第四篇长篇小说，关于中国瑶族古朴文化的故事。

各位领导、各位作家和汉学家：

大家好！

我是来自意大利布雷西亚市的费沃里·皮克女士，中文名叫雪莲。我很荣幸能参加在中国长春举办的第四次汉学家文学翻译国际研讨会。

我是一个文学痴迷者，我读威尼斯大学中文系的时候，就开始对中国文学作品有了极大的兴趣。

作为一名翻译家和意大利作家，我想分析写作和翻译的区别和共同之处。我认为写作是一种放松、了解自己、超越自己的好方法，思想可经常把我带到遥远的地方，通过写作我可以逃避单调的日常生活。写作并不难，只要我有灵感，我就很自然地能写出美丽的故事。而翻译另一名作者的书却是一项很复杂的工作，需要付出极大的努力。

翻译的权利和边界

文学翻译家首先有文化中介的作用和义务。他必须深刻地了解两国和两国语言。他要深入故事环境和社会背景，理解时代，研究作者的个人思想和对其人物的描写；无论他们是农民、知识分子、普通老百姓还是政治家，他都要把他们的感受表现出来，考虑他们的情绪、欢乐与痛苦，用自己的眼光观察他们的生活方式，使他们很独特、富有生命力，让读者进入他们的世界。他还要理解作者的风格和幽默感。换句话说，他也是作者，他有一名作者的写作权利。

翻译一部作品的时候，当然要重视语法、句法和小说体裁。一名翻译家的主要特点是要对作者忠诚。忠诚并不意味着把原文严格地直接翻译成自己的母语（比如意大利文）。有时候忠诚意味着改写句子结构或一些词语，用最美、最通顺、最有说服力的外文把作者的意思翻译给读者。这是尊重作者，尊重作品本身的价值与水平。翻译的时候，应该考虑读者的传统文化，就像一部作品直接被写成外文。比如，翻译一些成语、谚语、诗歌，甚至一些脏话也是"入乡随俗"的道理。在一些特殊情况下，他有改变或补充内容的权利，通过最合适的词语让读者明白作家的想法。

什么时候需要改一下内容呢？下面我想提一个例子：

一名三十年代的作家和几位朋友从三台中学回来，时候已经黄昏，他们走错了山路。一位老婆婆突然走近他们，她好像哭过，但看不清眼泪在她脸上。她一下子就问："你们都是人么？"在这种情况下，"你们都是人么？"的含义不太清楚，如果直接翻译这句话，意大利读者就不懂是什么意思。其实，我们需要了解故事情节和这位老婆婆的苦难才能翻译她的这个问题。老婆婆十六岁的儿子去世了，她每天要到他的坟墓上哭一场。老婆婆看到这位年轻的作家的时候，以为是她儿子的鬼魂回人间来见她，但我们必须把故事看完才能明白这个意义。因此，我们用意大利文翻译应该把"你们都是人么？"改成"你们是人还是鬼魂？"。这样写，意思就很清楚。

当然，翻译也有一些边界；翻译家绝对不能改变故事情节或作家的写作风格，更不能删除小说的重要部分。有一次，我在网上看到被翻译成英文的一篇中国短篇小说，我把英文与中文对比，就发现那位翻译家把最恐怖的一部分全部删除。我觉得，这绝对是不该做的事情，不能太随便翻译一部作品。如果不喜欢作品内容，最好不要选它。

无论如何，翻译家是过去和现在、东方和西方之间的一座桥梁，所以他有最大的责任。

当代汉语的变化和扩展给翻译带来的困难与挑战

按我的经验，当代汉语的变化和扩展不会给翻译带来许多困难。翻译一些现代作品（我指的是二十世纪三十年代的小说）意味着我应该特别注意内容和形式。大部分现代作家跟随一种浪漫思潮的大流，他们描写的人物都是很有理想的英雄、革命党人、革命烈士、哲学家和流浪者，性格很丰富、复杂、具有深刻的矛盾性。他们的命运是一个悲剧，表达方式充满着深厚的精神、激情、民族之爱和感动力。一名翻译家应该用最有效的词语把他们富于情感性的气质表现出来，并描绘时代的气息。比如，二十年代的女性会用一种悲惨的态度表达自己的苦衷：

"亲爱的，我不单要洗净我的肉体，而且要洗净我的灵魂才来看你！"

当代女性却不会用这种戏剧性的态度表达自己的感受，而当代作家随着社会的发展开始使用一种通俗、全球性的语言，它很简洁、直接、与现实生活有紧密关系，这种容易理解的语言会吸引更多的读者，特别是现在的年轻人。他们看小说，就想通过人物经历过的事情和一些真实的对话认清自己。

当代汉语的一些说法与意大利语的说法很相同，比如"碰一鼻子灰"、"五雷轰顶"、"长心眼儿"、"给你脸你不要脸"，还有"黄金时间"等等。这都是常用的说法，已经很国际化了。

不过，当代汉语还使用许多成语，它们是中国语言文化的不可缺少的部分。如果我遇到"挂羊头，卖狗肉"或者"落花有意，流水无情"这种成语，我必须翻译它主要的意思，可采用和原文很不同的表达方法。但有一部分成语很接近意大利的一些谚语，比如"非驴非马"可以翻译成"非肉非鱼"，还有"金玉良言"可翻译成"神圣的话"。

总的说来，中国文学的翻译工作都会带来一些挑战，包括古代、现代和当代文学的翻译；语言是交际的工具，而汉学家应该通过语言给翻译的小说一种新的活力。

可译与不可译——语际书写的困惑

在翻译的过程中我们会遇到一些比喻或人物外貌细节的生动描写，用中文是美丽如画的，很活生生的，但如果把他们直接翻译成意大利文，效果就不太好，没有音乐性，比如："一张生牛肉般的红脸和圆鼻子"；在这种情况下，我把"生牛肉的脸"改成"红彤彤的脸"和"圆鼻子"改成"土豆鼻子"，因为意大利人这样描写这种形状的鼻子。还有在描写一个孕妇的时候，"她那白天鹅一样的肚子"可翻译成"很柔软的肚子"，因为意大利没有类似说法的传统文化。

另外一个例子是，当我们要描写苗条的姑娘，我们把中文的"水蛇腰"翻译成意大利文的"沙丁鱼类型"等等。

中国有一种说法："家花不如野花香"；意大利也有类似的说法，但有一点小区别："邻居的草总是比自己家里的草绿"。

当然，当翻译家遇到一些不可改变的短语或民间说法（比如："政策是死的，办法是活的"），他只能按原文直接翻译，最好不要找类似的意大利说法，因为很容易犯错误或误解这个含义。

另外一个例子是："好话不过三，三碗不过岗，三句话不离本行"，这是中国的民间说法，不能找到相同的意大利成语。

我记得有一次，我在翻译一篇意大利文章的时候，遇到了这样的一句话："后代不能背叛自己的奶奶"；如果我把原文直接翻译成中文，这句话没太多的意思，需要改成："年轻人不要因自己的长辈而感到羞耻"。

依我看来，双关语或一些特色的文字游戏，他们就属于不可翻译的句子，或者说需要翻译家使用一些母语文字游戏的技巧。用中文可以把一对汉字分开，给它们一个新的含义。比如："皮毛"可变成"皮"和"毛"，但用意大利文很难找到最合适的对应。如果我们想保持这种双关语的效果，包括"皮"或"毛"各自的意思，我们可以把"表面的感觉"用最标准的意大利文翻译成"皮肤的感觉"。

今天我就讲到这里，请多多提意见，谢谢大家！

祝大家工作顺利！

一个中国孩子和一只中国猫

杨红樱

杨红樱，儿童文学作家，中国作协全委会委员，四川省作协副主席。十九岁开始发表儿童文学作品，已出版童话、儿童小说、散文八十余种，畅销图书品牌有"杨红樱童话系列""杨红樱成长小说系列""淘气包马小跳系列""笑猫日记系列"，总销量超过八千万册。曾获世界版权作品金奖、中宣部"五个一工程"奖、中国出版政府奖、中华优秀出版奖、全国优秀儿童文学奖、冰心儿童文学奖等奖项。获 2014 年国际安徒生奖提名。作品被翻译成英、法、德、韩、泰、越等多种文字在全球出版发行。

在中国，有一个住进了孩子们心中的孩子叫马小跳，有一只住进了孩子们心中的猫叫笑猫。其实不仅在中国，在世界各地，只要有华人的地方，就有马小跳，就有笑猫。

马小跳是我创作的长篇儿童小说系列"淘气包马小跳系列"中的主人公，这个儿童形象的生活原型曾经是我的学生，我把他从一年级教到六年级，可以说他的整个童年期都是和我一起度过的。我写他的成长，从二十世纪末一直写到现在，整整写了十八年，还在继续写。2003 年开始出版"淘气包马小跳系列"的第一本，迄今已出版二十四本，销量超过四千五百万册。

笑猫是我创作的长篇童话系列"笑猫日记"的主人公，这只猫会笑，会用各种各样的笑来表达他的思想。他有一双会发现的眼睛，把他观察到的人世间的真善美、假恶丑，以日记的形式告诉孩子。这是一部对孩子进行人格教养的故事读本，从 2006 年开始出版的"笑猫日记系列"，迄今已出版二十二本，销量超过四千二百万册。

　　"淘气包马小跳系列"和"笑猫日记系列"在中国经久不衰的热读现象，势必引起世界一些出版机构和翻译家们的关注。作为原创作者，希望以下的表述能成为忠实原著的重要参照。

马小跳：中国孩子成长路上的精神伴侣

　　马小跳一直是我想写的一个儿童形象，可以说，他是我的理想，我在他身上，寄予了太多的东西，比如我的教育理想，家庭教育、学校教育和社会教育；我对当今教育现状的思考；我对童年的理解，对孩子天性的理解，这里还包括我做老师、做母亲的人生体验。我笔下的马小跳是一个真正的孩子，我想通过这个真正的孩子，呈现出一个完整的童心世界。

　　马小跳是一个典型的中国孩子，他的生活环境、生活内容、生活感受都是现实的，就是目前我们中国的学校与家庭教育现状所施与孩子的那些司空见惯的东西；但马小跳又是"理想"的，这是因为我自身的"解放儿童"的价值立场的介入，使得常态的现实中出现了这样的一个与众不同的"非常"的儿童。孩子们在他身上既能看见现实中的自己，又能看见理想中的自己。每个孩子的本色其实都是自然而健康的，不过因为现实的各种具体原因，主要是成人的压制，使得他们远离了"马小跳"，但"马小跳"就是他们心底的童年原型，所以他们渴望遇见他。作品中的马小跳之所以能存在，是因为在他周围有一些"开明"的大人，是他们允许了他的存在。通过这些大人，我表达了我的"解放儿童、呵护童心"的现代儿童观，这些开明的教育理念目前已经通过作品逐步地为中小学界的教育人士、家长们所接受。这样的一种文学效应也正契合了当下中国教育改革的现实需要，我认为这是一名时代的儿童文学作家所理应肩负起的神圣使命。

马小跳的故事具有很强的可读性。引人入胜的情节是文本构成中处于最显层面也是最重要的部分。情节同人物一样是构成叙事作品的基本要素。对儿童而言，在叙事性文学作品中，为表现人物性格和现实主题服务的故事情节的存在至关重要。从接受美学来看，孩子只对自己能够读懂并且喜欢的故事感兴趣。我遵循这一美学原则，设置悬念，让孩子们在阅读中爱不释手；设置游戏化的情节，让孩子们想象的翅膀，在阅读中飞翔起来。

马小跳的语言浅显幽默。儿童文学是以儿童为阅读对象，儿童文学的语言必然受其阅读对象的制约。儿童期身心发展的特点，决定了儿童在这一时期拥有自成一体的特殊语汇系统。儿童在阅读的过程中，遇到艰涩难懂的文字，对于儿童阅读兴趣的调动和培养无疑是一种灾难。马小跳的行文纯粹干净，那种白描语言所能体现出的汉语言的特殊的美感韵律，引领着儿童自信地走进了属于他们自身的文学殿堂，让他们由衷地爱上了阅读。当然，幽默风趣是马小跳系列作品又一显著的语言特点。在我所有的作品中，我喜欢的人物我都赋予他们幽默的气质。马小跳是一个极具幽默感的孩子，这种幽默不是成人世界有意为之的搞笑式做作，而是来自他身上真正的"孩子气"，这就形成了马小跳作品独特的语言特色。

笑猫：具有中华民族智慧的思想猫

长篇童话系列"笑猫日记"，是以中国孩子的现实生活为背景的系列幻想故事，这是一部最能体现我创作风格和艺术追求的作品，是童话和小说、文学和教育水乳交融般的结合，这里既有童话的迷人色彩，也有小说的现实魅力；既有诗歌的和风雅韵，也有散文的婉转绵长；既有天马行空的瑰丽想象，也有植根现实的生命感受；既有对儿童文学的深刻理解，也有对儿童教育的凝重思考。我在这部作品里，充分利用幽默夸张的叙述语言来张扬儿童文学的游戏精神，同时，我努力以地道的童话思维致力于建造自己的理想世界，这个世界平行并列于现实世界，自成一体和谐运行，永远秉持真善美的价值维度，不受任何外界喧嚣与利益的干扰。这就是我要追求的一种相当纯净的人生态度与文学立场。

"笑猫日记系列"融幻想性与现实性于一体，写出了与平凡的世俗人生平行并列的另一个奇异的生命世界，纯真的童年世界，极具生活的理想性与存在的价值感。笑猫的故事自由游走于动物与动物之间，动物与孩子之间，动物与成人之间，城市与乡村之间。它为现实中的孩子们提供了梦想的童话家园，成为他们童年成长中重要的精神伴侣。

笑猫是一只智慧的中国猫，他的笑是因为他有思想。笑猫的思想使这个系列的风格整体沉静了下来。笑猫是一只成年猫，他对生活现象有超然的观察与透彻的思考，他喜欢和孩子们在一起，有信念，相信因果报应，对爱情忠贞不渝，他善良宽容，对生活有热忱的投入，但又诗意盎然，喜欢宁静面对大自然，他日常的生活体验与感受都是艺术性的。笑猫具有纯粹的"东方的"精神气质，他是动物，但思想远在常人之上，作为"人与动物"集于一身的特殊存在，他在孩子生活世界中的进入，其功能与意义都是显在的。

笑猫用"笑"表达不同的心情。他的生命灵魂是"笑"。"笑"的核心是一种生活态度，也是一种生命理解。成长固然是充满了曲折与艰辛的过程，但只要我们以"笑"的乐观心态去积极面对，难度存在便被瞬间化成为收获快乐与幸福的源泉，这是"笑猫"给予孩子们最宝贵的精神财富。这只智慧的中国猫，以他迷人的东方笑容征服了孩子们的心。

为什么中国孩子都痴迷《笑猫日记》？北京一位小学心理老师分析道："《笑猫日记》写了孩子们许多内在的东西。他们与其说在读《笑猫日记》，不如说在读内在的自己。"

笑猫以他富于个性特质的形象魅力影响着孩子们学会崭新的思维方式；"笑猫日记系列"让阅读心灵宁静而祥和，培养了孩子们"慢阅读"的高雅审美习惯，提高了中国孩子的阅读品位。

一代又一代的中国孩子读着长篇儿童小说《淘气包马小跳》和长篇童话《笑猫日记》长大，这两部长篇著作已经成为他们难忘的童年阅读记忆，而马小跳这个儿童形象和笑猫这个童话形象，也经起了时间和市场的双重考验，成为经典的文学形象住进了孩子们的心中。我也希望通过翻译家们的生花妙笔，将马小跳和笑猫介绍给世界不同肤色的孩子，让他们也像中国孩子一样，爱上笑猫，爱上马小跳。

译者——一个走在钢丝上变戏法的人

[瑞典]伊爱娃

伊爱娃（Eva Margareta Ekeroth），瑞典翻译家，作家，出版人。曾在瑞典驻上海总领事馆任新闻文化处主管近十一年，曾任瑞典驻华使馆文化参赞。2014年建立Chin Lit文学出版社，专门出版翻译成瑞典语的中国作品。除了自己做翻译工作，也在培养年轻的译者，帮助他们校对译作。个人创作处女作《与沙漠巨猫的相遇》讲述了一个关于友情的奇遇故事。

引　子

翻译是什么？其实这个问题因为有不同观点而存在着很多不同的答案和理论。如果我们没法就此达成一致的观点，那么这样会不会就影响我们的翻译工作呢？会不会因此而使得我们在翻译过程中变得缩手缩脚呢？翻译的任务受到什么影响？困惑在哪里，尤其是翻译汉语作品？我是个出版人，也是个翻译工作者，但不是一个翻译理论专家，所以我从一个译者的角度来与大家一起分享一下我个人的一些想法。

翻译的权利和边界

翻译做得到尽善尽美吗？瑞典翻译家（在瑞典从事美国文学的译介工作）以及教授翻译理论的古斯塔夫森（Kerstin Gustafsson，1944–）女士曾经这样描绘翻译工作者："我们（译者）被期望变一出奇幻莫测的戏法，即描写已被描写的东西、创造已被创造的东西，而我们创造的新东西在某一种程度上还得要像它原来的样子。"①德国哲学家罗森茨威格（Franz Rosenzweig，1886–1929）说过："做翻译相当于伺候两个主人。"②上面两位专家的引语可以说是代表一个观点，即翻译这件事几乎是一件不可能完成的事情。

两年前在瑞典发生过一场有关什么是翻译的"口水战"。不同的看法造成了互相的伤害，媒体对此有过报道。每个国家都会有文学讨论，这已成为生活的一部分。即便是在自己的国家里讨论本国的文学，我们也不可能在观点上达到百分之一百的统一。这里面有文字造成的联想不同。有性别、文化程度、社会阶层、政治观点和宗教观点的不同所造成各自对世界的理解不同，这个世界也包括文学创造出来的世界。那么，如果阅读非母语的小说的话，这种不同就会更明显，因为这里面还多了一个不可忽视的文化背景差异。不同的文化背景有可能造成对同一事物的不同解读。体现在翻译上，就有可能不同的译者会有不同的看法和理解。这里面也许没有绝对的对与错。我这里指的是文学翻译，非虚构性文章的翻译可能情况稍有不同。

---

① 　Konsten att översätta – Föreläsningar vid Södertörns högskolas litterära översättarseminarium 1998–2008，Lars Kleberg (red.)，2008，第 72 页。

② 　Die Schrift und Luther, Das Problem des Übersetzers, hrsg. von Hans Joachim Störrig, Darmstadt: Wissenschaftliche Buchgesellschaft 1963，第 220 至 221 页。

　　既然存在着这些不同和差异，那是否意味着翻译可以随便翻译了呢？应该是说不可以，虽然要"伺候两个主人"作家和读者不容易。另一位专家比利时裔美国籍比较文化及翻译学教授勒弗维尔（André Lefevere 1945–1996）提出一个观点：翻译就是原文的改写。他认为读者要能够感受到原文读者所体验到的画面。但看译文的人不一定了解国外的文化。所以目标文化很重要，原文要经过翻译容纳到目标文化里，因为到最后，是译文的读者要读懂，要享受到同样的体验。译者有权利将原文内容融入到一个完全不同的文化里，但这不是没有节制的。这一权利应该行使到怎样的一个程度才算是恰到好处的呢？我想很难用坐标标出来，因为不同的文本，译者需要采取不同的处理方法。

　　翻译需要经验，生活经验和翻译经验都需要，所以翻译得越多，译笔就越成熟，但翻译是一个永无止境的学习过程，永远不能自以为是。词典给你一定的帮助，但不一定能帮助你找到准确的译词，它主要是引发你的联想、给予暗示，为了脑子开窍。文字提供的参考依据也帮助你了解词的细微差别。译者不能一个字一个字地直译，因为这样读者就看不懂，但又不能完全把原文变味，因为这样做是不尊重原作家。因此说译者就是走钢丝的表演者，难！

当代汉语的变化和扩展给翻译带来的困难和挑战

　　把汉语翻译成其他语言的困难本来就很多，在不断演变中的当代汉语作品翻译就更具挑战性了。

　　中国文学经常提到过去在历史上发生的事情。对中国人来说这些可能就是通识，因为他们在求学过程中已经积累了很多有关中国历史的知识，但对翻译中国文学的西方翻译家来说，这是一个很大的挑战。要成为这方面的专家，就必须掌握同样多的历史知识。

中国文学作品里，句子经常很长，用逗号来分割。一个汉语的逗号在西方语言里往往变成句号。翻译则要小心，因为作家可能不按语法规则来写，而是有用意地故意做这样的一个选择。我最近看了一本书，里面有一个地方描写一个人在一个葬礼上送的东西，估计至少几十个。作家选择了不用顿号，造成一个很有趣的效果，读者会感受到数量巨大，像一座山在你面前。当代作家写东西相比之下在语法上和其他方面显得更潇洒，更自由；甚至还会发明新的词语或特别的词语用法。

中国社会近三十年的飞快发展当然也影响了语言，新的现象需要新的词语，连有的中国人自己都赶不上发展，就更别提非中国人。比如，发生一件孤立的事件，可能某人对此说了什么话，然后他所说的话像草原大火般在网络上迅速传开，之后可能变成动词。这个新的动词有可能最终会出现在新编的词典里，也有可能它存在的时间不长。但无论如何，它很有可能会出现在文学里，造成译者要花很多时间去了解它，首先要知道它是什么意思，然后要翻译成阅读译文的读者能看懂的词语，虽然他或她毫不理解原文里新词的来源。

因此翻译工作的前提是细心。跟一个住在中国的中国人合作可能是一个好主意，这样就可以不必为许多困惑的问题去打扰作家。

可译与不可译——语际书写的困惑

有时候一个词语、一样东西或一种现象只在原文的语言和文化环境里存在，在目标语言里有可能找不到相同含义的对应词，你只能依靠其他相近含义的词语来理解。比如，翻译有关中医的词语，你怎么避开通过介绍一本书来解释背景呢？中医成分的翻译是汉语翻译里最难的地方之一。它反映在日常生活的方方面面，包括你选择吃什么，渗透在整个生活方式里。有的植物、动物或鱼类只在中国或亚洲存在，运气好的时候能找到它的拉丁语名字，但仍然有可能没有一个合适的目标语言的词语。

笑话怎么翻译？尤其当词语是笑话的一部分时。翻译汉语里头骂人的话又是一种挑战，尤其对一个瑞典人来说。汉语里头的骂人话与英语有点相同，跟性有关系的多。瑞典骂人的话大多数跟基督教有关。如果把中文里的咒语"基督化"就变得很奇怪，但你又不能直接翻译，所以骂人的话也是一大挑战。

在作家写出来的东西和没写出来的东西之间有一个读者自己在脑海里会填写的空间。也许需要了解原文的文化才能填写好，但译者不应该填满空间，因为译者自己也会有自己的局限性，有可能会有因他或她个人的文化所造成的理解上的偏差。

结　语

翻译是什么的答案会有所不同，因为得看你问谁，但许多人同意它是一件接近办不到的任务。虽然如此，我们仍然要去做。翻译是肯定会失去一部分东西的，但不翻译就失去一切。译者跟侦探有点相同的地方，都在做调查工作，在过程中要细心地利用积累的经验，为了找到答案从不同的角度观察事情。我们像走在雷区上，小心地测试和理解内容，虽然没有真正的雷，但这个工作同样是惊险的，是富有戏剧性的。译者就是阿加莎·克里斯蒂（Agatha Christie）书里面的马普尔小姐（Miss Marple），慢慢展开真相，过于草率的话就有可能"忽略谁是真正的凶手"。

就网络迷因"屌丝"的有关翻译谈
互联网新词对中国语言的影响

［德］**悠 莉**

悠莉（Julia Valeska Buddeberg），德国翻译家。曾就读于慕尼黑大学艺术史和汉学专业，慕尼黑语言和翻译学院（现为慕尼黑应用语言大学）中文翻译专业，主修中国当代艺术、文学翻译和中国电影，获慕尼黑大学硕士学位。曾在北京大学留学。在慕尼黑应用语言大学教授翻译专业和中国经济交际学，歌德学院北京分院"中德文化网"的自由翻译。曾在首届汉德文学作品翻译大赛获特别奖。翻译的作品有林白的《红艳见闻录》，姜戎的《狼图腾》电影剧本，赖香吟的《暮色将至》，陈丹青的《幸亏年轻——回想七十年代》，史铁生的《喜欢与爱》，以及毕飞宇、郝誉翔、陈希我的作品等。

简 介

2013年3月，我受北京歌德学院编辑部的委托，对四篇有关中国屌丝热的杂文进行翻译。这四篇文章当时都发表在歌德学院网站的"聚焦：屌丝"专栏，其中两篇目前仍可供读者在线浏览。

在从事文学和文化新闻翻译的工作过程中，我经常遇到所谓的网络用语，这些用语通常与中国当下的社会现象有关，具有中国文化特色及其特殊的时间与语境定位，乍看之下，似乎是不可译的。当然，如果以本雅明（Benjamin）或德里达（Derrida）的传统翻译理论为依据，有些文章，尤其是文学性题材的文章基本上是不可译的，中文原文更是如此。与德语文章相比，二者在语言和文化层面都相距甚远。然而，根据笔者的实践经验，我们必须并且能够为每个翻译难点找到实用的解决方法。

中国和亚洲网络文学的普及和传播程度远远超出西方国家（HOCKX 2015：4），另一方面数码通讯正使中文经历着前所未有的变化，这促使我对自己在2013年所翻译的文章进行一番分析和思考。

屌丝的概念与由来

"屌丝"一词出现于2011年的网络讨论中，随后在中国的媒体上被广泛使用。译者在首次遇到这类新词或网络迷因①时，通常都无法在现有的辞典中找到词条。因此需要首先用中文在网络上进行搜寻，若该网络新词已为人所知，也可在英文甚至德文的网页上进行搜索。

在歌德学院网站"焦点：屌丝"专栏中，每篇文章都对"屌丝"这一概念进行了或多或少的说明。例如在第一个翻译例句中，蒲黄榆将"屌丝"的定义置入了一个宽广的语境中，并通过与"屌丝"有关的常见网络新词勾勒出中国的现代社会阶级制度：

"屌丝"本是个上不得台面的词，起源于国内足球运动员李毅的粉丝群体。该群体曾在网络论坛中发生分裂，其中一方用屌丝的称谓来嘲讽另一方，进而衍生出一套完整的概念组。它们包括如下几个：屌丝，引申为生理、财富和美感上处于社会底层的男性，矮、矬、穷。高富帅，指在生理、金钱和审美上占绝对优势的男性。白

---

① 徐富曼（Shifman）认为此处网络迷因指的是 "(a) a group of digital items sharing common characteristics of content, form and/or stance; (b) that were created with awareness of each other; and (c) were circulated, imitated, and/or transformed via the Internet by many user." （SHIFMAN 2014: 7 f.; 在原文中强调）

富美，指和高富帅同一阶层的女性。女神，指屌丝心中渴望的求偶
对象。（PU 2013）

一方面，作者在原文中对描述某些社会群体的新词作了解释，
这也让译者较易翻译。另一方面，译者因为需要反映文章的源语言
层面，所以面临一个翻译难题。文学翻译家黄燎宇建议，应用如下
方法对这类"文化知识背景空缺"进行翻译：

处理方法有两种，最妙的办法就是在文本本身体现，在文本里
面把读者往这边引，另外一个笨办法就是加注。（ZHENG 2009）

这个例子还采用了第三种方法，即将注释放入括号中，目的是
将高度源语言化的信息内容传达出来，同时又不影响文章的流畅性，
从而使读者摆脱"思想盲区"（出处同上）。这样一来，中文的新词
先以拼音的方式在德文翻译中呈现，同时德语读者也能通过括号中
的字面翻译，获得他所欠缺概念的相关联想：

Das Wort Diaosi（　屌　丝，wörtlich: "Schwanzhaare",
selbstironische Bezeichnung für die große Gruppe sozialer und
ökonomischer Verlierer in China, Anm. d. Übers.) nimmt man
eigentlich nicht in den Mund. Aufgebracht wurde es von der Fan-
Community des chinesischen Fußballspielers Li Yi（李毅）. Die
Fangemeinde hatte sich in einem Onlineforum in zwei Lager
aufgespalten, wobei die eine Seite die andere als Diaosi verspottete.
In der Folge entwickelte sich ein komplettes Begriffssystem: Mit
Diaosi meint man Typen, die hinsichtlich Physiognomie, Vermögen
und Stilempfinden in der Gesellschaft ganz unten stehen. Sie sind
kleinwüchsig, hässlich und arm. Die Gaoshuaifu（高帅富, wörtlich:
"großgewachsen, attraktiv und reich") hingegen bezeichnen Männer,
die physiologisch, finanziell und in Sachen Geschmack absolut im

Vorteil sind. Die Baifumei（白富美，wörtlich: "hellhäutig, reich und schön") wiederum stehen auf einer Stufe mit den Diaosi. Die Nüshen schließlich（女神，wörtlich: Göttinnen, Bezeichnung für ein schönes, meist jungfräuliches Mädchen, Anm. d. Übers.) ist die Angebetete, von der ein Diaosi insgeheim träumt. (PU 2013)

在向球迷圈外的普通群体普及的过程中，"屌丝"一词获得了语义上的扩展，变成了描述无特权阶层特性的词语。按照胡子的观点，在改革开放三十年后"身份区隔逻辑"也通过"屌丝"显现出来（HUZI 2013）：

男女屌丝和高富帅、白富美之间巨大的社会经济状况反差是"屌丝"一词得以撒播的前提，"屌丝"一词折射出浓郁的阶层地位敏感性，如此多的网民认同"屌丝"所指代的卑微生存，说明社会阶层的剧烈分化已经成为普通民众认知现实的一个极其重要的维度。（出处同上）

因之前已将划出的中文术语引入到德语译文中，现在可以在译文中直接使用这些术语的拼音形式。

屌丝热和流行文化

2012 年以来，网络迷因"屌丝"在互联网上迅速传播，掀起了屌丝热并广泛影响了流行文化，同时还出现了更多以屌丝为题材的文学作品、电视剧①和电影。

朱靖江专门写了一篇有关屌丝电影的文章，和其他作者一样

---

① 在此需提及一部 2012 年在中国上映并广受欢迎的德国电视小品式喜剧《屌丝女士》(Knallerfrauen)，中国拍摄了一部模仿该剧的迷你网络剧《屌丝男士》。

（如 PU 2013），他在二十世纪八十和九十年代王朔的痞子文学（ZHU 2013）中看到了屌丝文学和屌丝电影的前身。他还写道，由徐峥所导演的《人在囧途之泰囧》充分体现了"屌丝"特征。这部喜剧是当时最成功的商业大片，也是中国电影史上首部票房超过十亿人民币的华语电影。（GUAN 2013）

《人在囧途之泰囧》从电影片名到剧情内容、角色设置，都流露出一股浓郁的"屌丝"气息，也不妨被视作近年来在中国电影市场蔚然成风的"屌丝"电影的一部范本。（ZHU 2013）

我在翻译片名时，当然要直接引用官方的英文片名 Lost in Thailand，这个由电影发行商所给的英文片名完全不能原汁原味地体现中文片名里的两个"囧"字，相反，这个英文片名会使人联想到一些具有西方特点的影视作品，比如由索菲亚·科波拉（Sofia Coppola）导演的 Lost in Translation（2003）。

对屌丝热的批评

"屌丝"热潮对中国社会在一定程度上产生两极化的影响。导演冯小刚对屌丝现象所作的批评受到了最多的关注，当他在微博上发表批评时，招致了如潮的谩骂攻击。这一事件备受瞩目，百度百科甚至专设一个冯小刚炮轰屌丝的条目[①]。俞斯译也在他论战性社评《体面？体面有多重要？》中，对屌丝现象主要持批评态度：

屌丝这个原本就该属于脏话的词，一段时间里被这么广泛运用甚至风行媒体已算是中国特色了……到这儿得算是已经从最初的自嘲演绎成自轻自贱了吧？（YU 2013）

[①] 见 http://baike.baidu.com/view/10191355.htm（最后浏览时间为 2016 年 5 月 29 日）。

Der Ausdruck diaosi, der eigentlich zum unanständigen Vokabular gehört, hat in kurzer Zeit, sogar in den Medien, eine derartige Verbreitung gefunden, dass er schon als "chinesische Besonderheit" gilt. (...) Schlägt an diesem Punkt die anfängliche Selbstironie nicht in Selbsterniedrigung um? （出处同上）

结　论

根据所介绍的四篇杂文，在对"屌丝迷因"的发展变化作出观察后，人们不禁要问，网络新词取得成功的深层原因是什么。为了进一步回答这个问题我对杨沛东等人的研究结果进行一下总结。他们在"屌丝现象"中看到了三种特点，认为这三种特点正是"屌丝"概念大为流行的原因。

一方面，杨沛东等人将这一粗俗的表达视为对中国官方用语"超标准化"的反应：

Scatological tropes, in a sense, are the most human expressions of all, because they blatatantly refer to bodily parts and functions. They are the most straight forward reaction to state hypernormalization.（YANG et al. 2015：207）

另一方面，这种表达在社会阶层分化中有强化身份认同的作用：

Given the spontaneity, the diverse contexts and the massive volume and rapidity of its uptake by the grassroots, diaosi constitutes arguably the most significant identity-making event in China in recent years.（YANG et al. 2015：208）

最后杨沛东等人在粗俗用语中辨识出一种对"文化亲密"和集体的渴望。在这一点上他们在人类学家迈克尔·赫茨菲尔德（Michael Herzfeld）的命题中找到了根据，即"尴尬"和"可悲的自我认知"是"文化亲密"这一集体感觉的决定性诱因（见 HERZFELD 2005：6）。杨沛东等人也在"屌丝"现象中看到了这点：

People who mirthfully identify each other as well as themselves as diaosi achieve a sense of intimacy in the impersonal space of the Internet, regardless of the likelihood that outsiders might find millions of people calling themselves ？ 'dick string' a situation for embarrassment.（YANG et al. 2015：211）

此外，在特别关注网络新词的翻译时，本文中所列举的文章及其译文可使人们对文化批评性杂文的翻译实践有所了解。以下的结论也许会对接到类似委托任务、需要翻译相似文章的译者有所帮助：

（1）在文中第一次出现网络流行语时，推荐用拼音形式以及补充说明来进行翻译。补充说明不可太长，必要时可借助括号将其插入文中。

（2）以此种方式引入的原文术语和借用语，可在接下来的译文中被直接使用。

（3）因为中文网络用语倾向于带有文字游戏的特点，具有丰富的暗示性，所以要求译者具有良好的创造性和语感，以使翻译在目的语中产生类似的联想。

（4）书籍、杂志以及电影名称的译名，只要已经有约定俗成的译法并且能够体现源语言名称的特点，就不应作任何变动。

（5）当中文原文倾向于出现重复词汇时，在能够保证概念含义清晰一致的前提下，译者可使用不同的对等词语和符合语言风格的同义词来增加德语译文的生动性。

围绕"屌丝"现象产生了一系列汉语新词，仅这一示例便向我们展示了三个层面的内容：一是主要通过网络交流和媒体辩论而产生的现代汉语变化是多么地具有游戏性、创造性以及深入性；二是，这些新词在何种程度上反映了社会的变迁；三是，译者在翻译这些新词时面临哪些挑战。然而，网络世界，特别是中国的网络世界不断变化，如此一来，也许还会有其他对中国网络新词和网络迷因的研究和翻译。

参考文献

一级文献

HUZI 2013

Huzi（胡子）: Von "diao" zu "Diaosi"（从"屌"到"屌丝"）. In: Deutsch-Chinesisches Kulturnetz, März 2013.
https://www.goethe.de/ins/cn/de/kul/mag/20629863.html
（最后浏览时间为 2016 年 5 月 29 日）

PU 2013

Pu Huangyu（蒲黄榆）: Diaosi und die chinesische Suche nach sich selbst（屌丝与国人对自我认知的寻找：新一轮挫败感与觉醒）. In: Deutsch-Chinesisches Kulturnetz, März 2013. https://www.goethe.de/ins/cn/de/kul/mag/20629898.html
（最后浏览时间为 2016 年 5 月 29 日）

YU 2013

Yu Siyi（俞 斯 译）：Gehört sich das？ Wie wichtig ist uns Anstand？（体面? 体面有多重要?）. In：Deutsch-Chinesisches Kulturnetz, Mai 2013.

ZHU 2013

Zhu Jingjiang（朱靖江）：Der Diaosi-Film（屌丝电影）. In：Deutsch-Chinesisches Kulturnetz.

二级文献

GUAN 2013

关雅获《泰囧》票房神话是群体性"屌丝"心态的体现. Artikel vom 01.08.2013. http：//www.smweekly.com/news/report/201301/32079.aspx

（最后浏览时间为 2016 年 5 月 29 日）

HERZFELD 2005

Herzfeld，Michael（2005）：Cultural Intimacy：Social Poetics in the Nation-State. New York; London.

HOCKX 2015

Hockx，Michael（2015）：Internet Literature in China. New York.

YANG et al. 2015

Yang Peidong; Tang Lijun; Wang Xuan（2015）：Diaosi as infrapolitics：scatological tropes，identity-making and cultural intimacy on China's Internet. https：//dr.ntu.edu.sg/bitstream/handle/10220/25438/Diaosi%20as%20infrapolitics%20（revised）.pdf？ sequence=1（最后浏览时间为 2016 年 5 月 29 日）

ZHENG 2009

Zheng Hong: "Literarische Übersetzung ist eine interdisziplinäre Wissenschaft"（"文学翻译是一种杂学"——专访黄燎宇教授). Artikel auf Deutsch-Chinesisches Kulturnetz vonOktober 2009 http://www.goethe.de/ins/cn/lp/kul/mag/deindex.htm(最后浏览时间为 2016 年 5 月 29 日)

第一组总结报告

[俄] 罗子毅

罗子毅（Roman Shapiro），俄罗斯翻译家。莫斯科国立人文大学副教授，中文博士。曾是欧洲中国研究协会理事、欧洲中国语言学协会理事。翻译了贾平凹的《商州初录》，王安忆的《小东西》，余华的《许三观卖血记》《活着》《十个词汇里的中国》等。

刘震云

除了解释潘金莲和李雪莲，接着还得解释这几个妇女：小白菜、窦娥、白娘子。于是一个从清朝说起，一个从元杂剧说起，一个从民间传说说起。这些书名的相同之处，都避开了"潘金莲"这个人，都把注意力集中到了性或暴力上，或法律上；不同之处在于，性和暴力在不同语境中的表达层面和指向，又各有侧重。只要从人性上把道理说清楚，也就不困惑了。

[墨西哥] 莉娅娜

欢迎中国作家到拉美宣传中国文学。她指出要达到严复提出的"信、达、雅"，或钱钟书提出的"化境"，译者除了很好地掌握两种语言，还需要对两种文化有深刻的认识。可译性在理论上的探讨没有很大意义，因为不管某种概念或思想再怎么不可译，我们还是得翻译。或许我们如何翻译是一个更加值得探讨的问题。因此我们进入下一个问题的讨论：归化和异化。在翻译《我不是潘金莲》的时候，我想到文化差异或许可以分为：形式差异和内容差异。她向读者介绍了中国家庭和国家的概念，介绍一个农村妇女的离婚怎么才能影响到中华人民共和国从上至下的组织机构。

［蒙古］**其米德策耶**

翻译不仅是一门独立的科学，而且是一种不同语言间转换的语言艺术，在语言翻译中必须考虑如何处理原语文化与译语文化差异。介绍了他三十多年的翻译经验。在蒙古国以"中文典籍译丛"的形式翻译出版了《论语》《大学》《中庸》《孙子兵法》等中华传世名著经典的蒙文译本。在蒙古国创办了《蒙古国汉学研究》《翻译学》等杂志。他指出，1741 年，蒙古翻译者编印了蒙译必备的《智慧之鉴》，在该书序言中明确规定了翻译原则，这就是：忠实、流畅、艺术美。1898 年，严复提出了"译事三难：信、达、雅"。时至今日，翻译者仍然以此作为翻译的主要原则和标准。

［韩］**朴宰雨**

过去四十多年生活在中国文学里，可以说名副其实地与中国文学携手同行，其中三十年断断续续将中国作家的小说、诗歌、散文、文学评论、演讲等作品与学术著作翻译成韩文并出版。他强调，汉语在韩语、韩国文学里一直起着重要作用。他还讨论了题目的变更、情节的调动或者删除等重要问题。

［匈牙利］**克拉拉**

所谓完美的翻译是不存在的，而且也是不可能的。原语与译语的表达方式、结构、文字的表现力都存在差异。还有译者个人文学素养上与个性上的差异。目标语言随着时代的变迁发生变化，诸多作品也"期待"与时俱进的翻译。她也谈到了古典名著和经典小说的重新翻译问题，她与大家分享了几位著名的匈牙利作家、诗人兼翻译家各自对文学翻译的看法，其中也谈到了翻译的权利和界限的问题。

［捷克］**李　素**

在不同语言的翻译家中，汉学家翻译家身份比较特别。和其他世界大语种的翻译家同行相比，极少国人懂得他们所懂得的外语。各位翻译家一定会同意，翻译中文也有很多潜在的限制，它们到底在哪里？几个感想：语言和叙述的理性和非理性；神实主义；世界大语言权威远远超越小语种的影响力。捷克媒体则经常参考英文的资料，网络上或传统媒体上都用的是"神话现实主义"，那么，是坚持原有的译法，还是屈服、服从、按照权威的语言改？无权者的权利：小语种翻译家可能会羡慕大语种翻译家的权利和影响力。但是小语种也有小语种的好处，读者群虽然小、翻译费也随之低，也没有大文学奖能够帮助作家成为富翁或大名人，但是毕竟有相当大的翻译自由。

［瑞典］**陈安娜**

如果要谈文学翻译的可能性，或者要谈一个译者对原文能做什么和不能做什么的边界在哪里，那么我们首先必须考虑翻译本身是什么。翻译家和作家的作用当然不一样，不一样的地方就是作家是自由的，想写什么就写什么，想怎么写就怎么写，而翻译家无论如何必须尊重已经存在的文本，不能随便去改变、删掉或者添加。翻译家不可能逐字逐句原原本本翻译一个文本，但正是这个事实，让翻译的工作有了价值。在瑞典，有译者谈到过翻译有不同的层次，即真实层次、等量层次、发挥层次。要在这三个不同层次中间判断和决定边界在哪里，不那么容易。那么，是否还有完全不可译的文本呢？这个问题我肯定会回答"是"。很可能，有些文本可以翻译成某些语言，但几乎不可能翻译成另一些语言。然后她举了几个非常精彩的例子。

［日］饭塚容

由于汉语的博大精深和中国文学的特殊性，他觉得在翻译作品时遇到的难题是数也数不清的。接到大会邀请时，他正好在翻译毕飞宇的《推拿》，所以想借《推拿》中的几个典型案例，来谈一谈在翻译工作中遇到的困难和挑战。五个部分：涉及中国独特的国情或者特殊政治背景的部分；介绍在祖国的南海边"画"三个圈是什么意思；关于黄段子：当代中国文学里"黄段子"、"荤段子"特别多，要想把原作中那种"荤而不俗"的感觉翻译出来，需要很高的技巧；中国人的语言游戏、涉及中国古典文学的部分；在面对歧视性语言时的困惑。

［英］韩　斌

她告诉大家一个好消息：2016 年《金融时报》Oppenheimer 文学奖初选名单的十位作家里，有三位是中国作家：余华（《第七天》The Seventh Day），阎连科（《四书》The Four Books）和徐小斌（《水晶婚》Crystal Wedding）。这意味着，和从前相比，华语文学在西方得到了更广泛的媒体关注。中译英的当代长篇小说、短篇小说集和诗集，应该在西方各个城市的书店都能买到。普通读者应该建立起对华语文学的基本认识，拥有自己最喜欢的中国作家。市场推广活动是至关重要的。介绍一个独特的华语文学译作推广项目，那就是：纸托邦短读（Read Paper Republic）或纸托邦（Paper Republic），它是一个以中译英文学译者为依托的双语文学和文化交流平台。2015 年 6 月 18 日起，纸托邦便发起了"纸托邦短读"（Read Paper Republic）的项目，每周免费发表一篇中文短篇、散文或诗歌的译作。

[埃及] **小金鱼**

正如一句话所说的，"没有翻译就没有世界文学"，因为没有翻译我们就欣赏不到这般多样的作品。翻译做的工作从表面上看是翻译语言，其实翻译的是文化，而翻译文化就必须对两种文化都了解，文学翻译需要对两种文化背景透彻理解，译者要进入到当地语境中，必须非常了解语言和文化，要对当地风土人情、平常用语有所研究，否则很多专有名词、俗语和成语等等是无法准确翻译的。名作家程永新认为，"外界对很多中国作家的误读也往往源自翻译"，因为不同的民族在不同的历史背景及环境下建立了自己的文化体系，所以译者要尊重原文的民族文化个性，这是译者较好完成作品语言转换中不可忽视的一环。随着中国作家莫言获得诺贝尔文学奖，中国当代文学进入国际视野，译介是必需的门槛，公众又开始聚焦于文学翻译领域，翻译的重要性受到空前关注。所以每个翻译家应该让全世界都知道在东方有值得翻译的文学。

[意大利] **史芬娜**

从二十世纪八十年代起，意大利的汉学家数量不断增加，意大利民众对中国的兴趣也越来越大，因此从中文直接翻译到意大利语的中国文学作品也开始增多。一批中国新电影的成功对中国文学在意大利的传播起到了非常重要的推动作用。那时候意大利的汉学家把文学翻译当作一种了解中国社会的工具。从九十年代起他们更关注文学作品的美学价值。意大利语版的《路灯》杂志是第一本专门介绍中国文学的意大利语杂志，是意大利读者了解中国新文学的窗口，也是大学老师的教学工具。然后，她介绍了翻译老舍《骆驼祥子》的一些问题：怎么翻译书名，怎么翻译方言。

莫　言

翻译文学所遇到的困难，看起来是来自语言，但其实是来自文化。文学是语言的艺术，翻译当然也是语言的艺术，在文字转换的过程中，如何把原作的语言风格转换过去，让异国的读者领略到原作的语言个性，这的确是个复杂的技术活儿。觉得译者在与原作者充分沟通、讨论并经作者同意之后，译者对原作做一些章节合并、压缩等技术性的调整是可以的。但不经原作者同意就大幅度地删改，甚至是重写，那当然是不可以的。这些其实都是翻译合作过程中的老生常谈，没有必要多说的。总之，翻译是戴着镣铐的舞蹈，是被限制的创造，但天才在限制中依然可以创新，庸才即便不被限制，写出来的或译出来的依然是平庸之作。翻译家隐形了，仿佛读到的就是原作，好像没有翻译就是最好的翻译。

东　西

每天都有新词句。所谓"词不达意"，就是现有词句无法表达我们的意思和感情，特别是在社会环境和我们的内心变得越来越复杂之后。今天，中国的新词句除了来自作家们的创造，更多的则来自网民。他们造字，比如"囧"。这个几乎被忘记了的生僻字于2008年开始在中文地区的网络社群异变为一种表情符号，成为网络聊天、论坛、博客中使用最频繁的字之一。它被赋予"郁闷、悲伤、无奈"之意，并由此衍生出一系列新的单词。尽管网络上垃圾语言过剩，但总有一些可爱的精辟的词句脱颖而出。这些新词句是社会环境、情感生态和思维方式发生改变后的产物。他不相信不在现场的作家能够写好中国小说，更不可能体会因某一点点改变就孕育出来的新词新句。这也是国外汉语翻译者所面临的翻译难题。

邱华栋

　　介绍他收藏《红楼梦》《金瓶梅》等名著的译本，《红楼梦》好像已有一百几十个版本，《金瓶梅》也有二十多种语言的版本。他一直盼望新的译本如瑞典文译本尽快问世。他还从事有关研究，讨论的时候有人提出以后可以举办展览，陈列品还会包括译者的手稿。

金仁顺

　　翻译，这个词，从汉字的角度上看，很有意思。这两个字的来源和含义特别丰富。翻译在文学中的地位和重要性，没有最重要，只有更重要。在她个人的阅读里面，外国作家的作品数量跟中国作家作品数量可以说是旗鼓相当。通过翻译，形成了文学的联合国、地球村，使我们能够有幸偏居一隅，却能了解到全世界的文学样貌和态势。作家们的作品如果是"料"，那么，翻译家的翻译就是"理"。"料"说到底，是有其相似性的，而"理"的不同，出现了各种菜系。作家在新语言面前，是被屏蔽的，是翻译家决定了作品的形象和风格。但话又说回来，"理"的自由度再大，也还是要有个坐标，有个边界，至少在故事和思想方面，要遵从作品本身。

马小淘

　　许多年前，她读过王佐良教授的一篇译作，把一种语言转化成另一种语言，要忠实，还做到了本土化，这种难度几乎是无法形容的。当然，也看到过非常诡异的翻译。翻译除了它艺术的一面，更有它严谨、科学的一面。她认为，在翻译中最重要的是接近原作者风格，令读译著的读者与原著的读者有着相同的感受。翻译诗歌（如李商隐的诗）很难。语言中的细微差异，常常是整个文化背景的差异，牵一发而动全身。她相信，翻译的过程难免损耗原作的一部分气息，这样的遗憾不可避免。但是它也会增加新的东西，优秀译者的智慧也会为作品增加神奇的光泽。

张未民

翻译是世界文学的前提。汉语的历史，如甲骨文、《诗经》、商朝和周朝的文化语言交流、汉藏语系的特点。他认为佛经译成中文之后，中国文学才有叙述性。西方文学：一方面是世界文学，因为它影响了中国现当代文学；另一方面，不是世界化的文学，因为西方文学很少受中国和其他东方文学的影响。

朱日亮

介绍他的父亲。伪满时代，他是日语翻译官，他特别喜欢日文，一直学习日文，虽然他的专业是医生，但是他喜欢翻译日文作品。朱日亮先生年轻的时候因为受政治教育，就不学日语了。现在他同意他父亲的看法：译者不要受政治、经济等影响，如果他喜欢一个作品，就要翻译。

迟子建

她最早接触外国文学作品，是在中学语文课本上。安徒生的童话，泰戈尔的诗，高尔基的散文，都是阅读的对象。她会坐在家中菜园的石头上，一边背诵一边寻点蔬果来吃。记忆最深刻的是背诵前苏联作家高尔基的《海燕》，还有都德的《最后一课》，莫泊桑的《项链》，契诃夫的《变色龙》等小说。有巴金、杨绛、季羡林、绿原、萧乾等令人敬仰的作家，也留下了他们代表性的译作，丰富着现当代文学对外国文学的译介。翻译有无边界？不管世界上的语种有多丰富，边界自然也是存在的。如《红楼梦》中林黛玉《咏白海棠》

的诗句"偷来梨蕊三分白，借得梅花一缕魂"，这样对仗精巧、意蕴非凡的诗句，似乎是专为汉语而生的。但我们要做的，还是要尽力地打通翻译的边界。

阎晶明

总结了第一组的工作。他说，翻译家应该对作品有确实的了解，所以即使翻译长篇小说，还是要看作家的散文、书信集等，来更好地了解这个作家。举了几个有意思的例子。最后他说，译文又准确、又流畅，是很难做到的。就像西方人说的，翻译好像女人：贞节（忠实）就不漂亮，漂亮就不贞节。当然这是大男子主义的废话，好的女人不是这样，好的翻译也不是这样。

甫跃辉

前几天，在甘肃参加一个会议。会后和一位诗人聊天，他说起另一位诗人的事儿。他说，那位诗人的英文译者不懂汉语。我说，怎么可能？他说，那位诗人自己懂英语啊。他们两个人合作，这就能翻译他的诗了。听到这个事，我的感觉是，英语世界的林琴南诞生了。甚至可以说，那位译者比林琴南还要厉害。因为林琴南翻译的是小说，小说有故事啊。而那位译者翻译的可是诗。什么是可译的，什么是不可译的？当我们作为汉语作家，写下伟大的汉语作品，我们就不会对翻译再如此焦虑、担忧甚至惧怕。我们应该相信，我们这一种语言不会是孤独的。

第二组总结报告

[荷兰] **林　恪**

林恪（Mark Leenhouts），荷兰翻译家，文学评论家。荷兰莱顿大学汉学博士，曾在荷兰莱顿大学、巴黎第七大学、天津南开大学、北京大学等院校留学。主要翻译作品有钱钟书的《围城》，韩少功的《马桥词典》《爸爸爸》《女女女》《鞋癖》，苏童的《米》《我的帝王生涯》，毕飞宇的《青衣》，白先勇的《孽子》，以及鲁迅、周作人、沈从文、史铁生、张承志、阎连科、朱文等作家的长、中、短篇小说和散文。著有《中国现当代文学史》（荷文）。2012年获荷兰文学基金会翻译奖。正在与人合译曹雪芹的《红楼梦》。

一

　　二十个人，两天的交流讨论，用十分钟来总结很不容易。但我要用洪荒之力来做到。第二组的交流讨论是从一个很小的、具体的问题开始的，但我们很快就延伸到了广泛的大问题上。这个小问题是：怎么把小说人物姓名翻译成外语？一位与会者提出要重新考虑拼音的作用；由于各国的语音系统都不一样，对外国读者来说，如果拼音不容易念，名字就记不清楚。但如果不用拼音而按照意义来翻译，名字就容易记得住，这样可以吸引更多的外国读者。

　　与会的中国作家表示中国人对外国人的名字有同样的障碍，比方说，读《百年孤独》的时候"一个名字也记不住"，但这并不影响阅读和欣赏。原因无疑是：中国人看外国小说多，外国人看中国小说少。比如说，当当网 2015 年的小说排行榜上，二十部最流行的小说里头，有十四部是外国的，这就说明了问题。所以，不需要讨好西方读者，只要让他们慢慢熟悉起来就行了。部分与会译者也同意这个看法。

另一位与会者表示，这毕竟是一个西方经济优势的问题，是世界势力不平衡的问题，而不是一个纯文学的问题。全世界的人纷纷看美国小说这一事实，不是因为美国小说比欧洲或亚洲小说好看，而是因为美国文化，由于美国的经济和政治势力，而变成了世界文化。

二

从上面的问题，我们随后谈到了中国文学的传播，或者说中国文学"走出去"的问题。里面可能包含三个问题：第一，"由谁来翻译"。第二，"为谁翻译"。第三，"翻译什么"。为了让中国文学更好地被接受，应该给外语母语的译者更多的权利和自由，甚至不要太讲究误会和改写，因为没有阅读性的翻译，效果是有限的。有人补充说不要过于为"可译与不可译"纠结，"走出去"可能是很漫长的过程。就像莫言先生在他的开幕式发言中所说的：目前生活的节奏太快，但文学的节奏，包括文学的创作、阅读和翻译的节奏，应该很慢。

第三个问题，是文学作品的选择，在这个问题上也要考虑到读者：不同的国家有不同的阅读习惯和期待，比如阿拉伯国家可能对回族作家张承志或者对史铁生对形而上的论题感兴趣。所以在推荐作家时，应该注意到这方面，应该有针对性。

但与会的也有人不完全同意这个观点。他们认为现在翻译的作品还不能代表中国丰富的文学遗产，觉得当前世界的所谓"全球化"

文学，因为很受西方文学的影响，才容易被西方人接受；有点像"翻
译过来的外国文学又翻译过去"的感觉，与会的中国作家认为这是
一个无意义的行为。

三

我们的交流还涉及了各种相关的问题，如：孔子学院对翻译教
学的作用，海外汉语教育对文化成分的关注，散文和诗歌，还有边
缘作家在译介中被忽略的问题，外国编辑和译者之间的冲突问题，
《路灯》杂志所作出的贡献，方言独特的翻译问题，中文表述里的
重复问题在翻译中的解决办法等等，我在这里就不一一重复。我们
在这些问题上并没有得到共识，但是我们谈论这些问题时都很认真，
很热烈，也很愉快，所以我代表第二组在此感谢中国作家协会给了
我们这次难得的机会。谢谢大家！

第三组总结报告

[埃及] **哈赛宁**

哈赛宁（Hassanein Fahmy Hussein），埃及翻译家。毕业于埃及艾因夏姆斯大学中文系，北京语言大学比较文学与世界文学专业博士。现任埃及艾因夏姆斯大学语言学院中文系副教授，兼任沙特国王大学语言与翻译学院中文系副教授。鲁迅国际研究会理事，莫言研究会理事。主要翻译作品有莫言的《红高粱家族》《透明的红萝卜》，余华的《许三观卖血记》，刘震云的《手机》，傅谨的《二十世纪中国戏剧导论》，张仲年的《中国实验剧》，以及收录了张洁、铁凝、残雪、张抗抗、迟子建等作家作品的《中国当代女作家作品选》等。2013年获埃及国家青年翻译奖。2016年获中华图书特殊贡献奖青年成就奖。

各位作协领导，各位作家，来自世界各地的各位同行大家下午好！

这是我第二次参加汉学家文学翻译国际研讨会，自己感到十分荣幸！记得上一次我参与小组发言时，感到很紧张，今天在这么多名人作家、汉学家及翻译家面前做小组总结，感到非常紧张，当然也很荣幸。我们第三组这两天讨论得很激烈，我们小组的各位作家、翻译家自由用了二十分钟左右的时间演讲，有的人主要关注演讲汇编中的稿子，同时也有的人自由地讲到自己有关会议三个议题的意见与创造及翻译经验。

意大利的李莎，从自己的翻译经验以及在中国的生活和工作谈及汉语新词汇的把握，谈到自己翻译莫言、刘震云、阎连科等人作品的经验，强调译者与作者要多接触、保持联系的重要性，认为翻译一个作家作品一定要多接触、了解这个作家，因为每一个作家都有自己的创作方式，译者则要用不同的方式进行翻译不同作家的作品。

意大利的雪莲，作为一个作家、翻译家，谈到了自己十六年前选择研究铁凝的《永远有多远》小说集为其硕士毕业论文，以及当时接触了铁凝女士的情景，谈到了自己每次翻译一部作品的时候经常出于自己作为作家的态度来翻译。强调翻译一部作品要了解对方国的文化，译者要用最美的语言表达作品的思想，译者有时还会有改变原文的权利。

作家阿成认为，苏俄文学对他们这一代人的影响很大，认为作者要更好地了解这个世界，有更广阔的视野，要向年轻人学习，翻译因此也是很重要的窗口。

瑞典的伊爱娃，在中国长期生活与工作，谈及自己作为出版家及翻译家的经验，认为翻译真是很难，译者是走在钢丝上的人，不同的文本需要采用不同的方法来翻译。

作家余华先生，认为翻译对中国作家十分重要。就译者与作家的关系，他认为译者找上作者翻译他的作品是最好的，谈及不同国家的翻译家找他翻译他的作品，强调自己不喜欢翻译家经常给他写信打听作品中的细节。

日本的栗山千香子，从中国作家史铁生的《记忆与印象》谈及翻译的权利和边界问题。

捷克的爱理，谈及自己翻译中国当代作家莫言、李洱、苏童等人作品的经验，以及中国文学在捷克的翻译情况。

德国的悠莉，谈到互联网新词对汉语的影响，认为翻译家的主要任务是要寻找适当的词，强调文学翻译非常难，也非常复杂。

　　保加利亚的思黛，谈到自己从高中的时候一直喜欢翻译，尤其是文学翻译，就有翻译文学的愿望。强调文学作品中的意境。

　　作家乔叶，谈及自己第一次参加汉学家会议的感受与效果，认为已经超过她所想象的。认为翻译需要一个全面的才华才能完成得很美。

　　作家徐则臣，从自己作为作家、编辑的经验谈及自己最近出《人民文学》杂志不同语种版本，谈到选稿子的标准问题，以及处理作者与译者之间差异的问题。强调译者要尽量保持作品的独特性。尽量尊重作家的意思。

　　作家阿拉提·阿斯木，谈到了自己作为一个双语作家，汉语与维吾尔语的创作经验。自己翻译过自己的作品，认为文学翻译是非常的难。

　　最后，本人还从自己把中国几位当代作家，包括：莫言、余华、刘震云、铁凝、迟子建、残雪、张抗抗等人的作品翻译成阿拉伯文的经验，谈到了不同作家由于创作方式、作品语言等不同，使得翻译家的任务越来越重，谈及自己翻译莫言《透明的红萝卜》与刘震云的《手机》时使用了埃及方言的翻译经验，以及翻译过程中可译与不可译的问题。

　　请允许我代表我们第三组的各位作家和翻译家，向中国作协以及吉林省作协表示衷心的感谢！期待我们 2018 年再次见面！

　　谢谢！

文学血统与世界之心

——第四届汉学家文学翻译国际研讨会总结发言

刘醒龙

　　刘醒龙，生于古城黄州。武汉市文联专业作家、《芳草》文学杂志主编。中国作家协会全委会委员，中国作家协会小说委员会委员，中国电影金鸡奖评委，华中师范大学当代文学研究中心名誉主任、客座教授，湖北省博物馆荣誉馆员。代表作有中篇小说《凤凰琴》《大树还小》等，长篇小说《威风凛凛》《一棵树的爱情史》等十一部，长篇散文《一滴水有多深》及散文集多部，中短篇小说集四十余种，长诗《用胸膛行走的高原》等。长篇小说《圣天门口》获第二届中国小说学会奖、第一届中国当代文学学院奖和第一届世界华文长篇小说红楼梦奖决审团奖（香港）。长篇小说《蟠虺》获中国小说学会2014年度排行榜第一名。中篇小说《挑担茶叶上北京》获第一届鲁迅文学奖。长篇小说《天行者》获第八届茅盾文学奖。

　　汉学家文学翻译国际研讨会已经第四届了，我还是第一次参加。李敬泽副主席在致辞中提到，这次会议的三个议题：翻译的权利与边界，当代汉语的扩展变化及翻译的新挑战，可译与不可译——国际书写的困惑等，可以说是文学翻译永恒的话题。会议正式展开研讨之前，我曾猜想，汉学家与中国作家们从何种角度进入到这个伟大的话语中。来自西班牙马德里自治大学的达西安娜·菲萨克女士第一个发言，她的发言便出乎意料地从一个小到不能再小的角度进入其中，并引起研讨会期间持久地热议。达西安娜·菲萨克女士开门见山地谈到中国人名用拼音方式翻译，很不好，无法传达中国人的姓名中包含的广泛的意义，而且用拼音很容易出现雷同。在我和来自荷兰的林恪先生皆为主持人的第二组，这个话题讨论了近两个小时，并迅速诞生一位插话女王——来自德国的郝慕天女士，为这个话题奉献了不少思想火花。最后还是平凹兄不愧为大师，几句话就点出中国人姓名的关键所在，认为中国人的姓名是中国文化最基本的表现，没文化的人给孩子取名往往是最直接的"狗剩"和"狗蛋"等，有文化的人给孩子取名，则会考虑多重寓意，包括名字好不好念，是不是朗朗上口等。我赞同平凹兄的观点，中国人的姓名，是中国文化的基本单元，更是一个人文化命运的起始。不要说作为领导人的毛泽东、周恩来、胡耀邦、赵紫阳、江泽民、胡锦涛等，名字是非常有讲究的，就是作家莫言、苏童等，也在开始写作后，就有意识地不再用本来的太过平常的名字，而使用更有意蕴的笔名。这类名字，还可以扩展到千百年来的各个王朝的年号，看上去姓名只是一个简单的符号，实则大不简单，只有几个字的姓名，对任何一个中国人来说，是睁开眼睛就要面对的文化熏陶与心理警醒。

　　文学翻译一定要始终保持在特定的文化下面。有这样一个关于中国的百万富翁父亲和美国的百万富翁父亲与各自儿子谈自己拥有的财富的故事：美国父亲告诉儿子，自己有一百万美元，接下来美国父亲会马上说，这些钱是我挣来的，与你无关，你的钱要靠自己去挣。中国父亲对儿子说自己有一百万人民币时，一定会加上一句：这些东西老子生不带来，死不带去，往后都是你的。表面上是一个关于财富的故事，实际上十分准确地表现了中国文化与其他文化的一大区别。中国家庭文化是以"仁""孝"为主轴的，不仅是晚辈对长辈的生生死死承担责任，更有长辈对晚辈的喜怒哀乐所承担的义务。六十年代以前，鄂东大别山区还流行一种风俗，孩子生下来后，家人会将胞衣（胎盘）埋在后门，待孩子长大成人以后，长辈会将那个地方指给他看。这个风俗在客家人中也有盛行，客家人是将婴儿的胎盘直接埋在自家厨房的门槛下面，无论孩子长大后走多远，都会记得与自己同在的另一块血肉还在家中埋藏着。中国文化讲究血浓于水，血脉相传，与中国文化相关的东西只有放在血脉之中才能体现特定意义。西方对人的研究，往往会从医院与教堂的出生纪录开始，中国文化中对人的研究是从地方志和家谱开始的。抛开血脉传承，就事论事的价值判断是没有意义的。文学之所以被称为一切艺术之母，就在于文学承载着我们不能或缺的最多的文化血脉。

　　技术性问题总是暂时的，文化才是作品的深刻所在。中国太大，中国文化也太丰富，所带来的文学文本也千千万万，这让中国作家的作品如何被选择、翻译成为一个问题。长春本地的作家胡冬林几乎不为外界所知，但他的成长与写作方式却很独特，十几年来躲在长白山中，认识两百多种鸟，一百多种动物。在教科书和相关电视科普节目中，从来都说水獭通过水中交配进行繁殖，他却是天下第一个发现雌雄水獭在雪地上完成一场风花雪月事。诗人雷平阳谈到，有译者曾想翻译他的诗歌，另外一位译者却从中阻拦，说雷平阳是体制内作家，不能翻译他的作品。这个问题我自己也有体会，2008年5月汶川地震时，中国作家代表团正好在韩国访问，在座的朴宰雨先生曾当面对我说，我知道你，你是主旋律作家。姑且不论这类判断是否准确，将西方的政治性选择作为文学翻译的标准，是对中国文学的大不敬。

　　来自奥地利的青年小说家科内莉亚·特拉福尼塞克说，"对德语国家的读者来说，中国作家作品仍然被理解成是政治的，几乎只有符合读者预期的中国形象的文本才被接受，西方读者期待看到能认证他之前的预期想法的作品，这包括与自己相关的文学作品，能引起共鸣的或者是能让自己感到震惊和同情的作品。这就是为什么许多有品位的、值得被读的中国文学作品得不到关注的原因。要消除对中国文学兴趣的政治化，需要一个新的翻译环境，挑选文本时要考虑的是：作品是否能得到国际读者的认可，阅读作品时是否有美的享受等。总之，我们不应该过多地考虑政治因素。但是，我们如何才能做到呢？我们生活的真实世界是充满政治的，我自己就不能超然于政治。翻译中国作家作品的时候，我使用互联网，网络世界也是政治的。因此，我的翻译工具也是离不开政治的。"

　　科内莉亚的观点很有针对性，可能会让一些人觉得不舒服，但我是深表同意的。莫言先生说，翻译文学所遇到的困难，看起来是来自语言，但其实是来自文化。中国文化有主流，中国文学也有主流。2014年出版的长篇小说《蟠虺》中有这样的一段闲笔：春秋战国看似天下大乱，实际上仍存有强大的社会伦理底线。公元前506年，吴兵三万伐楚，楚军六十万仍国破。吴王逼随王交出前往避难的楚王。随王不答应，说随国僻远弱小，是楚国让随国存在下来，随国与楚国有世代盟约，至今没有改变。如果一有危难就互相抛弃，就算吴国也与随国签订了盟约，随国又能用什么来服侍吴王呢？吴王若将楚国灭了，楚国与随国的盟约也就不存在了。随国自然会像服侍楚王一样服侍吴王。然而，眼下随国是断断不能将楚王出卖给吴王的，否则，不仅随国将无法取信天下，就是吴王也会因为威逼随王，让品行高贵的随王变成背信弃义、卖身求荣的小人而受到天下人的耻笑。随王一番大义凛然的话，让吴王觉得理亏。史书上特别着重提到，吴王是羞愧满面地引兵而退。此处的羞愧也体现出一种大义。春秋大义是中国文学一直以来的主流。对春秋大义的传承是中国文学的灵魂所在。

　　一部文学作品，哪怕只能拯救一个人的灵魂，也远比逗得十万人无聊痴笑来得重要。能让一座城市狂欢的文字，很快会被这座城市当成垃圾扔掉。经典文学之所以被称为一切艺术的母本，就在于文学是用我们的母语创造的，文学承载着我们母语的全部精华，成为我们不能缺少的文化血脉。经典文学能给阅读者接种文化疫苗，使我们不会轻易受到化妆成文明符号的病毒的侵害。对社会公众来说，一部好的文学作品，应当是抵御伪文化的卓有成效的免疫抗体。对中国文学的翻译来说，也应当如此。作为主流的汉学家应当让自己的翻译作品成为了解中国历史主流、中国社会主流、中国文化主流和中国文学主流的有效窗口，而不是偷窥中国社会毒瘤的猫眼，用中国话来说，这叫"窥阴癖"，是一种不健康的文化心理。

贾平凹先生在主旨发言中谈到，中国作家在继承中国古典文学传统上，因个性、习好、修养的不同分为两个支脉，一支是《三国演义》《水浒》，在我看来实际上是《西游记》《水浒》。一支是《红楼梦》。前一支可能好翻译，后一支可能难翻译。前一支容易出成果，后一支才最为中国人所推崇，是真正的中国文学经验。

莫言先生在开幕式致辞中谈到翻译的错译问题，有译者因对中国历史缺乏了解，将他的作品中的"八路"，翻译成"八号公路"。在文学翻译中很难避免不犯错误，就像莫言对错译他的作品的译者那样，作家要以宽容之心对待译者，译者也要心怀敬意处理原作的每个语言单元。

来自世界各地的汉家家本着热爱与善意，真诚坦率地谈到新近兴起的孔子学院学者与传统汉学家们在传播中国文学与中国文化过程出现磨合不顺当，如何才能实现和谐、合力，如何才能形成一加一，大于二，而不是小于二的效应。

在铁凝主席的家乡河北省，著名女作家丁玲的长篇小说《太阳照耀在桑干河上》描写过的桑干河边，有个名叫泥河湾的小地方，于二十世纪七十年代出土了一只十万年前的古人类头盖骨。头盖骨上，有一只人工钻出来的小小圆孔。差不多同一时期，大洋彼岸的印第安人，也用工具在某个人的头盖骨上钻了同样大小的一个洞。考古学家经过考证认定，那是黄种人祖先和印第安人祖先，出于相同目的，试图将寄居在这些头脑中的灵魂取出来修理一番，除掉那些给祖先们带来病痛的魔鬼。古老的开颅术与现代脑科手术，相隔十万年，其目的还是一样的，没有丝毫改变。再过十万年，科学技术的进步，也许能使人类摆脱生与死的纠结。但是科学技术永远解决不了灵魂问题，对灵魂的追寻与守护，是文学的永远也改变不了重要责任。

文学是人类表达幸福与痛苦的关键。铁凝主席在开幕式致辞中说，如果回到 2010 年以前，中国文学现今的一切都是不可想象的，从莫言获诺贝尔文学奖，曹文轩获安徒生儿童文学奖，刘欣慈获科幻文学雨果奖，除了这些光照世界文坛的文学成就，还有国内文学事业的蓬勃与兴旺。如果要说什么，真的要感谢，这些年来中国作家协会在正确的思想方针指导下，对中国文学的发展与促进所起到的巨大作用。1991 年我第一次坐火车到北京，这一次坐高铁到长春，同样是纵览中国北方大地，感受到的是天地翻覆。发生巨大变化的还有中国文学的国刊《人民文学》，也是从 2010 年以后，一口气办了英、法、德、俄、日、韩、西班牙等多个外语语种版本，这其实也是中国文学翻译走向世界的最快捷的窗口与平台。

莫言先生由在中国乘坐高速铁路所体验到的快速，谈到什么都能快，文学不能快，文学翻译也不能快。在世界快速巨大的变化中，有一种东西从未改变，那就是被文学所守护的人类灵魂。在日复一日的人生中，在忽隐忽现的幸福与痛苦中，文学是人类替自己发明的伟大的表达方式。在我们生活中，能够拥有一部杰出的文学作品，读懂一部杰出的文学作品，不要说胜过那些日常珍爱的小宝贝，甚至比战胜某个情敌，赢得一场爱情，更让人荡气回肠。

十万年前的中国前辈与印第安前辈，将灵魂从头脑中取出来，修理掉属于魔鬼的部分，再归还原处，这种被付诸具体实施的想象，如今是由文学来实现的。从有文字以来，那些被人类长久传承的文学，便是人类认识灵魂、理解灵魂、记住灵魂的重要途径。世界各国各民族的文学都有其独立存在光荣与梦想，在相互传播，相互阅读的过程中肯定存在形形色色的差异，重要的是通过文学的相互流传与交融，更加重视对方的存在，善待彼此的文化。

汉学家文学翻译国际研讨会才办到第四届，就表现出如此高水平，在座各位能看到第四十届的人恐怕很少，但大部分是可能看到第十四届的，相信那时我们再聚时，无论是各位汉学家，还是中国文学作品的翻译都会更精彩。

（此文系第四届汉学家文学翻译国际研讨会总结发言）

2016 年 8 月 16 日于长春松苑宾馆

图书在版编目（CIP）数据

翻译家的对话.Ⅳ/中国作家协会外联部编.—北京：作家出版社，2017.5

ISBN 978-7-5063-9495-6

Ⅰ.①翻… Ⅱ.①中… Ⅲ.①文学翻译—国际学术会议—文集 Ⅳ.①I046-53

中国版本图书馆 CIP 数据核字（2017）第 111048 号

翻译家的对话 . Ⅳ

编　　者：中国作家协会外联部

责任编辑：宋辰辰

装帧设计：孙惟静　苗庆东

出版发行：作家出版社

社　　址：北京农展馆南里 10 号　　邮　　编：100125

电话传真：86-10-65930756（出版发行部）

　　　　　86-10-65004079（总编室）

　　　　　86-10-65015116（邮购部）

E-mail:zuojia @ zuojia.net.cn

http://www.haozuojia.com（作家在线）

印　　刷：北京明月印务有限责任公司

成品尺寸：152×230

字　　数：236 千字

印　　张：19.5

版　　次：2017 年 6 月第 1 版

印　　次：2017 年 6 月第 1 次印刷

ISBN 978-7-5063-9495-6

定　　价：36.00 元